KB120250

지리산
悲願의
바람을 따라 흐르다

지리산 悲願의 바람을 따라 흐르다

초판 1쇄 발행 2014년 11월 1일

지은이 김창환 · 발행인 권선복 · 편집주간 김정웅 · 기록·정리 조정아 · 디자인 곽민경 · 마케팅 서선교 · 전자책 신미경 ·
발행처 도서출판 행복에너지 · 출판등록 제315-2011-000035호 · 주소 (157-010) 서울특별시 강서구 화곡로 232 ·
전화 0505-613-6133 · 팩스 0303-0799-1560 · 홈페이지 www.happybook.or.kr · 이메일 ksbdata@daum.net

값 15,000원
ISBN 979-11-5602-077-6 03810

지리산 悲^비願^원의

바람을 따라
흐르다

| 김창환 지음 |

도서
출판 행복에너지

차례

산등성이는 구불거리며 오르다가 다시 구불거리며 흘러내린다. 산등성이가 흘러내린 곳으로 개울도 구불거리며 흘러내려 간다. 구불거리며 흘러내린 산등성이와 개울을 따라 사람들이 모여살기 시작했고 고샅길도 이어지기 시작했다. 길은 구불거리며 마을을 이어놓고 신작로를 따라 대처(大處)로 이어졌다. 개울도 구불거리며 흐르다가 강으로 이어지고 바다로 흘러들었다. 자연에서 반듯한 것은 존재하지 않는 것이었고 반듯한 것은 인위에 의해 만들어진 것이었다. 반듯한 것은 결국 인간이 스스로 편의를 위해 자연에 가한 횡포였고 억압이었다. 역사도 마찬가지다. 그리고 저마다의 삶도 강이나 길처럼 구불거리며 흐른다. 살아있는 것들은 다 그렇게 구불거리며 흐르는 것이었다.

이 땅에 처음 철길이 놓인 것은 일제강점기였다. 당시의 철길은 산과 들의 이어짐처럼 구불거리기도 했지만, 두 선로의 간격 차를 절대 용납할 수 없는 것처럼 반듯한 것을 추구하고 지향했다. 기차가 다니게 되면서 사람들은 고향을 떠나 대처로 가는 것에도, 시간의 억압에도 익숙해지기 시작했다.

왕조가 몰락해가면서 열강의 침탈이 시작되었고 분열과 자폐(滋弊)는 결국 일제의 침략을 불러왔다. 대륙과 이어지며 대양의 물길이 흘

6

러드는 반도는 숙명처럼 끝없이 외세에 시달렸다. 해방과 분단, 군정으로 양분된 이념의 대립은 끝내 동족 간의 사변을 불러왔다.

혁명과 쿠데타의 차이는 무엇인가? 정의를 앞세워 구부러진 것들을 반듯하게 만들겠다는 시작점은 같다. 그들은 정의를 내세워 구불거리며 흐르던 길을 반듯하게 만들었고 역시 구부러진 돌담을 허물어 반듯한 벽돌담을 만들어갔다. 자신들의 잣대로 구부러진 사람들을 억압하고 한 줄로 반듯하게 줄을 세우기도 했다. 그러나 자신들도 결국 구부러진 사람들이었다. 세상의 모든 것은 구불거리며 흐르는 것이었고 인생사도 역사도 마찬가지였다. 혁명과 쿠데타의 차이는 구부러진 길을 직선으로 만드는 방법에 있다. 합의에 의한 방법이 있을 수 있고 강압이 있을 수 있다. 그러나 과연 구부러진 길을 직선으로 만들 필요가 있을까? 서투른 정의를 시대의 화두인 양 급히 빼들 필요가 있을까?

언젠가 모 문학단체의 행사가 끝나고 뒤풀이장소였다. 테이블을 마주하고 계신 두 분은 초면이었고 60대 후반쯤의 연배로 보이는 분들이었다. 대화를 나누면서 알게 된 것으로 두 분은 강단에서 은퇴하신 전직 교수님들이셨다. 당시 나누었던 대화중에 기억에 남는 것이 있다.

"지금까지 살아오면서 느낀 것으로 인생에서 가장 중요한 것은 운이더라."

물론 그 자리에서 그 말을 의미 있게 생각했던 것은 아니었다. 교수까지 지내신 학자이신 분들이니 그저 그런 농담을 하는 것으로 생각했다. 그런데 한참 시간이 지나서야 때때로 그 말이 생각난다. 그것은 어쩌면 그 말이 일견 타당성이 있다는 내 속내일 듯하다. 그러나 다시 명

징한 사유를 시작해본다. 그리고 결론을 내린다. 인생을 결정하는 가장 중요한 요소를 단순하게 '운'이라고는 할 수 없다고. 그러나 '운'을 또 완전히 버리기에는 여러 가지 제반 현상들이 이를 제어한다.

인생을 결정짓는 요소를 세 가지로 한정해 보기로 한다.

한 가지는 역시 '운'의 범주에 속하는 것일 수도 있는 유전과 사주팔자이다. 두 번째의 것은 환경이고 또 다른 하나는 성격이다. 이 세 가지 것들은 각각 별개의 것으로 작용하는 것이 아닌 상호 밀접하게 연결되어 있고 상호 유기적으로도 작용한다.

이 모든 것들을 종합하여 능력이라고 말할 수 있을까?

'人間'은 혼자서 인간일 수 없다. 객체로서의 존재, 즉 관계가 사람을 이룬다. '인간이 사회적 동물이다.'라는 의미와는 다르다. 한 사람의 존재는 그 스스로 주체와 외부에서 그를 보는 타자로서의 관계에서 그 존재가 완성된다는 의미이다. 인생사는 관계라는 말과도 상통할 수 있다. 결국, 운이라는 것의 본질 또한 관계 속에서 생성되고 소멸한다고 말할 수 있다. 운이 좋아서 출세한 사람. 능력이 출중해서 성공한 사람. 이들은 다른 사람과의 관계에서 제 몫을 훌륭히 해냈음이 분명하다. 물론 자본주의의 특성상 소수의 예외적인 사람들도 있다. 그러나 내가 그 소수 부류에 속하지 않고 '운' 하나로 인생을 재단한다면 세상사 너무 살맛이 나질 않을 것이다.

만났었고 만나야만 하는 사람, 우연처럼 만나지는 숱한 사람들, 구불거리며 질곡 같은 삶을 살아가는 사람들을 생각한다. 학교를 중심으로 배우고 학습하는 것들은 지혜가 아니라 지식이다. 성현이나 종교를 통해 학습하는 것들도 마찬가지다. 내가 경험하지 않은 지식에 불과한 것이다. 학자는 물론 수도승이나 성직자가 모두 지혜로운 이의 범주에 들지 못한다는 말과도 같다. 지혜라는 것은 살아가는 현실의 희로애락에서 발현되는 것들이다.

살아가면서 다양하게 만나는 사람들, 누구나 구불거리는 질곡 같은 삶을 헤쳐나간다. 그들의 길을 바라본다. 그들의 삶을 생각한다. 우리는 너무도 흔히 희망을 이야기한다. 절망을 이겨낸 사람들. 오체투지의 정신으로 자신의 인생을 극복하려는 사람들. 그러나 더 많은 사람은 자신의 저주스런 삶을 그대로 받아들이고 세상을 원망하며 살고 있다. 이 책은 섣부른 희망을 이야기하고자 하는 것이 아니다. 이 책은 어둠 속에서—그것이 자의든 타의든—사는 사람들의 그 힘겨운 삶의 단면들을 보고자 한다.

저마다의 삶은 바람과도 같이 흐르는 것이어서 실체가 불분명한 거짓과 진실의 혼재일 수 있다. 거짓은 나에게서 진실의 외피로 포장되기도 하고 진실을 거짓으로 감추기도 한다. 산을 오르고 내리며 만난 사람들의 이야기, 그 비원의 바람을 따라 흐른 이야기들이다. 나의 삶 속에서 거짓일 때가 더 많았던 것 같은데 비원의 바람을 따라 흐르면서는 진실도 따라 흐르는 것이었다.

죽지 않은 이상 누구에게나 희망은 있다. 주어진 삶의 멍에를 벗어날 지혜가 저마다 샘솟기를 기원한다. 지식이 아닌 지혜가 희망을 불러온다. 고로 얕은 지식으로 섣부른 희망을 말하는 사람들을 나는 싫어한다.

바람을
따라
흐르다

지리산 종주 시점

노고단고개
1,440m

동자 출가라는 그의 이력은 특별했다. 모 월간지 논픽션 공모에 당선되었었다는, 승려였던 젊은 시절로 그가 부딪치고 겪어야 했던 모진 이야기도 마찬가지였다. 그 강렬함은 그를 만나기도 전에 들바람처럼 나에게로 왔고 직접 그를 처음 만났을 때 나는 사람에게서도 보이는 풍경을 보았다.

사랑이 눈물의 씨앗이라는 노랫말도 있지만, 인생은 그 궤적처럼 그리움을 씨앗으로 만들어낸다. 생살이 베어진 것처럼 지독한 아픔일지라도 세월에 곰삭아지면 그리움으로 풍화되고 그 그리움 속에는 풍경과 인연이 한데 뒤섞인다. 흔히 자연의 모습을 풍경이라고 하지만 사람의 모습이 풍경이 되기도 한다. 심경(心境)이라는 것처럼 사람의 마음도 풍경을 가진다. 사람이 가지는 풍경 속에는 그 사람의 과거와 현재가 잇대어 있다.

처음 그를 만난 것은 지난 늦가을, 여수에서 있었던 모 문학단체의 행사가 있던 자리였다. 나이 차도 있었고 공유할 특별한 관심사도 없었으니 의례적인 인사와 호기심을 동반한 곁눈질의 관심뿐이었다. 그런데 어느 순간 그의 모습이 특별하게 다가왔다. 두레박이 걸린 우물물에 허리를 구부리고 흔들리던 내 모습을 내려다보았을 때처럼 말이다. 물론 특별하게 다가왔던 그 끌림은 그의 이력과 무관치 않았을 것이다.

나는 그의 외모에서 두 개의 풍경을 보았다. 하나는 지사(志士)의 모습이었다. 야만적인 제국의 침탈에 저항으로 맞서며, 대중의 결집을 위해 사자후(獅子吼)를 토하는, 흰 두루마기를 입고 대중 앞에 선 지사의 모습이었다. 지금까지 만났던 누구에게서도 접하지 못했던 풍경이다. 다른 하나는 불우한 생을 살다 갔다는 한 여류시인이 그려낸, 물속에 제 그림자를 내려다보고 잃었던 전설을 생각해내는 사슴의 모습이었다. 시인은 살아온 생을 반추하면서 현실에 적응하지 못하고 외로이 살아가는 고독한 자신의 모습을 사슴으로 형상화해 시로 표현했을 것이다. 다다르고 싶은 고고한 이상의 세계는 현실의 누추함으로 그 간극이 확연하다. 그의 먼 곳을 향하는 눈빛이 사슴의 눈을 닮았다. 고고하고 고독했다.

행사가 끝나고 우린 헤어졌지만 나는 그를 다시 만나고 싶었다. 그 기별로 책을 한 권 보내드렸고 지난 겨울 초입에 전라선 열차를 탔다.

한때, 산을 신앙의 대상처럼 찾아 나섰던 적이 있었다. 오직 믿는 자에게만 존재한다는 절대자의 존재를 찾아 나선 적도 있었지만, 그러나 의심이 많은 자에게 절대자의 존재는 불가능한 미망이었다. 그래서 미개한 원시의 부족이 되어 산을 신앙의 대상으로 선택했을 터이다.

어두운 밤에 집을 나와 밤차를 탔고 새벽녘에 구례구역에 내렸다. 역시 섬진강이 호수처럼 고요히 잠들어 있었다. 나의 심장은 지리산 깊은 산중에 꼭꼭 숨겨둔 사랑을 만나듯 펄떡댔다. 열서너 번 종주로 오르고 내려온 길이지만 갈 적마다 지리산의 여정은 늘 그렇게 설레고 애잔하다. 화엄사를 지나 노고단에 이르는 본격적인 산길에 접어들면 산은 늘 나를 편안히 품어주었고 그 품 안에서 나는 속세의 모든 거추장을 내 던져버린 산짐승이었다. 자유다. 고독한 자유로 힐링이 되는 사람도 있다. 멧새들도 아직 깨어나지 않은 시간, 오가는 인적도 없는 적막강산에서 외로움과 쓸쓸함이 마음을 옹치기도 했지만, 발걸음은 가볍다. 한동안 따라 올라온 물소리는 마음을 서늘하게 해준다. 가팔라지는 산굽이를 돌면 나타나는 봉우리와 너른 평원, 노고단은 그렇게 나를 맞아주곤 했다.

오랜만에 그 길을 다시 걸어 오른다. 풍경으로 다가왔던 한 사람을 만나겠다며 떠난 길이었기에 고즈넉한 산 기운을 한껏 품어야 만날 수 있을 것 같았다. 그리곤 감상(感傷)이다. 낡아가는 내 육신을 보는 일이다. 예전의 거칠고 힘을 다한 숨소리가 아니었다. 나도 모르게 걸음이 느려지고 올라온 길을 돌아다보는 시간이 많아졌다. 산이 깊어지며 쌓인 눈도 깊어져 갔다. 이곳에 오기 전, 첫눈이라며 분분(紛紛)하기도 했지만 설경은 가당치도 않았다. 팍팍한 다리에 이어 허리까지 통증이 오는 듯했다. 그러나 산은 보답을 한다. 가팔랐던 산굽이를 돌아 올랐을 때 솟아오른 봉우리며 너른 평원은 온통 설국이었다. 모든 선입견과 편견이 사라진다. 우연이면서 행운처럼 지리산의 초설(初雪)은 인간사 애욕(愛慾)의 눈(目)을 받아들이지 않는다. 정화되지 않으면 볼 수 없다. 버리지 않으면 볼 수 없다.

노고단!

화랑국선의 연무도장이며 제단을 만들어 산신제를 올렸던 곳, 서릿바람이 촘촘히 쌓인 돌탑을 흔든다. 누군가의 촘촘한 소망을 흔든다. 흰눈으로 덮여 있는 장쾌한 반야봉 능선을 올려다보고 능선이 흘러내린 계곡을 내려다본다. 곧 큰바람이 불듯 바람꽃이 어슬댄다. 시류에 떠밀려 눈앞의 작은 이익에 쉽게 부서지고 길가의 돌멩이처럼 이해관계에 얽매여 이리 채이고 저리 채이던 초라한 자아는 이미 산 아래 멀찌감치 던져 버렸다. 산은 여전히 나를 화평케 하고 여유롭게 만들어준다.

인적이 끊긴 굽이굽이 한적한 길을 내려왔다. 폭설로 차는 다니지 않았고 다시 산허리의 굽이진 길로 하산을 서둘렀다. 시암재에서 내려다보는 풍광은 깊고 아득했다. 짧은 초겨울의 해거름은 산허리 붉은 단풍으로 물든 나무들을 더욱 불태웠다. 그 화상(火傷)을 입고 싶지 않은 사람이 있을 터인가?

길가로 작은 암자가 있다. 도계암. 고려 말 나옹화상이 창건했다는 천은사에 딸린 작은 암자다. 막연하게 기별만 드렸었는데 예정된 출타가 미뤄지면서 그곳에 계셨고 하룻밤 거처할 방을 정해주셨다. 암자를 둘러보고 저녁공양을 달게 먹었다.

산사의 밤은 일찍 찾아왔다. 지난 80년 모 월간지 실화공모에 당선되었던 자료를 건네주셨고 살아온 이야기를 들려주셨다. 겨울 산에서 듣는 바람 소리는 물소리와도 닮아 있다. 잠시 방문을 열고 눈을 감았다. '찌르르'는 풀벌레의 의성어가 아니다. 산 중 침엽수를 가르는 바람 소리의 의태어다. 물 속 연어의 지느러미가 활개 치는 의태어다. '파라락'은 숨 가쁘게 넘어가는 종이책의 의성어가 아니다. 산 중 활엽수를 가르는 바람 소리다. 고래의 거친 숨소리에 도망가는 꽁치들의 움직임이다.

거기에 산을 내려오는 보라바람이 추녀 끝 풍경을 마구 흔들어 댄다. 그 풍경(風磬)소리에 다시 다음의 풍경(風景)이 흔들린다.

이야기를 마치고 방으로 돌아왔다. 산을 오르고 내리며 지친 몸이었지만 한동안 잠들지 못했고 바람 소리는 여전했다.

다음 날 절을 떠나 서울로 올라오는 길, 섬진강을 따라 올랐다. 섬진강이 오르고 내리며 가는 길처럼 그분의 굴곡진 삶을 생각했다. 그 굴곡진 삶 속에서 보듬고 애끓던 이야기가 속살을 드러내기 시작했다.

강은 바다로 흐르고
나는 어머니에게로 흐르다

구부러진 골짜기를 따라 구불거리며 개울이 흐르다가 강으로 이어지고 바다로 흘러든다. 바다는 흘러든 모든 것을 받아들인다. 자연에서 반듯한 것은 존재하지 않는다. 반듯한 것은 인위에 의해 만들어진다. 사람들의 삶도 저마다 구불거리며 흐른다. 나는 남들과는 다르게, 태어나면서부터 구불거리며 흘러야 했다. 그렇게 태어나면서부터 구불거리고 흘렀지만, 꼭 닿아야 할 곳이 있었다. 나에게 어머니는 바다와도 같은 것이었다. 나의 굴곡진 삶이 흐르고 흐르면 어머니는 늘 다다르고 싶은, 닿아야 하는 필연의 바다였다.

어머니의 품속을 벗어났다. 누에가 넉잠을 잤고 오디가 익어가던 늦은 봄날쯤이라고 했다. 백일을 지나지 않았으니 몸을 뒤집지도 못했을 것이다. 귀가 열렸을 때 처음 들려온 소리는 저녁공양이 끝나면 울리던 범종 소리와 목탁 소리였다.

내가 절집에 버려졌다는 것을 알았던 것은 언제쯤이었을까? 단순하게 '지우다.'라며 태어나기도 전에 버려지기도 한다지만 태어난 후 어머니의 품속을 벗어나 버려졌다는 비애의 무게는 감당키 어려운 절망이었다. 당연히 어머니의 모습도 기억하지 못했다. 오히려 어머니의 모습을 기억하지 못함이 '다행이다.'라며 스스로 위로한 적도 있었다. 그러나 어머니에 대한 그리움은 세월이 지날수록 깊어져가는 질기고 모진 인륜의 사슬이었다.

스무 살 시절, 『죽음의 수용소에서』라는 책을 읽었다. 유대인 심리학자이며 정신과 의사였던 빅터 프랭클. 아우슈비츠에서 3년 동안 인간의 존엄과 훼손을 직접 체험했다. 굶주림과 야만의 폭력, 억압 속에서 극한의 인내로 삶과 죽음을 넘나들었다. 그렇게 낭떠러지 끝까지 몰려 갔지만, 그 극한의 절망과 한계 속에서도 그는 사랑이 가지는 숭고한 가치를 생각했다고 한다. 아내를 그리워하면서 사랑이 시공을 초월하고 존재조차도 초월한다는 것을 깨달았다고 했다. 사랑은 그리움과 궤를 같이하는 것이다. 그 책을 읽으면서 내가 어머니를 그리워하는 마음으로 그의 깨달음에 전적으로 공감했던 기억이다.

　중국여행을 하면서 윤동주 시인의 고향인 용정을 찾았던 적이 있다. 가곡 〈선구자〉의 가사에 나오는 해란강 유역의 용정민속관에는 항일 의사들의 사적들이 기록되어 있었다. 윤동주 시인이 다녔던 용정중학(구 대성중학)에는 〈하늘과 바람과 별과 시〉의 시비(詩碑)가 있다. 그곳을 지나는데 특별한 이유도 없이 한쪽 가슴이 뻐근해지며 눈물이 흘러내려 당황했다. 후에 이모님으로부터 전해 들은 이야기로는 어머니는 나를 품속에서 떼어놓고 용정으로 떠나셨다고 했다. 나의 가슴 뻐근함이 윤동주 때문이었는지 어머니 때문이었는지 확인할 길은 없다. 다만 이제 용정을 생각하면 윤동주보다 어머니가 먼저 내 가슴에 와 닿았다.

　아버지는 가사를 돌보지 않았고 무능력했다고 한다. 입에 풀칠조차도 할 수 없을 궁핍 속에서, 누구도 기댈 수 없는 절박함 속에서 어머니는 나를 절집 추녀 밑에 놓아두고 국경을 넘어 낯선 이국땅으로 떠났다. 다른 이유가 있었을까? 어머니를 만나면 그 이유를 들을 수 있을까? 나는 진정 그것이 궁금한 걸까? 어느새 나는 일흔 중반을 지나는 나이이다. 그런데도 어머니에 대한 그리움은 나의 영혼 저 깊은 곳에 켜켜이 쌓여 있다. 얼굴도 기억나지 않는 어머니에 대한 그리움에 한평생을 매여 산 꼴이다. 후회한다고 사라질 그리움이 아니다. 정신을 가다듬는다고 없어질 연정은 더더욱 아니다.

어린 시절, 어머니에 대한 원망과 서운함이 없을 리 있었겠는가? 그러나 어머니에 대한 아무런 기억이 없다. 막연했다. 구체적인 것은 그 막연함, 그 서운함과 원망이 사라질 수 있는 길은 단 하나였다는 사실이다. 딱 한 번만 어머니를 뵙고 손을 잡아보고 싶었다. 그리고 소리 내어 '엄마'라고 부르면 될 일이었다. 시간이 없어 일 분만에 다시 떠나도 좋았다. 아니 그렇게라도 만날 수 없다면 멀리서 딱 한 번만 엄마의 모습을 보았으면 될 일이었다. 딱 한 번만 한 여인에게 '엄마'라고 부르면 될 일이었다.

엄마가 휴가를 나온다면

정채봉

하늘나라에 가 계시는 엄마가

하루 휴가를 얻어 오신다면

아니 아니 아니 아니

반나절 반 시간도 안 된다면 단 5분

그래, 5분만 온대도 나는 원이 없겠다

얼른 엄마 품속에 들어가

엄마와 눈 맞춤을 하고

젖가슴을 만지고

그리고 한 번만이라도

엄마! 하고 소리 내어 불러보고

숨겨놓은 세상사 중

딱 한 가지 억울했던 그 일을 일러바치고

엉엉 울겠다.

정채봉 시인은 그가 두 살 때 20살의 꽃다운 엄마가 세상을 떠났다고 한다. 그리고 할머니 손에서 자랐다.

그도 나처럼 어머니에 대해서 아무것도 기억하지 못할 것이다. 단 5분 만이라도 엄마를 만나고 싶어 하는 마음, 엄마를 만난다면 엄마 품에 안겨 세상 살면서 억울하고 힘들었던 것을 엄마에게 쏟아내겠다는 그 마음. 얼마나 엄마가 그리웠으면, 사람살이가 외로웠으면 그렇게 이야기할까.

시인이었던 그는 많은 사람에게 시를 통해 공개적으로 자신의 마음을 내보이기도 했지만 나는 지금까지 누구한테도 그 아프고 쓰린 마음을 내보인 적이 없다. 그 마음, 어머니에 대한 원초적 그리움은 이 세상 어떠한 사랑과 긍휼로도 치유할 수 없는 치명적인 가슴속의 멍울이다.

절집에 버려져서 나는 동자승이 되었다. 그래서 '동자 출가'라는 특별한 이력을 갖게 되었다. 대자대비하신 부처님의 섭리라고 할 것인가? 지지리도 박복한 내 운명이라고 할 것인가? 사실 어린 시절에는 그도 저도 생각할 수 없었다. 다만 이 세상에 존재한다는 것이, 생존한다는 것만이 전부였다. 내 의미의 전부였다. 절에서의 생활이 익숙해져지자 스님들의 불호령과 미소를 구분할 수 있었다. 내가 태어난 즈음, 일본은 '대동아 공영'을 외치며 전쟁을 시작했다. 지리산 깊은 암자에서 살던 나는 세상의 혼란스러움에서 비켜나 있었고 수행 아닌 수행에도 익숙해졌다.

이른 봄날 소소리바람 속에서도 산속 진달래는 봉오리를 삐쭉대었고 나는 초등학교에 들어갔다. 여덟 살이었다. 태어나면서 가정이라는 울타리가 없었기 때문에 절집에서의 무거운 엄숙함이 전부인 어린 시절이었다. 절집을 벗어나 학교에 가는 것이 낯설기도 했지만, 또래의 많은 동무와 함께 지내는 생활이 즐거웠다. 그런데 그 즐거움도 잠시였다. 어른 스님들은 "전쟁이 터졌다."고 했다. 깊은 산중이었지만 전쟁의 소용돌이는 피할 수 없었다. 공비들과 토벌대 사이에서 절은 수시로 주인이 바뀌었고 스님들은 삼삼오오 민가로 내려가야 했다. 마을 주민들은 우익과 좌익으로 나누어져 살벌한 기운 속에 눈을 희번덕거렸고 수시로 총소리가 허공을 갈랐다. 총소리가 나면 나는 무서워 이불을 뒤집어썼다. 어느 날 그렇게 이불을 움켜 쓰고 누워 있었는데 문 밖으로 불기운이 일고 순식간에 절이 불길에 휩싸였다. 스님들과 나는 가까스로 빠져나와 다시 거처를 옮겨야 했다.

1953년 7월, 휴전이 되었지만 지리산은 여전히 이데올로기에 목숨을 건 군상들로 혼란스러웠다. 어린 나이에 '사상'이니 '이념'이니 하는 것들은 몰랐을 것이다. 도대체 왜 편을 가르고 목숨을 건 싸움을 해야 하는지도 마찬가지였다. 그냥 "엄마 세상이 이상해. 왜 이러는 거야?" 하고 울먹였을지 모른다.

사람들의 마음도 마을도 절도 황폐해져갔다.

망초꽃만이 들에 가득했다. 수수해서 친근한 망초꽃이다. 우리나라 산야에서 흔히 볼 수 있는 망초꽃은 북아메리카가 원산이다. 구한말 철도공사용으로 들여온 침목에 함께 묻어 들어온 것으로 추정하는 이 꽃은 이전에 볼 수 없었던 것이었으나 금세 들에 가득해졌다. 뽑아내도 쉽게 없어지지 않았고 척박한 토양에서도 잘 자랐다.

일제가 이 나라를 망치려고 퍼트렸다는 소문이 돌았다. 사람들은 '망할 놈의 풀'이라며 망국초라 부르기 시작했고 후에 망초로 불렸다는데 정설은 아닌 듯하다.

망초꽃보다 꽃이 더 크고 분홍색이 도는 것이 개망초다. 흔히 사물의 이름 앞에 '개'라는 접두사가 붙을 때에는 '무엇보다 못한'이란 의미를 지니고 있는데 망초보다 예쁜 것에 그 접두사를 붙인 연유는 무엇이었을까? 그것은 '망할 놈의 풀'이 '예쁘면 무슨 의미가 있겠냐?'는 백성들의 원망이 서려 그랬을 것이라는, 비뚤어진 나의 추측이다.

총소리가 조금씩 잦아들고 다시 절로 돌아왔을 때는 가을이었다. 나는 수행에 정진했다. 전쟁 통에 민가에서 한동안 생활한 것을 빼면 절에서의 생활이 전부였다. 어찌 보면 평온한 청년 시절이 지나가는 듯했다. 지리산과 함께.

설악산이나 금강산이 양장으로 멋을 낸 누이 같은 산이라면 지리산은 무명옷을 입은 어머니와 같은 산이다. 날카롭게 기기묘묘한 모습은 없다. 짐승의 등뼈처럼 길게 이어진 주 산맥에서 남북으로 흘러내린 많은 골짜기. 그 골짜기 사이로 다시 골들이 흘러내리고 그 골을 따라 개울이 흘러내리는, 어머니의 깊은 속내처럼 쉽게 들여다볼 수 없는 산이다.

천왕봉에서 해가 지는 쪽으로 흘러내린 능선 중에 차일봉이 있고 그 남쪽으로 천은사가 있다. 동쪽 등 너머로 화엄사가 남성미로 웅장한 절이라면 천은사(泉隱寺)는 넓은 평지에 여성미를 품고 있는 절이다. 신라 흥덕왕 3년(828년) 덕운 조사가 창건한 것으로 전해진다. 천 년을 더 지난 역사처럼 나무들도 울울창창했고 개울물은 숨어 들은 감로수처럼 차고 달근했다.

단유 선사가 절을 중수할 무렵 절의 샘가에 큰 구렁이가 자주 나타나 사람들을 무서움에 떨게 하였다. 이에 한 스님이 용기를 내어 잡아 죽였더니 그 이후로는 샘에서 물이 솟지 않았다고 한다. 그래서 '샘이 숨었다'는 뜻으로 천은사라는 이름이 붙었다. 그런데 절 이름을 바꾸고 가람을 크게 중창했지만, 절에는 여러 차례 화재가 발생하는 등의 불상사가 끊임없이 일어났다. 마을 사람들은 입을 모아 절의 수기(水氣)를 지켜주던 이무기가 죽은 탓이라 하였다. 얼마 뒤 조선의 4대 명필가의 한 사람인 원교 이광사(李匡師, 1705~1777)가 절에 들렀다가 이런 이야기를 들었다. 그러자 이광사는 마치 물이 흘러 떨어질 듯한 필체—水體—로 '지리산 천은사'라는 글씨를 써 주면서 이 글씨를 현판으로 일주문에 걸면 다시는 화재가 생기지 않을 것이라 하였다. 사람들이 그대로 따랐더니 신기하게도 이후로는 화재가 일지 않았다고 한다.

종교란 무엇인가? 종교는 인간을 정화하고 이상 사회를 열망하는 마음, 현실의 고통을 해소하고자 하는 염력에서 생겨났을 것이다. 단순하면서도 그러나 쉽게 도달할 수 없을 목표와 지향성을 포함한다. 죽음의 공포에서 벗어나 영원한 내세의 행복을 추구하고자 하는 마음도 지대했을 것이다.

종교는 크게 두 갈래로 구분된다. 신을 절대적인 근본으로 삼아 추종하고 의지하며 외적인 것에서 공력을 빌려 오는 종교(기독교와 기타 전지전능한 신(神)을 믿는 절대자 종교)가 하나이고 또 다른 하나는 경전이나 수행을 통해 자신이 주체가 되어 진리를 깨닫고자 하는, 내면에서 공력을 끄집어내는 종교로 구분할 수 있다.

동양의 종교는 인간 내면의 사유를 파고든다. 선(禪)을 통해 해탈에 이르고자 하는 불교나 신과 인간의 본질적 동일성을 강조하며 세계의 본질로 이르는 통로가 우리 자신의 깊은 내면에 있다고 한 인도의 종교가 그 대표적 예다.

절대 신의 종교인 기독교는 자신의 수행이나 깨달음으로는 절대 종교적인 이상이나 목표에 도달할 수 없다는 것을 한정한 외공의 종교다. 신의 아들인 예수를 통해 그리고 예수를 낳아준 마리아를 통해 하느님과 소통해야만 구원의 안식을 얻을 수 있다.

이와는 달리 불교는 자신의 깨달음으로 얻은 진리를 믿고 행하는 종교다. 진리를 모르고 사는 삶은 괴롭고 고달프지만, 진리를 깨닫고 따르는 삶은 안식과 평강을 가질 수 있다는 것을 바탕으로 한다. 일상에서 화가 치밀어 오르는 상황을 설정하여 비유를 든다면 유일신을 섬기는 자는 절대자의 도움으로 화를 잠재운다는 것이고 진리를 깨우친다는 것은 자신의 내공으로 화를 잠재운다는 것이다.

불교에서 수도자가 된다는 것은 부처님이 말씀하신 경전을 공부하여 깨닫고 행하며 그것들을 대중에게도 전파하는 존재가 되는 일이다. 기독교의 사제들과 비슷한 듯하지만 본질은 다르다. 스님이 된다는 것은 평생 수행을 하겠다는 맹세이며 거처하는 공간도 일반인과 구분한다는 것을 의미한다. 일정한 과정을 거치면 자격처럼 주어지는 사제들과는 분명 다른 것이다.

"인간은 사회적인 동물이다."라는 말은 "인간은 종교적인 동물이다."라는 말과 궤를 같이한다. 인간이 군집생활을 시작하면서부터 형태가 어떠하든 종교는 늘 그 안에 있었다. 원시 부족사회에서는 제정일치, 즉 종교와 정치가 분리되지 않았고 일치했다. 왕과 사제가 동일인이었다. 정치체계가 진화하면서 종교는 정치권력 안으로 종속되었다. 특히 서양의 중세는 종교가 인간을 억압하는 지배 이데올로기로 막대한 영향을 미쳤던 시기다. 그리고 아직도 정치권력이 종교를 이용하여 사람들을 지배하고 억압하는 현상은 완전히 사라지지 않고 있다.

모래사막과 산맥을 넘고 바다를 건너 이 땅에 종교가 흘러들었다. 불교는 삼국시대에, 기독교는 '서학'이라는 학문의 형태로 조선 후기에 중국으로부터 들어왔다. 오늘날 모든 종교는 정치에서는 분리되었다고 자인하지만, 결코 완벽한 선을 그을 수 없다.

기독교는 봉건사회를 개화하고 서구문물을 받아들이는 통로로도 작용했다. 농경사회에서 산업사회로 전환되면서 기독교는 이 땅에서 그 유래를 찾을 수 없을 정도로 교세를 확장해나갔다. 그 이면에는 중국과 북한이 신을 부정하는 공산국가가 되면서 남한지역에 선교가 집중되었다는 이유도 있었을 터이다.

급격한 산업화에서 오는 자아정체성의 혼란이 기복 신앙과 맞물려 어지러운 사회질서를 극복하고자했을 것이다. 포장은 그럴싸했다. 자아성찰과 전지전능한 유일신의 사랑으로 이웃을 사랑하고 천국으로의 입성을 위해 선행을 쌓는다. 물론 모든 종교가 그러하듯 내세에 대한 두려움도 빠질 수 없었다.

　그런데 이 과정에서 일부 교회들이 잘못을 저지른다.(물론 잘못은 저지른 사찰도 부지기수다.) 종교를 통해 자기 성찰이나 정화를 추구하기보다는 물질적인 축복과 인적 네트워크의 확장을 주문하며 세속적 성장만 추구했다. 교회라는 공간 내에서 사제들은 직간접적으로 그것들을 부추겼다. 급격한 산업화와 맞물려 물질적인 축복은 실제로 현실에 투영되고 실현되는 것이었고 그것은 교세의 확장으로 이어졌다. 신도 수가 증가하면서 교회도 대형화의 길을 걸었다. 불교는 기독교와는 달리 대중들의 집약적인 신앙생활 형태에서 벗어나 있었지만, 토속적인 정서와 맞물려 현실에서의 기복에 대한 추구는 마찬가지였다.

　가출과 출가의 차이점은 무엇일 것인가? 집을 나간다는 의미는 같은 것이지만, 가출은 잠깐 집을 떠났다가 다시 돌아옴을 담보로 하는 것이고 출가는 현재의 공간에서 완전한 이탈을 의미한다. 부처님의 제자가 되기 위하여 절집으로 들어간다면 현재의 인연을 끊는다는 것으로 그 의미가 무겁고 신중하다. 세속을 등지고 수도자가 된다는 것은 진리에 대한 갈망이다. 자연으로 산다는 것은 수시의 변화를 바탕으로 한다. 인간도 그 범주에서 벗어날 수가 없다. 아침에 생각한 것이 하루를 넘기지 못하고 점심참에 바뀌기도 하니 이 변화무쌍한 마음을 다스려 참 진(眞)을 이루는 것이 얼마나 어려운 것이겠는가!

　원시림처럼 울창한 숲이 절을 둘러서 있었다. 사람의 손으로 키워진 것이 아니다. 산이 원래 그 자리에 있었던 것처럼 나무들도 그 자리에 있었다. 나무들은 자연(自然)이라는 한자어처럼 스스로 그러하면서 멧새들을 키웠고 다람쥐도 산토끼도 키웠다. 나무들은 인간도 키웠다. 밥을 짓고 군불을 지피는 땔감 역할을 해주었다. 집을 짓고 외양간의 기둥도 세우게 해주었다. 그러나 그 은혜로운 나무들을 인간이 탐욕의 대상으로 바꾸고 베고 팔고 잘랐다.

4·19혁명으로 이승만 대통령이 하야했고 내각책임제로 윤보선 대통령의 제2공화국이 출범했을 때였다. 어수선하고 혼란스런 시국이었다. 해가 바뀌자 5.16의 군화 소리가 제3공화국을 태동하고 있었다. 나는 세상 나이로 20대 초반의 혈기 방장한 나이었다. 천은사에서 멀지 않은 빈 암자에서 생활하고 있던 시절이었다.

1962년 8월, 순천 일대에 큰 물난리가 났다. 하루 동안 300mm 이상 내린 폭우였다. 순천 북방 6km 지점에 위치한 서면의 산정 저수지 둑이 붕괴하면서 불어난 물이 순천 시내를 덮쳤다. 대부분의 시가지가 침수 피해를 입었고 당시 사망자가 2백 명이 넘었다.

그때 정부의 긴급대책으로 천은사 주변의 산림이 수해복구 용재로 벌목허가가 났다. 벌목허가는 어쩔 수 없는 상황이었다 하더라도 그 당국의 허가라는 절차가 인간의 탐욕을 부르는 단초로 작용했다.

자연과 더불어 존재하는 인간으로서 숲을 지키고 보존해야 했다. 특히 수도자로서 사찰 주변의 경관을 고려해야 한다는 것은 당연한 의무였다. 그러나 그보다 더 당연한 것은 욕심을 버리고 청정해야 한다는 것이리라. 탐욕과 정욕을 버리기 위하여 경전을 읽고 참선을 하고 목탁을 두드리는 것이 아니었던가? 목탁을 두드린다는 것은 대중들에게도 그 마음을 전해주고 옮기려는 울림이 아니겠는가?

수도자들도 돈에 대한 욕심을 완전히 떨치긴 어려웠던 모양이다. 그것도 주요 직분을 맡은 수도자들이. 그 욕심은 예정된 것처럼 벌목업자의 농간에 휩쓸려 들었다. 처음 벌목 허가 때부터 업자들은 절의 임원들과 결탁하여 허가된 양보다 훨씬 많은 나무를 벌목하여 반출했다.

수도승이 되었던 것은 나의 의지와는 무관했다. 그럼 운명이었다고 해야 하는가? 수없이 되뇌어보기도 했지만 나는 아직 답을 찾지 못했다. '동자 출가'에 무슨 특별한 계기가 있었다거나 목표가 있을 리 없었다. 물론 나이가 들어 절을 떠날 자유가 있다는 것을 알고 그 미망을 뿌리치기 어려운 적도 있었다. 그러나 나는 절에서 살았다. 내가 선택한 삶은 아니었지만 내가 버릴 삶이 아닌 듯했다. 대자대비 부처님을 모시는 수행을 하면서 나의 삶이 한평생 지속되는 것이 당연하고 평화로운 일일 거라는 생각을 했다.

나는 수행도 더없이 중요한 것이라 여겼지만, 가끔 억울하고 서러운 사람들을 볼 때마다 진정한 종교인이 취해야 할 자세를 되씹어보곤 했다. 혈기방자(?)한 나이였다. 어른 스님들의 처사는 옳은 일이 아니었다. 혈관을 타고 흐르는 피의 흐름이 거세었다. 마음에서 분노를 거두라는 경전을 앞에 두고 뜬눈으로 밤을 새우며 고민했다. 수도자들은 소금과도 같은 존재이다. 성경에도 나와 있는 소금과 빛의 의미처럼 말이다. 세상이 탐욕으로 썩어가는 것을 늦추거나 멈추게 하고 어둡고 칙칙한 곳에 빛으로 존재해야 한다. 생선이 썩어 갈 때는, 아니 썩어가기 전에는 소금으로 간을 하면 되지만 되레 소금이 썩어간다면 어떻게 썩어가는 생선을, 세상을 막을 것인가? 소금은 절대 썩는 것을 막는 데 그 존재의미가 있다. 종교는 인간의 사리사욕을 정화하는데 그 존재의미가 있다. 젊은 날의 종교는 그렇게 정의의 이름으로 받아들여질 수 있고 그래야만 하는 것이 아닐까? 속세와의 인연을 끊는다는 불가의 가르침이 불의와의 타협과 동일시 되어서는 안 된다.

나는 잘못된 것에 저항하고 고발하는 투사의 길을 선택했다. 나의 혈기(血氣)를 잠재우지 않기로 했다. 그들은 수행자들이었으므로, 설령 잘못된 판단이나 마음을 먹었더라도 본래의 제 자리로 돌아오는 것은 쉬운 일이고 당연히 그렇게 될 것이다. 그러므로 단순히 건의의 성격으로 항의한다면 바로잡아질 것으로 생각했다. 그러나 오산이었다. 나의 크나큰 오산이었고 오판이었고 수도자들에 대한 오해였다. 수도자로서 평생을 가겠다는 희망조차 참담하게 무너졌다.

단순히 공부하는 것으로 수도승이 될 수 있는 것이 아니다. 사회와 격리된 생활을 해야 한다는 것에서부터 행자 생활의 여러 과정을 거쳐야 정식으로 스님이 될 수 있다. 그 과정, 그 시간 속에서 하루에도 수없이 변하는 자신의 마음을 먼저 다스려야 한다. 절의 법도는 그만큼 엄격한 것이고 사회보다 엄격한 조직체계를 갖추고 있다. 아무 직분도 가지고 있지 못한 내가 주지를 포함한 임원들이 결정한 일에 왈가왈부한다는 것은 대단히 부담스러운 일이었고 무한의 용기가 필요했다.

점심 공양시간이었다. 다른 날보다 먼저 공양 간에 들었고 점심 공양을 들면서도 잠시 후에 할 이야기에 고민하며 되뇌었다. 떨리고 두려웠다. 점심을 마치고 자리에서 일어나 합장으로 3배를 했다.

"소승이 대중 스님들에게 한 말씀 드리겠습니다."

입안에서 침이 마르고 스님들은 의아하게 나를 쳐다보았다. 잠시의 침묵을 허락으로 생각하고 준비했던 말을 이어갔다. 허가된 벌채양보다 가외의 도벌이 있었고 그것을 확인해서 계산을 확실하게 해야 한다는 이야기를 이어갔다. 일부 스님들은 동조하는 눈치였지만 대부분의 스님은 몹시 못마땅한 표정이었고 주지 스님의 얼굴에는 엷은 경련까지 일었다. 결국, 업자와 결탁했다는 것을 시인하는 것처럼.

"그런 것은 집행부에서 처리할 일 아닌가!"

주지 스님의 말씀에는 소리만 있었지 권위가 없었다. 그것은 범죄자가 가진 어쩔 수 없는 한계였다. 나는 물러설 수 없었다. 주지 스님은 나를 무력화하기 위하여 나의 은사 스님에게로 눈길을 돌렸다. 은사 스님은 주지 스님과 나를 동시에 외면했다. 언쟁은 격렬해졌다. 주지 스님은 다시 은사 스님을 불렀다.

"스님이고 뭣이고 내 말에 책임 있는 답변을 하십시오."

대화가 접점을 찾지 못하면서 나도 모르게 흥분했다. '스님이고 뭣이고!'라고 내뱉었던 말은 부메랑처럼 돌아와 나를 후려쳤다. 상황을 모르는 사람이라면 은사 스님을 모독하는 것으로 받아들여질 수도 있는 불순한 말이었다.

내가 제기한 문제는 직간접적으로 산판업자와 결탁한 임원들에게는 독화살이 아닐 수 없었다. 독화살을 맞은 절의 임원들은 결국 사소한 수도 있었을 그 말 한마디에 이것저것 다른 오물을 붙여 나의 승적을 박탈하였다. 19**년 *월 천은사에서의 일이었다.

승적이 박탈된 것은 내 근원에서의 방출을 의미했다. 어머니에게서 버려지고 절에서 쫓겨났다. 내가 있을 곳이 이제 남아 있지 않았다. 이 세상은 나를 두 번 버렸고 나는 가장 든든한 울타리였어야 할 두 곳에서 버려졌다. 세상이 거칠고 야비한 웃음을 지으며 내게 달려들었다.

정의란 무엇인가? 바르면서 옳기도 한 것은 이 세상에 존재하지 않는 것일까? 절대적인 정의는 존재하지 않는 것이고 상대적인 것일까? 물론 역사는 이런 상대적 정의를 수없이 보여주었다. 일찍이 자신의 소신과 진리를 주장하다가 죽임을 당한 현자가 한둘이었던가? 나는 소외되어 외톨이가 되었다. 심신도 쇠잔해졌다. 나다니는 걸음걸음이 무겁기 그지없었다. 그러나 난 포기하지 않았다. 포기할 수 없었다. 내가 사랑한 절이다. 내가 선택한 수도승의 길이다. 나의 삶이며 나의 이념이며 나의 생활이었다.

고발장을 들고 관공서를 수없이 드나들었고 현장을 뛰어다녔고 수많은 사람과 부딪쳤다. 내가 만났던 사람들도 내가 고발하는 일이 옳은 일임을 알았다. 그러나 이해관계에 얽혀 돌아가는 현실은 그들의 말을 바꾸고 마음을 속이기에 충분했다. 그들은 밥을 벌기 위해서, 또는 현실에 안주하기 위해 나를 배척했다.

예나 지금이나 조직 내에서 내부적인 비리를 고발했던 사람들은 조직은 물론 대중들에게도 기피의 대상으로 낙인찍힌다. 더하여서 배신자의 멍에까지 짊어져야 한다. 종내에는 집요한 불이익의 처분까지 달게 받고 극도의 스트레스와 소외감으로 인한 우울증만이 그에게 남는다. 심지어는 가족들까지 극단의 낭떠러지로 몰아가는 경우가 흔했다. 저울을 든 정의의 여신 디케(Dike)는 공평한 판결을 위해 눈을 감고 있다는데 이 땅에선 눈을 뜨고 있으므로 권력과 금력 앞에서 결코 공평하지 못한 처사가 공공연히 자행되고 있다. 단순히 공공성에 입각한 논리적 합리성을 추구하기보다는 개인적인 사적 연대를 우선하는 정서라고 치부할 수 없었다. 이해할 수 없었다. 눈앞에 보이는 검은색을 흰색이라고 하자는 꼴이다. 동어반복은 때로 무서운 힘을 가진다. 옳은 건 옳은 거고 틀린 건 틀린 거고 잘못된 것은 잘못된 것이다.

우리나라는 정의를 수호한 디케의 후손들을 내부고발자라고 막말을 해댄다. 그것은 그 나라가 가진 품위와 지성의 힘과 비례한다.

프랜시스 켈시라는 여성공무원의 소속은 FDA, 즉 미국식품의약국이다. 그녀가 하는 일은 신약을 심사한 후 판매 여부를 결정하는 일이었다. 그녀에게 첫 과제로 주어진 일은 독일에서 개발되어 임산부의 입덧 치료에 탁월한 효과를 나타낸다는 어떤 신약의 미국 내 판매 여부였다. 약의 이름은 탈리도마이드. 입덧뿐만 아니라 두통, 불면증, 식욕저하 등 거의 모든 임신 증후군에 잘 듣는다는 소문에 이미 유럽 각국에서는 선풍적인 반응을 보였고 세계 최대 시장인 미국 진입을 코앞에 둔 상태였다. 제약회사는 이미 유럽 각국에서 절찬리에 판매되고 있으므로 미국에서도 의례적인 심사과정을 거쳐 즉시 판매허가가 나올 것을 기대했지만, 담당자인 그녀의 생각은 달랐다. 그녀는 이 약이 사람에게는 수면효과가 있지만 동물에게는 효과가 없다는 점에 주목했다. 뭔가 이상하다고 느낀 그녀는 제약 회사 측의 집요한 요구에도 차일피일 시간을 끌며 승인 허가를 미루었다. 제약회사들의 로비와 압력은 상상을 초월할 정도였다. 그럼에도 불구하고 그녀는 이 핑계 저 핑계를 대가며 승인 허가를 미루었다. 그러던 차에 유럽 각국에서 팔, 다리가 없거나 짧은 해표지증을 가진 기형아들의 출산이 급증하였고 역학조사 결과 기형아를 출산한 거의 모든 산모가 임신 중 탈리도마이드를 복용했다는 점이 밝혀졌다. 당연지사로 탈리도마이드의 미국 판매는 불허되었다. 유럽에서 8천 명이 넘는 기형아들이 태어났지만, 미국에서는 그녀의 소신 덕택에 단 17명밖에 태어나지 않았다. 그녀는 맡은 바 임무에 충실한 것 말고는 한 일이 없다고 겸손해했지만, 미국 정부는 훈장으로 그녀의 강직한 업무처리에 보답하였다.

이장덕이라는 여성 공무원은 화성 군청 사회복지과 소속으로 하는 일은 유아 청소년용 시설을 관리하는 것이었다. 담당 계장으로 근무하던 1997년 9월 그녀에게 관내에 있는 씨랜드라는 업체가 청소년 수련시설 설치 및 운영허가 신청서를 접수했다. 다중 이용 시설 중에서도 청소년 대상이므로 철저히 안전대책이 마련되어야 함에도 실사 결과 콘크리트 1층 건물 위에 52개의 컨테이너를 얹어 2, 3층 객실을 만든 임시 건물 형태로 화재에 매우 취약한 형태였다. 당연히 신청서는 반려되었지만 그때부터 온갖 종류의 압력과 협박이 가해졌다고 한다. 직계 상사로부터는 빨리 허가를 내주라는 지시가 계속 내려왔고 민원인으로부터도 여러 차례 회유 시도가 있었으며 나중에는 폭력배들까지 찾아와 그녀와 가족들을 몰살시키겠다는 협박을 했다. 그런데도 그녀는 끝끝내 허가를 내주지 않았다. 그 결과 1998년 화성시는 그녀를 민원계로 전보 발령하였고 씨랜드의 민원은 후임자에 의해 일사천리로 진행되었다. 씨랜드 측과 관련 공무원들이 앓던 이 빠졌다고 좋아한 지 1년도 채 못되어 씨랜드에서는 화재가 발생하였고 결국 18명의 유치원생을 비롯한 23명이 숨지는 참극이 벌어졌다.

똑같이 심성의 사람들이었다. 이장덕과 프랜시스 캘시. 그들은 소신에 찬 말단 공무원이었지만 한 사람은 비극을 막고 다른 한 사람은 비극을 막지 못했다. 한 사람은 영웅이라는 찬사를 들으며 대통령으로부터 훈장을 받았지만 한 사람은 경찰에 제출한 비망록으로 인해 동료들을 무더기로 구속시켰다는 조직 내의 따가운 눈총을 받아야 했다. 한 사람은 90세까지 근무한 후 은퇴하자 조직에서는 그녀의 이름을 딴 상을 제정하였지만 한 사람은 현재 무얼 하며 어디서 지내는지 아무도 모른다.

당시 사고로 아이를 잃었던 전 국가대표 하키 선수 김순덕은 "이 땅에서 살 의미를 잃었다"며 국가로부터 받은 맹호장·목련장·대통령 표창을 반납하고 뉴질랜드로 이민을 떠났다.

격동의 60년대가 저물어가고 울창했던 숲은 인간 송충이들에 의해 붉은 비탈을 드러냈다. 천은사의 모습은 그대로였지만 내부 정규는 붉은 산비탈에서 흘러내린 흙탕물에 잠겨있었다.

도스토옙스키는 '삶에서 가장 두려운 것은 고통이 아닌 의미 없는 고통'이라고 했다. 나의 20대는 시대의 혼란함에서 한 치도 벗어나지 못했다. 파란과 곡절의 점철이었다. 도스토옙스키처럼 의미를 발견하지 못했던 고통으로 나는 삶이 두려워졌다. 대자대비 부처님의 가르침이 이처럼 나약한 것인 줄 몰랐다. 잘못된 것을 바로잡겠다는 일념으로 노도와 같은 젊은 시절을 보냈지만 나에게 주어진 것은 허망함뿐이었다. 되레 분란을 만들었다는 눈총은 길게 이어졌고 나는 내쳐지고 말았다.

나는 절을 떠났다. 아니 떠나야 했다. 그러나 지리산을 떠나지는 못했다. 지리산은 나의 어머니와 같은 존재였고 나는 늘 어머니를 그리

위하지 않았던가!

하늘 아래 첫 동네라는 심원마을에 거처를 정하여 한 마리 멧새처럼 깃들었다. 누군가 머물다 떠난 허름한 움막이었다. 심원(深遠), 깊고도 먼 골짜기다. 태고로 솟아오른 반야봉을 올려다보아야 하는 곳이다. 반야는 지혜(智慧)다. 생각마다 어리석지 않고 항상 지혜를 행하는 것이 곧 반야행(般若行)이다. 심원(深遠)이란 반야와 깊은 상관이 있을 것이다. 그리하여 나는 물었다. 나는 지혜롭지 못했으므로 이곳에 와야 했는가?

사람들은 이상한 눈길을 보내기도 했고 '큰 절의 승려로나 지낼 것이지.'라거나 '절에서 쫓겨난 것.'이라며 수군거렸다. 지금 심원 마을은 이 나라 개발의 무자비한 역사를 피하지 못하고 번잡스러워졌다. 그러나 당시엔 마을에 이르는 변변한 진입로도 없었고 열 가구 남짓이 옹기종기 모여 살았다. 산나물이며 약초를 재배하거나 채취하고 토종벌을 키우는 자연과 어우러지는 생활을 하는 사람들이었다.

오래전에 비워진 움막이었으므로 필요한 것들을 옮겨야 했다. 산길 십여 리를 내려갔다가 등짐을 지고 그 먼 길을 다시 올라와야 했다. 벌 두 통도 장만했다. 최소한의 생활수단이었다. 해가 바뀌고 네 통으로 늘어나기도 했지만, 벌들은 인간들이 편리를 위해 자연을 더럽히고 파괴하는 것에 심통을 부리듯 집을 버리고 나가버리기 일쑤였다. 새로운 여왕벌을 따라 새 가족을 만들 때의 모습은 신비하고 흥미로웠다. 자연의 경이다. 알에서 벌이 깨어날 때면 밀봉을 트고 나올 때 생기는 딱지 같은 것이 벌통 앞에 많이 떨어져 있게 된다. 그런 날이면 새끼 벌이 언제 나올지를 몰라 뙤약볕에서 하루 종일 조바심을 치며 기다리기도 했다. 드디어 분봉으로 여왕벌을 따라 나온 벌떼를 삼태기에 받아들 때, 그 무게감에서 느껴지는 생명의 환희와 희열. 그것은 하늘의 마음에 닿는 사다리와 같은 것이었으리라.

그곳에 사는 사람들은 온몸으로 자연의 순리를 체감하고 나누는 사람들이었다. 나무와 들꽃, 물도 공기도 순정하니 사람들도 마찬가지였다. 그랬다. 날 선 칼날 같은 종교적인 계율이 없어도 삶의 도를 깨우친 사람들이었다. 이해를 다투지 않았고 성내지 않았다. 물질의 이기적 염력(念力)에서 자유로웠으니 그랬을 것이다. 산을 오르는 이들이 이곳을 거쳐 갔다. 그들은 그 마을의 구차한 살림살이에 연민의 눈길을 던졌다. 그러나 마음의 평안은 그들의 눈으로 보기 어려웠을 터이다.

벌을 치면서 틈틈이 괴목을 찾아다녔다. 세월에 침식되어 등걸로나 남은, 그러나 나무가 꿈꾸었을지도 모를 모습을 조각하며 마음속에 수시로 치미는 화를 다스리기도 했다. 산문에서 내쳐져 이곳에 오는 것은 결코 가벼운 일이 아니었다. 부처의 혜명을 받아 자비를 존재의 근본으로 해야 할 절집에서 정의와 옳고 그름을 따지는 젊은 수도자를 기득권세에 반항했다는 이유로 멸시와 박해를 가하는 어리석음을 저질렀다. 나는 나를 지키기 위해 나를 연민하고 사랑해야 했다. 더불어 부처의 혜명을 어긴 절집과는 다른 이웃사랑을 생각했다.

대중을 계도해야 할 수행자로서 오히려 세속의 시은(施恩)으로만 살아야 했던 지난날의 참회와 반성도 있었다.

그러나 끝내 나만이 옳고 내가 추구하는 것만이 '절대선'이라며 다른 것은 버리고 나를 따르라며 윽박지르는 인간들의 횡포를 참아낼 인내는 없었다. '내 종교만이 절대 진리요 가치.'라는 독선과 아집에서 벗어나 가난한 내 양심의 등불을 켜 달아보자는 마음도 다잡았다.

몇 년 뒤 나는 심원 마을을 나와 암자의 중턱에 거처를 만들었다. 그러나 어느 해 여름 큰비가 내려 나의 거처였던 토굴은 흙더미에 묻혀버렸다. 내가 다시 다다른 곳은 어머니와 헤어진 곳이었다.

수구초심(首丘初心), 여우도 죽을 때는 제가 살던 굴 쪽을 향해 머리를 둔다 했다. 하물며 사람에겐 고향이라는 것이 얼마나 소중한 공간일 터인가? 그러나 나는 아이였다. 절대 돌아오고 싶지 않던 공간이었다. 지리산을 벗어난 적은 없었지만, 언제든 때가 되면 떠나리라 마음먹었다. 그렇게 나의 기억 속에서 지우고 싶던 공간이었는데, 나는 다시 돌아오고야 말았다.

내가 암자에 돌아왔을 때 특이하게도, 내가 그랬던 것처럼 아이 둘이 학교에 다니고 있었다. 우연인가? 필연인가? 내가 버려졌고 내가 어머니를 잃었다. 스님에게 생존을 허락받은 나는 어머니를 대체하는 품을 발견했고 기쁘거나 슬프거나 할 새도 없이 자랐다. 그리고 철이 들어(?) 그 품에서 벗어났다. 그러나 철이 들었다는 것은 오만함이었다. 나는 다시 그 품으로 돌아왔다. 그런데 거기에 아이들이 있었다. 어머니를 잃은 아이들이. 이곳의 스님과 나는 이제 그 아이들의 품이 되어야 했다. 어머니를 대체하는 품이어야 한다. 나처럼 철이 들었다고 생각하는 날 저 아이들도 이곳을 떠날지 모를 일이다. 그들도 나처럼 한 공간에 거주하는 사람들의 사랑과 긍휼만으로는 만족하지 못할 것이다.

그렇게 스님과 나는 아이를 키웠다. 그리고 역시나 아이는 고등학교를 졸업하고 직장생활을 하던 중에 말 한마디 남겨놓지 않고 절을 떠났다. 그래서 옛말에 "머리 검은 짐승은 거두지도 말라."했던 것인가? 서운함과 배신감을 온전히 감출 수 없었다. 내가 정의의 이름으로 주지 스님을 노려보았을 때 나의 은사 스님들도 그랬을까?

절 집 식구들은 한동안 망연했다. 그러나 나는 녀석을 원망할 수 없었다. 정의를 내세워 떠났건 사랑을 내세워 떠났건 인연의 끝은 매한가지였다.

사람은 저마다 구불구불한 삶을 살아오면서 숨기고 가리고 싶은 구석이 생겨난다. 억울하고 서운했던 순간이 있을 테고 비겁했거나 남루한 시절도 있을 것이다. 그러나 세상의 그 어떤 사연이라도 어머니에게서 버려졌다는 것보다는 못한 것이리라. 아이는 남자친구건 그 누구에게도 자신이 자라온 이력을 보이고 싶지 않았을 것이라고 나는 생각했다. 나는 머리를 깎고 스님이 되었지만 그 아이는 자신이 그렇게 비롯되었다는 것을 지워버리고 싶었을 것이다. 그 마음이 지리산보다 높고 동해보다 더 깊을 수 있다. 그렇게 자신의 흔적을 지워버리고 싶다고 해서 부처님이 "네 이놈!" 몽둥이 들고 뛰쳐나오실 일은 아니다. 건강하게 잘 살아야 한다.

절에 버려진 인생은 똑같은 길을 가야 한다는 법도 당위성도 없다. 다만 나의 도력이 아직 부처님의 경지에 이르지 못하다 보니 가끔 그 아이가 보고 싶을 뿐이다. 암자 마당의 산벚이 제 노래를 부르는 오월이거나 뒷산의 단풍이 빠알갛게 수줍음을 자아낼 때면 더더욱 그렇다.

38

지난봄, 돌도 채 지나지 않은 사내아이가 대문에 놓여 있었다. 절집 식구들 모두는 말 한마디 남기지 않고 떠난 아이 때문에 한쪽 가슴팍에 상처를 안고 있었다. 그러나 일단은 아이를 안으로 들여야 했다. 더러는 아이들을 키우는 곳으로 돌려보내는 것이 아이를 위해서도 좋을 것이라고도 했지만 나는 반대했다. 그 아이를 안아볼 때마다 안쓰러운 마음이 앞섰지만 이제 그런 것은 견딜 만한 것이었다.

　그리고 놀라운 일이 일어났다. 내가 그 아이에게서 나의 어머니를 본 것이다. 어쩌면 그 아이는 내가 기다리던 어머니의 또 다른 모습 같았다. 내 마음속 깊이 어머니를 그리워하며 언제쯤인가 돌아오실지도 모른다는 염원은 세월의 풍상으로도 결코 지워지거나 사라지지 않았다. 절대 단념하거나 포기할 수 없는 차고 단단한 염원이었고 절절한 소망이었다. 아니 절대 오실 수 없는 분이었기 때문에 그렇게 오랜 시간 기다렸을 것이다. 설령 어머니가 오신다고 해도 나는 어머니를 알아보지도 못할 것이다. 한 번도 뵌 적도 없는 것은 물론 사진으로도 볼 수 없었기 때문이다. 그런 내가 칠순의 늙은이가 한 아이에게서 어머니의 모습을 본다.

　그 아이를 안으면 이젠 어머니를 기다리지 않아도 된다는 안도감이 든다. 아이가 어머니의 모습으로 내 앞에 있기 때문이다. 나는 이제 어머니를 보살펴드려야 한다. 내가 아이에게 그 어미의 품을 대신해야 한다. 물론 그 아이에게 절대 어머니의 품이 될 수 없다는 것도 잘 안다. 내 욕심이다. 늙은 중의 욕심이다. 그러나 아이가 내 어머니의 모습으로 내 앞에 존재하고 내 품에 안기는 걸 좋아하니 나는 이제 어머니를 놓아드릴 수 있게 되었다.

'어머니 저는 이제 어머니와의 인연을 놓습니다. 이미 극락왕생하셨겠지요. 그토록 오래 어머니를 그리워하고 원망한 것이 죄가 되지 않기 위해 이 아이를 성심을 다하여 키워보겠습니다.'

그것은 우연이면서 우주의 순환으로, 부처님의 가피(加被)처럼 내밀한 것이었다.

형은
내 스타일
이래요

"우리 모두 리얼리스트가 되자. 그러나 가슴 속에는 불가능의 꿈을 가지자."

평범한 의사의 삶을 버리고 혁명의 격류에 뛰어들었던 체 게바라가 한 말이다. 1965년 4월, "쿠바에서는 모든 일이 끝났다."라는 편지를 남기고 행방이 묘연해졌던 게바라는 쿠바를 벗어나 볼리비아로 투쟁 무대를 옮겼다. 바리엔토스 정권을 상대로 게릴라전을 벌이던 게바라 는 1967년 볼리비아 정부군에 체포되어 바로 다음 날 총살당한다. 두 해 전, 그가 어린 딸 이레이다에게 보낸 편지.

"어른이 되었을 때 가장 혁명적인 사람이 되도록 준비하여라. 네 나 이에는 많이 배워야 한다. 정의를 지지할 수 있도록 준비하여라. 나 는 네 나이에 그러지를 못했단다. 그 시대에는 인간의 적이 인간이었 단다. 하지만 지금 네게는 다른 시대를 살 권리가 있다. 그러니 시대에 걸맞는 사람이 되어야 한다."

한때 전 세계 젊은이들의 우상으로 군림했던 체 게바라, 사르트르가 "우리 세기에서 가장 성숙한 인간"이라고 평가한 그가 숭모(崇慕)한 세 계는 무엇이었을까? 인간의 평등사회였을까? 공산주의에서 인간의 적 은 인간이 아닐 수 있을까? 인간의 적이 인간이었던 시대는 그의 시대 만이 아니었고 여전히 현재진행형이다.

70년대 대학생들과 지식인의 사상에 심대한 영향을 미친 『전환시대 의 논리(리영희 著 1974년 간刊)』에 이어 나온 『우상과 이성(리영희 저著, 1977년 간刊)』은 그 시대 금서의 대표작이었다. 베트남 전쟁이 북베트 남의 침략 전쟁이 아닌 30여 년에 걸친 제국주의에 대항한 민족해방운 동이었다는 것, 소비에트와 중공은 똑같은 공산주의 국가가 아니라는 것, 마오쩌둥에 대한 그릇된 인식을 타파하려는 내용이 들어 있었고 이는 공안기관의 눈을 번뜩이게 했다.

기원전에 진시황의 '분서갱유'가 시사하는 바는 논외로 하더라도, 최근까지 읽을 수 없는, 비치될 수 없는 책들의 목록이 존재했다. 활자화된 매체가 강한 흡입력을 가졌던 시절이었다. 정권 안보에 치명적인 상처를 입히는 책들이 즐비했고 그것들은 모두 금서의 목록에 올랐다.

『우상과 이성』의 서문에서 저자는, "글을 쓰는 나의 유일한 목적은 '진실'을 추구하는 오직 그것에서 시작하고 그것에서 그친다. 진실은 한 사람의 소유물일 수 없고 이웃과 나누어야 하는 까닭에, 그것을 위해서는 글을 써야 했다. 글을 쓴다는 것은 '우상'에 도전하는 행위이다. 그것은 언제나 어디서나 고통을 무릅써야 했다. 과거에도 그랬고 지금도 그렇고, 영원히 그럴 것이다. 그러나 그 괴로움 없이 인간의 해방과 행복, 사회의 진보와 영광은 있을 수 없다. 책의 이름을 일컬어 '우상과 이성'이라 한 이유이다."라고 밝혔다.

체 게바라의 일화 중 한 토막.

쿠바혁명이 끝나고 그도 트랙터를 몰며 사탕수수밭의 추수에 참여했을 때였다.

"처음에 시작할 때는 의욕적으로 일을 시작했지만, 시간이 갈수록 땡볕에 자기 자신도 게으름을 피우게 되더라."

게바라는 자신의 게으름을 솔직히 털어놓았다. 자신 또한 허점이 있는 인간에 불과하다는 고백이다.

인간은 누구나 우상을 찾아내려고 한다. 아니 곁에 두려고 한다. 물론 그것은 온전한 존재가 될 수 없다는 겸손의 소치일 것이고 어쩌면 인간 내면의 본능과도 같은 것이리라. 우상의 범주에는 절대자도 포함되고 자신과는 다른 인간도 포함된다. 예외적으로 어떤 주의나 이념이 포함될 수 있지만, 권력이나 금력도 포함된다. 그러므로 유무형의 우상은 저마다가 지닌 가치를 드러내 보이는 일이다.

『우상과 이성』이라는 책에서 마오쩌둥과 그가 주도한 문화혁명에 관한 찬사가 이어진다. 마오쩌둥은 저자가 말한 이른바 '우상'이 절대 아니었다. 그러나 많은 대중은 그를 우상이라고 생각했다. 저자는 이를 바로잡으려 했다. 진실을 알려주려는 순정한 의도였을 것이다.

문화혁명 속의 중국은 배우면서 일하고 일하면서 배우며, 오늘의 행복을 누리는 대가족 중심의 나라였다. 모든 힘이 사회적 품격을 창조하기 위해 총동원되고 문화혁명이 중국을 도덕성의 결정(結晶)으로 만들었다는 것은 의심의 여지가 없었다. 민중 생활에 어두운 그림자가 없고 농촌으로 간 청년들은 거의 예외 없이 자발적이며, 홍콩으로 도망친 사람들은 혁명의 탈락자에 불과했다.

열두 살의 어린 나이로 베이징의 홍위병이 되어야 했던, 온갖 어려움을 무릅쓰고 탈출해 미국에서 공부하고 대학교수로도 재직했던 션판(沈汎)은 당시를 다음과 같이 표현했다.

"나는 꼬마 혁명가 노릇을 하면서 온갖 잔인한 파괴 활동에 참여했다. 돌이켜보면 스스로 경악을 금할 수 없고 평생 지워지지 않을 상처로 남을 것이다. 위대한 지도자? 이름 없는 혁명 투사? 나는 솔직히 그냥 잘되고 싶었다. 우리 코흘리개들이 전(前) 군사령관을 고문했고 그는 그 자리에서 죽었다. 빨리 죽어 화가 났다. 사람들의 팔다리 상처를 꼬챙이로 쑤시면서 죄책감은 없었다. 동네 의사 집을 박살 내고 그 의사를 끌고 가 수술용 칼로 배를 가르고 뱃속에 간장을 부었다. 마오쩌둥 주석이 하사했다는 과일을 앞에 두고 수천 명이 절하며 울음바다가 됐다. 그런데 어느 날 홍위병 친구들이 없어지기 시작했다. 홍위병 누나가 반동분자가 돼 7년 중노동 형을 받았다. 망치(별명)는 고문을 당해 두 다리를 잃었고 참새(별명) 아버지는 배신자가 돼 죽었다. 캥거루(별명) 가족 전체가 실종됐고 내 이모부도 홍위병의 강철봉에 맞아 즉사했다. 마침내 군인인 우리 아버지도 반동분자로 찍혔고 어머니는 발작을 일으켰다. 우리는 도망쳐 온 이모도 받아들이지 않았다."

참회록 같은 그의 자서전에서 체 게바라가 사탕수수밭에서 느꼈던 것처럼 "나는 솔직히 그냥 잘 되고 싶었다."라는 말을 주목한다.

한때 이적단체로 지목되었던 전대협의 핵심 간부로 활동하다 전향한 이는 "나의 사상적 스승을 비판한다."는 제목의 글에서 "그는 사실과 선전을 구분하지 못하고 공산주의자들의 선전에 속아 자신이 속한 사회를 저주했던 어리석은 남자"라고 비판했다. 한 교수도 저자를 향해 "자신의 유토피아적 사회주의상에 인민의 현실을 무리하게 구겨 넣는 바람에 중국과 북한 인민들의 비극과 고통은 은폐되고 명명백백한 객관적 사실은 부정됐다."고 말했다.

"우상을 타격하는 그의 이성이 그 과정에서 스스로 세운 또 다른 우상에 의해 빛이 바래 이성의 존재 이유를 훼손한다."며 "자본주의의 이성을 부순 자리에 세운 것은 바로 사회주의의 우상"이라고 비판했다. 또 "조야(粗野)하고 도식적인 조가의 인본적 사회주의는 시장맹 북한맹을 배태하면서 우리 시대를 미몽에 빠뜨렸다."고 지적했다.

나의 우상은 누구였을까? 나의 우상은 무엇이었을까?

민심의 분열과 저항, 권력이 개입된 밀실에서의 타락한 술판은 임계점을 향해 치닫는 위태로운 형국이었다. 권력의 안위와 국가위기감의 불안과 염려가 혼재된 불분명한 실체와 허상의 모습으로 72년 시월에 유신이 선포되었다. 짙은 어둠의 도래였다. 사람들은 저항했고 투옥 감금 고문을 당했다.

"내 무덤에 침을 뱉어라."

누군가의 우상이기도 했을 집권자가 유신 말기 장기집권과 인권침해를 공격하는 청와대 출입기자들에게 했다는 말이다. 그 말은 자신이 추구했던 조국 근대화에 대한 성취감과 자신감의 발로였는지, 아니면 스스로 저주를 주문한 것인지 모호하고 애매했다.

모든 일에는 공과가 반드시 존재한다. "중단하는 자는 승리하지 못한다.", "일면 건설, 일면 안보"라는 휘호와 구호를 내걸고 강한 추진력과 역동성을 가졌던 시대, 봄이면 연례행사처럼 치러야 했던 보릿고개도 무너트렸고 경제적으로 북한을 능가한 것도 이 시대였다. 역사상(?) 유례없는 고도성장의 발판을 구축한 시대였다. 반면 가혹한 탄압과 인권유린이 횡횡했다. '긴급조치'가 남발되었던 것은 그 연장 선상이었다. 그러던 어느 날, 무거운 음악이 깔리면서 대통령의 시해소식이 들렸다. 시해라는 용어는 처음 듣는 것이었다. 1979년 10월 27일 아침 식사시간이었다. 기숙사의 급식은 조악했고 늘 허기를 채우지 못해 배고픈 시절이었지만 식판에 남아 있는 밥을 더는 삼킬 수가 없었다. 정 규방송이 중단되고 이어지던 무거운 음악. 그 음악에 나는 탑승했고 엄청난 충격을 감당해야 했다. 태양이 빛을 잃은 것 같은 상실감이었 다. 나를 아껴주셨던 선생님이 하숙방에서 연탄가스로 갑작스럽게 돌 아가셨다는 소식을 들었을 때도 그렇게 허탈하지 않았다. 다른 국민 들과는 다른 특별한 인연이 있었던 것도 아닌데, 여느 날의 아침과 다 름없는 허기에도 밥을 삼킬 수 없었던 깊은 상실감은 어디에서 연유한 것이었을까? 그는 나의 우상이었던 것일까?

초등학교 시절, 유신헌법 국민투표를 앞두고 담임선생님은 마을마 다 가정방문을 다니셨다. 학습지도나 가정환경파악을 위한 것이 아닌 10월 유신을 홍보하는 비중이 더 무거웠을 방문이었다. 면 소재지에 하나밖에 없던 술도가네 김 사장은 통일주체 국민회의 대의원의 신분 으로 검은 양복을 입고 서울에 다녀왔다. 체육관 대통령을 뽑는 장충 체육관의 행사에 다녀온 것이었고 그는 그것이 자랑스러웠다.

71년의 새마을운동은 근면 자조 협동을 기본정신으로 73년 전 국민 적 운동으로 확산되었다. 내무부에 새마을 담당관실을 설치하고 그 산 하에 4개 과를 두었으며 대통령 비서실에도 설치되었다. 73년에는 경 기도 수원에 새마을연수원을 설치하여 관련 교육도 강화하였다.

마을회관이 들어서고 미루나무에 걸린 스피커에서 울려 퍼지던 새 마을 노래가 새벽잠을 깨웠다. 이른 아침 마을 사람들은 이슬을 맞으 며 공동으로 퇴비증산을 위한 풀베기를 했고 울력으로 마을 길을 넓히 는 공사를 했다. 초가지붕을 걷어 내리고 함석이나 슬레이트로 바꾸었다. 신동우 화백은 곧 다가올, 풍요롭고 화려한 미래를 그려내 전국 방방곡곡에 뿌려댔다. "수출 백억 불, 국민소득 천 달러"의 벅찬 상상을 주문하며 그가 그려내는 그림에는 그 천 달러가 가져다줄 장밋빛 미래가 화려하게 펼쳐져 있었고 가파른 보릿고개를 넘던 이 땅의 백성들에게 행복해지는 꿈을 꾸라고 강요하는 듯했다. 초가지붕을 걷어내고 돌담을 허물면서, 읍내에만 세워졌던 전봇대가 산골 마을에까지 세워지면서 산골 마을 사람들도 그가 그려내는 그림 속에서 실제로 꿈을 꾸기도 하였을 것이다.

 당시 마을의 대다수 어른들은 보릿고개를 넘으며 배 곯던 절대 빈곤에서 벗어나게 된 것이 훌륭한 대통령 때문이라고 말했다. 사상이 바르지 못한 사람들이 꼼짝도 못 하는 것도 마찬가지라고도 했다. 대부분의 젊은이는 마을을 떠나던 시절이었다. 공부하러 떠난 것은 극소수였고 막연하게 공장으로 도시로 떠났고 부모도 자식을 따라(그들이 도시에서 함께 사는 것은 그리 흔하지 않았다. 따로따로 고향을 등지고 따로따로 사는 가족들이 훨씬 많았다.) 그렇게 떠났다. 통일벼를 종자로 하지 않았다고 면서기가 고함을 지르며 못자리를 파 해쳐도 한두 분을 제외하고는 정부정책에 쓴 소리를 하는 경우도 없었다. 아버지는 마을의 새마을지도자로 활동하고 있었다. 내가 중학생 시절 소설 상록수를 읽고 농촌운동가를 꿈꾸기도 했던 시절이었다.

 태어나 걸음마를 하고 말을 배우기 시작했을 즈음이었을 것이다. 61년 5월 16일 새벽 다섯 시쯤, 무장한 군인들이 남산에 있던 KBS 방송국에 진입했고 혁명공약이 전파를 탔다. 세월이 흘러 혁명은 쿠데타로 정정되었다.

"친애하는 애국 동포여러분! 은인자중하던 군부는…. 반공을 제1의 국시로 삼고 지금까지 형식적이고 구호에만 그친 반공 태세를 재정비한다." 그렇게 혁명공약 1조 전국 방방곡곡으로 퍼져 나갔다. 당시는 라디오도 귀한 시절이라 사람들은 라디오가 있는 집으로 몰려들어 귀를 기울였다. 그리고 그 이후 18년 동안 반공의 세월을 보냈다. 물론 18년 후 반공의 정신이 퇴색하거나 변한 것은 아니었다. 다만 그의 반공이. 박정희식의 반공이 18년 동안 이어졌다는 말이다.

초등학교에 들어갔을 때 선생님은 대통령의 이름을 물으셨다. 물론 선생님은 '각하'라는 존칭을 빼먹지 않았다. 국민교육헌장을 암기했고 극장 영화가 상영되기 전 애국가가 나오면 기립했다. 이어서 대한뉴스가 시작되면 준공된 고속도로며 산업단지의 테이프를 자르는 그의 모습을 볼 수 있었다. 그는 농부들과 함께 막걸리도 마셨다. 그러니 우리 국민 모두는 그를 특별하게 여기지 않을 수 없었다. 그런 분의 시해소식이라니…. 나는 그 소식을 들었을 때 남은 밥을 채 넘기지 못하고 수저를 놓고 말았다. 우리나라에서 가장 특별한 분이 돌아가셨다.

이듬해 캠퍼스엔 화사한 봄기운이 넘실거렸지만, 시국은 차갑게 얼어버리고 말았다. 그리고 내가 알고 있던, 그래서 그날 아침 숟가락을 놓아야 할 만큼의 상실감이 오월의 광장에서 뒤엉켜갔다. 깃발을 앞세운 무리에 합류하기도 했다. 교문에는 장갑차가 막아서고 운동장엔 야전 천막이 늘어서 있었다. 시작과 끝이, 옳고 그름이 엉켜 있었다.

이 땅에서는 농경으로 오랫동안 정착생활을 영위해왔다. 그리하여 정착하지 못한 사람들에 대한 손가락질이 횡행했다. 또한, 반상으로 신분을 구분하였던 것도 배타성을 가질 수 있는 조건이었다. 편을 가르는 것에 익숙했다. 그리고 편을 가르는 것은 표를 결집하는 데도 유효한 것이었다.

일제의 침략과 강점으로 왕조와 함께 사회질서가 붕괴했고 '왜구'로 하대했던 일본을 주인으로 받들어야 했으니 우리 민족은 크나큰 열패감과 모멸감을 감수해야 했다. 1917년에 러시아에서는 농민과 노동자가 왕정을 무너뜨리는 혁명이 일어나고 그 여파는 일본의 강점에 움츠리고 있던 한반도에도 밀려들었다. 1919년 있었던 3·1운동은 결국 실패했지만, 일본의 무단통치를 문화통치로 바꾸는 결정적 계기가 되었고 다른 나라의 독립운동에도 영향을 끼쳤다.

3·1운동 이전에는 민족주의자들이 독립운동을 주도했지만, 개항 후 서구문물을 받아들였던 젊은 지식층들에 의해 사회주의 사상이 유입되었고 이들은 독립운동의 주도권을 거머쥐었다. 이들은 우리 민족이 목숨을 바쳐 해방시킬 국가가 봉건적인 조선왕조여서도 안 되고 자유는 보장되지만, 경제적 불평등이 존재하는 자본주의체제도 될 수 없다고 생각했다. 사회주의가 대안이었고 자신의 모든 열정을 거기에 바치는 젊은이들이 늘어났다. 사회주의는 지주, 자본가의 압제에서 계급을 해방하고 제국주의 침략에서 민족이 해방하여 생산수단을 국유화하여 억압과 착취가 없는 공산주의를 만들겠다는 이상을 제시했다. 그와 같은 체재에 반대할(그 과정에서 필연적으로 생기는 불행한 일들은 간과했다.) 젊은 혈기는 별로 없을 듯 했다. 사회주의는 1차 세계대전 뒤 제국주의에 환멸을 가진 젊은이들의 열과 혼을 빼앗기에 충분한 이론적

바탕을 가지고 급속도로 펴져나갔다.

　사회주의나 공산주의는 정치적인 체제로의 분류라기보다는 경제적인 체제가 더 타당한 것이다. 사회주의는 공산주의에 이르는 간이역 과도 같은 것이었다. 그렇게 들어온 사회주의는 이 땅에 엄청난 질곡의 역사를 잉태했다. 많은 사람의 일상과 삶에도 마찬가지였다. 미국의 원폭투하 등으로 일본이 패망하면서 한반도에서 생기는 모든 상황의 책임은 온전히 우리의 것이었다. 그러나 우리는 민족자주의 결집보다 이념의 대립을 택했다. 미국과 소련의 영향력을 무시할 수 없는 상황이었다고 하더라도 해방 후 어떤 나라를 건설할 것인가는 온전히 우리 민족의 책임이었다. 이념의 대립은 격화되었고 결국 동족상잔의 전쟁을 치러야 했다. 1948년 유엔이 인정하는 합법정부가 출범했지만, 반쪽짜리 합법정부였다. 북한정권과 또 남한 내에서 북한 정권에 동조하는 지하조직은 사회주의의 이상에 자신들의 현실을 부정했다. 반상(班常)으로 나뉘었던 신분제도에서 모두 싸잡아 피지배국민으로 바뀌었던 백성들은 이제 좌익과 우익으로 다시 이념의 대립을 겪는 처지가 되었다. 사회주의는 지식인과 학생층 사이에선 거역할 수 없는 시대적 소명과도 같았다. 사회주의는 역사와 세계를 해석하는 과학적 시각이었다. 남한은 친일파를 제대로 청산하지 못했고 이는 북한의 공산당과 정의를 앞세우는 젊은이들의 피를 들끓게 했다.

　1950년 6월, 북에 의한 남침전쟁은 음험하게 가리고 숨겨졌던 우리나라의 민낯이 드러나는 순간이었다. 전쟁의 폭풍은 감춰진 꺼풀을 벗겨내고 모든 것을 폭로했다. 변변한 전투력도 갖추지 못하고 떠벌린 이승만의 북진통일론, 당시 국방장관이었던 신성모는 "아침은 서울에서 먹고, 점심은 평양에서 먹고, 저녁은 신의주에서 먹는다."며 근거도 없고 철도 없는 말을 떠벌렸다. 남침 2주 전까지도 특사를 파견해 선전하던 김일성의 평화통일론, 그 모든 말의 거짓이 38선의 포성으로 일격에 드러나 버렸다.

그래서 겪었다. 그래서 체험했다. 피의 대가로, 목숨의 대가로. 흔히 '인공치하', 인민군 점령하의 3개월은 공산주의의 허구를 깨닫게 한 값비싼 학습이 되었다.

그러나 이 무슨 미련하기 그지없는 바보 같은 짓이었던가? 이념이, 이상이 현실을 그토록 처절하게 파괴할 수 있다는 것을 굳이 몸으로 체험하고 깨달아야만 했단 말인가?

곁에 친구처럼 누군가가 있다면 그 사람은 무엇으로든 맘에 든 사람이라고 볼 수 있다. 직장을 포함 밥벌이를 위한 것은 예외로 하고 말이다. '무엇으로든' 의미에는 외모나 언행, 식습관이나 정서 등의 여러 가지가 포함될 것이다. 요즘 젊은이들은 '내 스타일'이라고도 표현한다.

그를 만난 것은 운동모임의 뒤풀이장소에서였다. 그는 모임의 회원은 아니었다. 나와 동년배였던 모임의 회원과 함께 동행했다. 오기 전에 전작이 있었던지 약간 불쾌한 얼굴이었다. 나와 동년배인 S는 그를 소개했다. 북한에서 탈북했고 북한에 있을 때 보위부 군관으로 근무한 경력이 있다고 했다.

작년 말 기준으로 탈북자는 이만 육천여 명이나 된다니 하니 그들이 가졌던 북한에서의 직업도 가지가지일 것이다. 그러더라도 북한군 군관 출신이라는 전력은 특별한 것이었고 당연히 호기심이 생겨났다. 군관이었다면 출신 성분도 좋았을 것이고 출신 성분이 직업과 삶의 질을 결정짓는 중요한 요소로 작용하는 사회이니 그곳을 벗어난 이유도 궁금했다. 그 자리에서 서너 잔의 술을 주고받으며 나의 궁금증을 해결하기엔 충분치 않았다. 다시 자리를 옮겨 그와 더 이야기를 나누었다. S는 그가 잠시 자리를 비웠을 때 그의 신상에 대해 짧게 이야기했다. 그가 탈북하면서 북한에 남아 있던 그의 부모와 가족들에게 불행한 일이 생겼다는 것과 부인은 일본에서 리듬체조 강사를 한다고 했다.

나는 그에게 호의를 표하고 싶었다. 내가 쓴 책을 건네주었다. 책의 내용은 어린 시절의 이야기가 주를 이루는 이제는 사라져가는 토속적인 정서를 표현한 글이었다. 서로 너무나 다른 세계에서 살아왔다는 선입견으로 그가 공감을 하기는 어려울 것으로 생각했다. 며칠 후 그에게 전화했을 때 그는 이렇게 말했다.

"형은 완전히 내 스타일이래요."

듣기 싫은 소리는 아니었다. 하지만 그는 나와 전혀 다른 체제에서 살아온 이방인이었으니 그 말이 왠지 억지스러웠다. 불편하고 어색했다. 같은 배달민족이라는 동질감은 희미했다. 이제 세상 물정을 알 만한 나이가 되었는데도 그는 결코 우리 편이 아니라는 생각도 들었다.

후에 들은 이야기이지만 국가원수의 시해소식으로 내가 아침밥을 넘기지 못했던 날, 그는 평양의 인민학교 운동장에서 스피커로 알려지던 그 소식을 들었다고 했다. 그리고 모두 감격의 만세를 불렀다고 했다. 머지않아 통일이 될 것이라는 생각을 했다고 했다. 그의 우상은 누구였을까? 그의 우상은 무엇이었을까?

설날이 지나면서 초승달이 돋고 밤으로 달은 점차 둥글어 오기 시작했다. 어렵게 깡통을 구하여 못으로 공기가 드나들도록 구멍을 만들었다. 그전에도 불장난을 했지만 쥐불놀이는 설날이 지나면서 본격적으로 행해진다. 연날리기도 마찬가지였다. 마을 곳곳에 정월대보름날에 주민 위안 장기자랑이 있을 것이라는 조악한 포스터가 붙었다. 소위 '콩쿨대회'였다. 선전포스터에는 참가비, 주최자 등이 단순한 그림과 함께 배열되어 있었다. 마을 공터에 가설무대가 만들어졌다. 만국기도 걸리고 읍내 전파사에서 빌려온 약간 찌그러진 스피커가 미루나무에 걸렸다. 무대처럼 단상이 설치되고 광목으로 주위를 둘렀다. 무대 뒤편으로는 색종이를 오려 붙이고 '정월대보름 주민위안 장기자랑'이라는 큼지막한 글씨가 마름모꼴로 붙여졌다.

정월보름달이 동산에 떠오르고 동네 사람들이 모여들기 시작했다. 내외 빈의 축사와 함께 찬조금 내역이 새끼줄에 걸렸고 노래자랑이 시작되었다. 대회 상품은 주로 양동이 등의 주방용품이 주를 이루었다. 초등학생이었던 나는 참가신청은 하지 않았지만 애향단 활동을 열심히 했다는 공으로 사회를 보던 4H 회장이 나를 무대에 불러내 주었다. 예나 지금이나 지독한 음치의 부류에 드니 간드러진 유행가는 부르지도 못하고 음악 시간에 배웠던 〈우리의 소원은 통일〉을 큰 소리로 불렀다. 통일의 의미를 깊이 생각하지는 못했을 것이다. 다만 공산당을 무찌르고 김일성을 때려잡는 것이 통일이라고 생각했다. 같은 동포라는 의식은 없었다. 콩쿨 대회가 끝나면 눈 맞은 처녀 총각의 소문들이 마을을 돌아다니기도 했고 당사자들이 야반도주하는 일까지 있었다.

"우리나라의 국시(國是)는 반공이 아니라 통일이 되어야 한다." 지난

85년 모 국회의원이 대정부질문을 하는 과정에서 피력한 말이다. 그는 그 발언 때문에 면책특권까지 박탈당한 채 국가보안법 위반으로 9개월간의 옥고를 치러야 했다. 국회의원이 회기 중 원내발언으로 구속된 첫 사례였다.

유월 하순의 햇살은 따가웠다. 장마가 시작될 즈음이었다. 전교생은 모두 운동장에 모였다. 6월 25일, 그날은 특별한 행사가 예정되어 있었다.

초등학교 시절, 월요일 아침이면 으레 전교생이 운동장에 모여 애국 조회를 했다. 집합을 알리는 종소리가 크게 울렸다. 자칫 늦기라도 하면 선생님으로부터 회초리를 맞기도 했다. '앞으로 나란히' '좌우로 정렬' '기준을 향해 좌 우향우'를 서너 차례씩 하며 교장 선생님을 기다렸다. 선생님들도 아이들 앞에 일렬로 정렬하고 교장 선생님이 단에 오르고 조회가 시작됐다. 국기에 대하여 경례를 하고 애국가 4절까지 제창했다. 순국선열을 기리는 묵념 뒤에는 국민교육헌장을 낭송했다. 교가며 교훈 제창은 그다음이었다. 이어서 교장 선생님의 지루한 일장연설이 시작되고 시간이 더디 가고 아이들이 쓰러지는 경우도 있었다.

그날은 애국 조회 날이 아니었다. '육이오 날'이라고 했다. 조국을 원수들이 짓밟아 오던 동족상잔을 상기해야 하는 행사였다. 전교생이 비장하게 육이오 노래를 불렀다.

아아 잊으랴 어찌 우리 이날을 조국을 원수들이 짓밟아 오던 날을 맨 주먹 붉은 피로 원수를 막아내어 발을 굴러 땅을 치며 의분에 떤 날을 이제야 갚으리 그날의 원수를 이어서 웅변대회가 시작되었다. 나도 연사가 되어 단상에 올라갔다. "나는 공산당이 싫어요!" 라는 이승복의 위대한 외침은 빠질 수 없는 주제였다. 원고를 작성하는 데 어려움이 있었다. 다니던 교회전도사께 원고 작성을 말씀드리기도 했는데, 그날의 원고 내용은 이랬던 것 같다.

"한 가족이 삼팔선을 넘고 있었습니다. 보초병에게 발각되지 않기 위하여 조심스럽게 한 걸음, 한 걸음 작은 숨소리도 삼키면서 지날 때였습니다. 어머니의 등에 업힌 아이가 칭얼거리기 시작했습니다. 당황한 어머니는 아이에게 젖을 물렸지만, 아이의 울음소리는 커져만 갔습니다. 공산당 보초가 달려오면 가족 전부는 죽을 수도 있다고 생각한 어머니는 아이의 입을 강제로 막아야 했습니다. 아이가 죽을 수도 있는데 아이의 입을 강제로 막을 수밖에 없었던 그 어머니의 참담한 심정, 여러분은 그 어머니의 마음을 헤아릴 수가 있겠습니까?

만장하신 학우 여러분!

눈에 넣어도 아프지 않을 아기의 작은 입을 강제로 막아야 했던 그 어머니의 마음, 이 땅에 왜 그런 엄청난 비극이 생겨났단 말입니까. 공산당을 하루빨리 무찌르고 다시는 이 땅에서 그런 비극이 없어야 한다고 이 연사 두 주먹을 불끈 쥐고 강력히 강력히 외칩니다."

뜨거운 운동장 흙바닥에 앉아 흙장난하던 아이들이 박수를 쳐주었지만 심사하시는 선생님에게는 별로였든지 웅변대회에서 일등을 했던 기억은 없다.

전봇대든 담벼락이든 만만한 공간이 있는 곳이면 원색적인 구호가 붙어 있었다.

"때려잡자 김일성, 무찌르자 공산당", "반공방첩", "어둠 속에 떨지 말고 자수하여 광명 찾자."등이었다. 간간히 "소주밀식", "건답직파" "산화방지" 등의 농사용 구호도 있었지만 대부분 반공구호였다. "행여 지리산에 오시려거든"의 시인 이원규는 초등학교 시절 있었던 표어공 모에서 "오랜만에 오신삼촌 간첩인가 다시보자!"로 비극적인 입상을 했다고 한다. 비극적이라는 것은 그의 가족사와 관련되었기 때문이다.

라디오가 집에 들어온 것은 초등학교 사학년쯤이었다. 그전에는 '스 피커'란 것이 대부분의 집집이 토방 위 마루 기둥에 매달려 있었다. '삐 삐선'이라 불리던 미군 부대에서 흘러나온 군용 야전 선으로 면 소재지 송신 출장소의 커다란 라디오와 집집이 연결되었던 방송시스템이었 다. 보리 수확 철에 겉보리 한 말과 가을에는 벼 한 말로 출장소에 수 신료 삯을 내야 했다.

스피커가 걸리고 옆집과 동시에 같은 방송이 나온다는 것이 얼마나 신기했던지, 바람처럼 뛰어다니며 확인하기도 했다. 방송 프로그램 중 에 〈김삿갓 북한방랑기〉라는 연속극이 있었다. 5분의 짧은 시간이었 지만 64년 4월부터 남북정상회담이 열렸던 다음 해인 2001년 4월까지 37년간 무려 11,500회가 방송되었던 역사상 최장수 프로그램이었다. 시류에 따라 〈김삿갓 방랑기〉로 바뀌기도 했지만 듬직한 성우의 목소 리로 오랫동안 북에 대한 감정을 고정화한 프로였다. 〈눈물 젖은 두만 강〉이라는 가요를 배경음악으로 굵직한 성우의 목소리가 흘러나온다.

"땅덩어리 변함없되 허리는 동강나고 어쩌다 북녘땅은 핏빛으로 물 들었나!"하는 장탄식이 흘러나오면 김삿갓이 북한 전역을 돌며 북한 민중들의 삶이 억압과 비참함으로 점철돼 있음을 강조했다. 그토록 북한에 대한 이념적 편향은 거의 종교적인 것이었고 국민들은 농담을 하다가도 붙잡혀 사상검증을 받아야 하는 곤욕을 치러야 했다. 70년대 초만 하더라도 북한보다 못산다는 피해의식이 있었다. 그에 따른 북한에 대한 의도적 폄하는 국민들의 생활 속에 녹아들어 반북감정과 대결의식은 견고해지고 확고해졌다.

70년대 중반을 넘어서면서 드물게 흑백텔레비전이 들어왔다. 마을에 단 한 집이었다. 김일 선수의 레슬링경기나 홍수환 선수의 권투시합이 있는 날은 마을사람이 다 모여들었고 〈전우〉라는 드라마가 방영되는 주말 초저녁이면 동네 아이들이 죄다 모여들었다. 중창단 '별 셋'이 부른 그 주제곡은 어떤 인기가요보다 가슴에 와 닿던 멜로디며 가사였다.

> 구름이 간다. 하늘도 흐른다. 피 끓는 용사들도 전선을 간다. 빗발치는 포탄도 연기처럼 헤치며 강 건너 들을 질러 앞으로 간다. 무너진 고지 위에 태극기를 꽂으면 마음에는 언제나 고향이 간다.   구름이 간다. 하늘도 흐른다.
> 피 끓는 용사들도 전선을 간다. 전선을 간다. 전선을 간다.

부리부리한 눈과 짙은 눈썹이 인상적이었던 소대장 나시찬 씨는 아이들의 우상으로 군림했던 잊을 수 없는 사람이다. 철저한 반공 드라마였다. 인민군은 철저하게 '나쁜 놈'들로 묘사되었고 국군은 한없는 사랑을 간직한 '구원자'처럼 묘사되었다. 역시 〈김삿갓 북한방랑기〉와 유사한 지향점을 가진 드라마였다. 후에 5공화국 시절 리바이벌되어 방영했지만 옛날만 한 인기를 끌지는 못했다. 시대가 변했고 사람들의 정서가 변했기 때문이었을 것이다. 드라마가 끝나면 아이들은 골목에서 병정놀이를 했고 월요일 아침이면 흙바닥에 그림까지 그려가며 드라마가 재현되곤 했다. 드라마를 보지 못한 아이들은 이야기에 끼일 수조차 없었다.

고등학교에 입학하면서 교련복을 따로 장만해야 했다. 왜 교련복이 필요했을까?

68년 1월, 북한의 특수부대인 124군 부대가 청와대 타격을 목표로 침투했고 북한산을 넘었다. 이른바 '1·21사태'였다. 대통령과 정부 요인들을 암살할 목적으로 북한이 31명의 무장공비를 남파했던 엄청난 사건이었다. 68년부터 69년까지 한반도의 군사적 긴장은 극단의 수위에 있었다.

67년, 6대 대통령선거에서 박정희 대통령이 재선에 성공했고 월남전에 참전하면서 미국으로부터 신무기를 공급받았다. 북한의 김일성은 위기감을 느꼈고 군에 힘을 실어주어야 했다. 김일성과 함께 활동했던 빨치산 1세대인 민족보위성 정찰국장 김정태를 비롯 허봉학과 김창봉 등의 기세는 대단했다. 이들 군부강경파는 당 지도부의 국방력 강화노선에 편승해 당이나 권력기관에 무소불위의 권력을 행사하고 있었다. 당시 김일성의 후계자로 거론되던 사람은 그의 동생 김영주였다. 물론 김정일이 후계자로 드러날 때까지였지만 말이다.

"동무들, 김영주 저 아새끼를 밀어내고 내가 후계자가 돼야 하지 않았어?"

김정태, 허봉학, 김창봉 세 사람을 주축으로 한 군부강경파는 '남조선해방과 통일전략계획'이라는 극좌적 군사모험주의 계획을 세우고 김일성의 허가 없이 거사를 꾸몄다. 이것이 바로 1·21사태였다. 72년, 이후락 중앙정보부장이 비밀리에 평양을 방문했을 때 김일성은 1·21사태에 대하여 자신이 지시한 것이 아니었다는 것과 남북 사이의 오해를 풀고 화해한다는 의미에서 사과의 뜻을 대통령에게 전달해 달라고 말했다고 한다. 극좌적 군사적 모험을 주도한 이들은 후에 노동당 조직부장 김영주의 발설로 모두 숙청되었다.

하여튼 68년 1월 13일 조선인민군 민족보위성 정찰국장 김정태는 조선인민군 124군 부대 소속 31명을 불러 은밀히 명령을 하달한다. 명령은 간단명료했다.

"청와대를 폭파하고 남조선 대통령 박정희의 목을 가져와라."였다. 대원들은 침투하기 전 황해북도 사리원 소재의 인민위원회 건물을 가상의 청와대로 침투 훈련을 했다. 무장한 노농 적위대와 사회 안전원 수십 명이 지키고 있던 건물이었다. 대원들은 총격을 퍼부으며 건물 1, 2층을 쑥대밭을 만들었고 훈련 상황이었지만 12명이 죽고 수십 명이 다치는 실제 상황과 다름이 없었다. 북한에서는 남조선 특공대가 침투했을 것이라고 추측했다고 한다.

대원들은 국군 복장으로 갈아입고 소련제 기관단총으로 무장하고 개성을 떠났다. 임진강을 도하하여 군사분계선을 넘고 남하를 계속했다. 파주 법원리 삼봉산에서 나무하던 형제 4명과 조우하자 이들을 생포한 상태에서 무전으로 이들의 처리에 대한 지시를 전달받으려 했다. 그러나 난수표를 담당하는 공비가 난수표 해석을 못 하고 이들 형제의 처리문제로 잠시 논쟁이 생기기도 했다. 겨울이니 이들을 죽이고 땅에 묻는 것도 번거로운 일이라며 결국 돌려보냈다고 한다. 후에 확인한 바로는 난수표의 내용은 "임무를 포기하고 즉시 귀환하라."는 내용이었다. 형제들에게 신고하지 말라며 소지하고 있던 일제 세이코 시계를 선물로 주고 만약에 신고한다면 후속 부대가 전 가족을 몰살시킬 것이라고 엄포를 주어 살려 보냈지만, 이것은 이들의 치명적인 실수였다. 이들은 미타산, 앵무봉을 지나 남하를 계속했다. 중무장한 복장으로 평지도 아닌 산악지역을 한 시간에 10km 이상 달리는 상상을 초월하는 엄청난 속도였다. 이들의 속도감을 남측의 누구도 예측하지 못했다고 한다. 남하 중에 헬기가 공중정찰을 하는 것을 보고 공비들은 나무꾼 형제가 신고했다는 것을 직감하지만 이미 엎질러진 물이었다.

무장공비가 침투했다는 상황이 전파되고 종로경찰서 소속 경찰이 세검정 고개에서 비상근무를 서고 있었다. 이들은 총을 들고 무장을 한 31명의 군인(국군 복장)들과 조우했다. 늦은 야밤에 무장군인들이 경찰에게 향하자 경찰들은 바리케이드를 친 후에 그들에게 물었다.

"어디서 오는 부대입니까?"

"우리는 CIC 방첩대다. 훈련을 마치고 돌아가는 길이다. 길을 열어라." 이들은 간부들이 원리원칙을 어겨도 병사들이 어쩌지 못한다는 것을 역이용했을 것이다. 암구호를 모를 때에도 "나 간부다."하며 통과하려 했고 대신 간부들에게는 방첩대 내지는 특수부대원임을 강조했을 것이다.

"저희는 군부대가 움직인다는 보고를 받은 적이 없습니다. 잠시만 기다려주십시오."

"아, 글쎄……. 훈련 마치고 돌아가는 길이라니까! 빨리 비키지 못해!"

그때 종로경찰서장 최규식 총경이 보고를 받고 현장에 나타났다. 서장이 다시 물었다.

"어디서 오는 부대입니까?"

"우리는 방첩대다. 얼른 길을 열어!"

"기다리시오. 나는 그런 보고를 받은 적이 없소. 잠시만 기다리시오."

그때였다. 1사단 15연대 병력을 태운 군용트럭이 현장에 나타났다. 그들은 당황했다.

"국방군이다. 쏴버려!"

이 한 마디에 현장은 아수라장이 됐다. 공비들은 자신들이 가지고 있던 기관단총을 난사하고 수류탄을 꺼내 던지기 시작했다. 그 와중에 세검정 고개를 지나가던 버스에 공비가 수류탄을 던져 민간인이 사망하기도 하였다. 당시 우리 군의 개인화기는 M-1 소총이었다. 공비들이 휴대한 PPSH-43은 총알이 35발 들어가는 기관단총이었다.

M-1 소총은 한 발 쏘고 장전하고 다시 한 발 쏘면 장전해야 하는 단발 소총이었다. 참담한 상황 그 자체였다. 이때 현장에서 최규식 총경이 즉사한다. 공비들도 당황스럽기는 마찬가지였다. 그런 상황에서 어떻게 대처해야 할지 전혀 훈련하지 않은 상태였다. 이윽고 공비들이 도주하기 시작했다. 우리 국군의 소총은 보잘것없었지만 연대 병력이었다. 국군은 사건 당일 무장공비 중 한 명이었던 김신조를 생포하는데 성공하고 1월 31일까지 28명을 사살한다. 먼저 생포되었던 1명은 파출소에서 무장해제 중에 자폭장치에 의해 폭사했다. 2명은 탈출에 성공해 북한으로 돌아간 것으로 추정했고 상황은 종료됐다. 아군의 피해 또한 컸다. 15연대장과 종로경찰서장 등 25명의 군경과 민간인 4명이 사망한 참사였다. 유일하게 생포된 김신조는 육군 방첩대에서 조사

를 받은 후 기자회견을 열었다. 그는 임무를 물었을 때

"청와대를 까러 왔수다. 박정희 모가지를 따러 왔시요."라고 답했다.

전 국민은 경악했다. 그의 발언으로 보면 사전 연출이 없었던 듯 했다.

무소불위의 권력을 자랑하던 방첩대는 그 사건 아닌 사건으로 인해 12·12 이전까지 중앙정보부에 치어지내야 했다.

이어 23일에는 동해 상에서 임무를 수행하고 있던 미 해군 첩보선 푸에블로호가 북한 해안에서 나포되는 사고가 발생한다. 그 해 11월에는 울진, 삼척지구에 120명의 무장공비가 침투했다. 1·21사태 시 침투한 124군 부대와 동일한 부대 소속이었다. 앞서 언급한 '남조선해방과 통일전략계획'의 후속편이었다. 1·21사태의 대남공작 실패를 만회하고 남한에서의 민중봉기를 유도하는, 거점 확보를 목표로 했던 대규모 침투였다. 이때 이승복의 "나는 공산당이 싫어요!" 외침이 있었다.

1·21사태는 우리 현대사에 있어 엄청난 파문과 반향을 불러왔다. 반공의 깃발은 이전보다 더 큰소리를 내며 펄럭였다. 경제발전과 함께 또 다른 방향을 모색하게 만드는 기폭제가 되었다.

여러가지 부작용으로 최근 개편을 추진하고 있는 열세자리 주민등록번호가 탄생하는 계기가 되었다. 한 손에 망치, 다른 손에는 총을 잡고, "싸우면서 건설하자"는 구호를 내걸고 향토예비군이 창설되었고 전투경찰대가 창설되었다. 당시 현역병의 군복무기간도 연장되었다. 육군과 해병대는 30개월에서 36개월로 해군과 공군은 3개월씩 연장되었다. 전역을 앞두고 있던 고참 병장들에게는 참으로 기겁할 일이었다. 그뿐만이 아니었다. 모래주머니를 차고 구보훈련을 하는 등 훈련 강도가 세졌고 군 기강도 마찬가지였다. 2사관학교와 3사관학교가

신설되었고 124군 부대를 능가하도록 혹독하게 초급장교를 양성했다. 영화로도 제작되었던, 북파공작원을 양성한다며 실미도 부대도 만들어졌다. 영화 실미도에서 처음 교전 장면은 1·21사태를 재현한 것이었다.

5개년 계획에 의거 경제개발에 집중하던 박정희 정부는 자주국방의 의지를 다지는 확고한 계기가 되었다. 이와 관련하여 중화학공업 육성에 대한 밑그림을 그리는 시기였다. 10월 유신도 그것과 연장선상에 있었다. 새마을운동도 마찬가지였고 고등학교부터 교련과목이 정규과목으로 신설된 것도 일련의 사건들에 의한 자주국방의 기치 아래에서였다.

교련시간에는 목총을 쥐고 제식훈련을 받았다. 총검술과 각개전투 훈련도 했다. 제식훈련 시간이면 나는 하체의 자세가 불량(?)하다며 검은 선글라스에 중위 계급장을 단 교련선생님에게 얼차려를 받고 매도 맞아야 했다. 난생처음 당하는 폭력이었다. 신병훈련소 과정과 비슷했다. 공을 차고 체육 활동을 해야 할 운동장은 기합과 구령 소리로 병영의 연병장을 방불케 했다. 교련교사는 예비역 장교나 부사관 출신이었다. 내가 고등학생이었을 때 교련 교사는 ROTC 출신이었다. 그는 문과대학 출신이라는 것을 강조하곤 했다. 실업계 학교였으니 일반 선생님들과 다른 시각으로 보이고 싶은 욕심이었을까? 군복을 입고 있다는 열등감에 대한 나름의 자구책이었을까? 교련선생님은 학생과 소속으로 아침 등굣길 교문에서부터 군기를 잡았다. 교련시간이면 "전쟁이 터지면 너희도 전투에 참가해야 한다. 군인이라고 생각하고 훈련에 임하라.”고 외쳤다.

1949년 설치되었다가 4·19혁명 후에 폐지되었던 학도호국단, 1975년 문교부는 다시 학도호국단 설치령을 공포하면서 고등학교 및 대학에 학도호국단을 설치했다. 그후 모든 학생 활동이 문교부 장관을 단장으로 하는 중앙 학도호국단 산하에서 이루어지게 됨으로써 진정한 의미의 학생 자치 활동은 사라졌다. 군대조직과 같은 학생들의 제대 편성도 이뤄졌다. 국기계양식이 있는 날이면 분열과 열병행사도 했다. 목총을 왼쪽 가슴에 세우고 팔을 반복적으로 휘저어야 하는 분열연습은 정말 지겨운 것이었다. 오와 열을 제대로 맞추지 못한다고 긴 연병장을 다시 돌아야 했다. 사열대를 지나며 사열대에 도열한 교장 선생님에게 “충성!” 구호와 함께 목을 틀어 우러러야 했다. 대학에 입학해서도 마찬가지였다. 군부대에 입소하는 과정도 있었다.

1980년, 그해 오월 중순에 시작된 휴교령은 9월 초에야 해제되었고 11월에 입소했던 입영훈련은 신병훈련소 과정보다도 더 혹독했다. 화생방훈련 과정으로 들어갔던 가스 체험은 지금도 기억이 또렷한 지옥의 순간이다. 교련과목을 이수하면 군 복무기간이 단축되었던 시절이었다.

고등학생 시절에는 아산 현충사에 있는 충무수련원에도 입소했다. 전국의 고등학교 2학년 중에서 학도호국단 간부들을 선발하여 실시하는 1주일간의 집합 교육과정이었다. 교육과정은 정신교육과 군사훈련 등이 혼합된 과정으로 한창 생기발랄할 나이에는 참기 힘든, 한없이 지겨운 교육이었다. 행군을 비롯하여 갖가지 훈련을 이를 악물고 받아내야만 했다. 그러나 역시 힘들었던 과정은 정신교육이었다. 꼼짝할 수 없는 부동자세로 꼿꼿하게 앉아서 받는 정신교육은 졸음과도 싸워야 하고 발 저림과도 싸워야 하는 눈물겨운 훈련이었다. 입소 3일 만에야 대변기 위에 앉을 수 있었다. 항문은 그간에 억압으로 단단하게 뭉쳐진 노폐물을 밀어내려 고통스러웠다. 초등학교에 입학하고 해가 바뀌면 구구단은 외워야 하는 것이었고 그 전에 반드시 외워야 하는 것이 있었다. 국민교육헌장이다. 책받침에도 교과서의 맨 앞장에 인쇄되어 있던 393자를 외워야 했다. 제대로 외우지 못하면 집에도 못 가고 외워야 했고 변소 청소 당번이 되어야 했다. 중·고등학생도 이를 피해가지는 못했다. 시험문제로 출제되기까지 했다.

"우리는 민족중흥의 역사적 사명을 띠고 이 땅에 태어났다."로 시작하고 "반공 민주 정신에 투철한 애국 애족이 우리의 삶의 길이며……. 민족의 슬기를 모아 줄기찬 노력으로 새 역사를 창조하자."로 끝났다.

내가 살던 고향 마을 지기산 정상에는 미군 방공포부대가 주둔하고 있었다. 산 정상에서 서해 쪽으로 레이더가 돌아가고 이중 철책의 견고한 울타리가 설치되어 있었다. 울타리 중간마다 침입자감시를 위해 강력한 조명등을 밝혔는데 마을까지 불빛이 길게 내려왔다. 아이들은 가끔 미군들이 던져주는 빵을 받기 위하여 혹은 먹고 버린 콜라병이며 깡통을 줍기 위하여 울타리 아래를 기웃거리기도 했고 짧은 영어로 구걸처럼 "기브 미 초콜릿!"을 외치기도 했다. 가끔은 야한 사진이 박힌 잡지를 주어 돌려보기도 했다.

그 시절 보았던 〈자유의 벗〉이라는 잡지를 기억한다. 한국전쟁이 끝나고 1955년 미국 극동사령부가 자유민주주의 사상 고취와 미소 냉전체제에서 미국 홍보용으로 발간하는 30쪽 정도의 한글판 월간지였다.

국제 문제뿐만 아니라 국내의 정치, 문화, 사회 소식을 전했다. 이 잡지는 고해상도의 천연색 및 흑백 사진들이 박혀있던 당시 최고급의 잡지였다. 학교 교실이나 마을회관 벽에는 항시 〈자유의 벗〉 몇 권이 걸려 있었다. 전후 사회는 혼란했고 극도의 빈곤시대였다. 이 잡지의 영향력은 지대했다. 잡지의 제호처럼 미국은 우리에게 둘도 없는 우방의 국가라는 것을 각인시켰고 국내 동향과 국제 동향, 전쟁 후의 재건 모습, 우리나라의 발전 소식 등을 다루었으며 그 밖에 수필과 시사만평, 사진을 곁들인 종합 교양잡지였던 셈이다. 당시는 라디오도 귀했고 종이 인쇄물도 귀하던 시절이었다. 특히 내가 살던 벽촌에서 〈자유의 벗〉은 특별했다. 어른들은 세상 돌아가는 이야기를 그 잡지를 통해 접했고 북한에서 내려온 피난민들도 북한의 소식을 접할 수 있었다. 물론 잡지의 내용은 시사성이 주를 이루는 것이어서 어린 나에겐 잘 이해할 수 없는 내용이 대부분이었지만 이따금 실리는 전래동화나 '웃음거리' 란은 어린아이들도 충분히 읽을 수 있었다. 특히 '코주부'로 유명했던 김용환 화백은 이 잡지를 통해 전성기를 구가했고 그가 그린 만화나 삽화, 시사만평이 초등학생들에게까지 인기를 누렸다.

당시 산길로 다니다 보면 '삐라'라고 불리던 전단이 발견되기도 했다. 단순히 전단이 아닌 불온전단이었다. 전단에는 북한정권을 찬양하는 내용과 월북한 군인들이 북한에서 행복한 가정을 이루고 있다는 내용이 사진과 함께 박혀 있었다. 종이의 질은 형편없었다. 전단을 주어 지서에 갖다 주면 연필이나 공책을 선물로 주기도 했고 〈자유의 벗〉 잡지를 주기도 했다. 〈자유의 벗〉 잡지는 읽을거리로도 특별한 것이었지만 여러 가지 활용가치가 있었다. 딱지를 접고 교실 뒤편에 환경정

리용으로 쓰이기도 했다. 공장이 들어서고 도로가 건설되던 사진과 파월장병들이 현지에서 대민 지원하는 사진들이 화려하게 장식되곤 했다. 당시는 교과서를 대물림해야 했던 시절이었다. 지질도 형편없었기 때문에 교과서를 포장하는 용도로도 긴요한 것이었다. 잡지를 철한 가운데 철심을 빼고 교과서 표지를 싼 다음 표면에 양초를 문지르면 한 학기는 거뜬히 버틸 수 있었다. 70년대가 넘어서면서 각종 잡지 및 신문이 다양해지면서 〈자유의 벗〉의 영향력은 빛을 잃어갔고 폐간되었다.

우리에게 자유의 둘도 없는 벗으로 미국이라는 나라를 홍보하기 위한 수단이었다는 것은 그렇다고 하고 삭막했던 전후 상황에서 우리나라 국민들에게 정서적으로 위안을 주고 희망을 불어넣었던 든든한 벗이었다. 〈자유의 벗〉이라는 잡지가 미국이라는 나라를 앞세워 삭막한 당시의 허기진 정서를 보듬어주는 존재였다면 절박한 궁핍의 허기진 배를 채워주는 또 다른 존재가 있었다.

전쟁으로 폐허가 된 대지에 사람들은 쏟아져 나왔고 삶의 터전을 빼앗긴 사람들에게 배고픔은 전쟁보다 더 혹독한 것이었다. 보릿고개는 이 땅에서 가장 넘기 힘든 고개였다. "가난은 나라님도 구제하지 못한다."고 했다.

당시에 넘던 보릿고개는 추풍령보다 대관령보다 더 높던 고개였다. 보릿고개는 봄부터 보리가 익어 고개를 숙일 즈음까지 넘어야 했던 고개였다. 보리 이삭이 덜 여물었을 때였다. 없는 살림에 먹을 것이 없어 나물이나 나무껍질, 말 그대로 초근목피(草根木皮)로 모진 목숨을 연명했던 막바지 굶주림의 시기를 말하는 것이다. 우리네 부모세대만 해도 매년 넘어야 했던 험하고 험한 고개였다. 얼마 되지도 않는 양식거리를 거두어 소작료와 이런저런 빚 때움을 하고 겨울을 나면 뒤주는 이른 봄에 이미 바닥이었다. 전후 베이비붐 세대라 일컬어지는 말처럼 아이들도 많던 시절이었다. 입에 풀칠한다는 말처럼 보리쌀을 갈아 어린 보리 순을 넣고 끓여 아이들의 배를 채워야 했다.

그 시절 순전히 먹기 위해서 손을 내밀며 줄을 섰던 기억들. '악수표 밀가루'라는 것이 들어왔다. 밀가루는 이 땅에서 흔하지 않은 식자재였다. 악수표 밀가루는 미국 공법 480조에 따라 1956년부터 우리나라에 제공된 구호물자의 대표격이었다. 공법 480조는 농업수출 진흥 및 원조를 규정한 법으로 미국의 농산물 가격 유지와 저개발국 식량 부족 완화를 위해 남은 농산물을 각국에 제공할 수 있게 한 법이다. 악수표 밀가루라고 이름을 붙인 이유는 공법 480조에 따라 제공된 구호물자 밀가루 포대에는 태극기와 성조기 아래 악수하는 두 손이 인쇄되어 있었기 때문이다. "미국 국민이 기증한 것이므로 팔거나 교환하지 말 것"이라는 영어 문구도 마찬가지였다. 단순히 구호의 성격이 아니었다 하더라도 악수표 밀가루는 이 땅의 많은 국민을 존재케 한 절대 절명의 일용할 양식이었다.

군사정부가 들어서기 전에는 무상으로 공급되던 것이었으나 군사정부는 무상으로 구호물자를 분배하던 것에서 벗어났다. 민둥산을 녹화하기 위한 사방공사에 동원된 이들의 임금 대신으로 지급했다.

초등학교 시절 미국과 유엔의 원조로 공짜로 급식 되던 건빵과 옥수수식빵은 주린 아이들의 배를 채워주었다. 한 주에 두 번쯤 급식 되었던 탈지분유도 마찬가지였다. 오전으로 중간에 빵 차가 교정에 들어오곤 했다. 빵을 옮기는 당번을 맡는 날이면 흘러나오는 침을 삼키며 점심시간이 되기를 기다렸다. 미국에서 지원되는 밀가루나 옥수수가루로 빵을 먹을 수 있다고 선생님들이 직접 말씀하셨던 기억은 없다. 그렇더라도 미국은 '피를 나눈 형제'처럼 특별한 나라였다.

다는 모르지만 노무현 대통령은 미국에 우호적이지 않았다. 국가원수의 자격으로 미국을 방문하였을 때 예상외의 발언으로 한동안 논란이 된 적이 있었다. 뉴욕의 한 호텔에서 열린 코리아 소사이어티 주최 연례만찬에 참석한 자리였다.

"미국이 53년 전 도와주지 않았다면 나는(북한중심 체제의)정치범수용소에 있을지도 모른다는 생각을 하고 있다."라고 말했다. 당시 나는 그 말을 듣고 조금 당황스러웠다. 한국전쟁 당시 미국이 도와주었다는 것을 그런 식으로 표현하는 것이, 그분이 평소 피력한 미국에 대한 인식에서 많이 비켜나 있었기 때문이었다. 물론 본인의 말대로 과거의 야당정치인 시절과 당시 대통령의 신분으로 표현하는 것은 제한이 있을 수밖에 없다는 것을 염두에 두더라도 말이다.

『새는 좌우의 날개로 난다.』라는 제목의 책이 있다. 아마 오른쪽 날개의 힘, 반공의 힘이 너무 강해 그 폐해를 지적하기 위한 것이었을 것이다. 왼쪽 날개의 힘을 오른쪽만큼 가져야 한다고 강조하는 의미였을 것이다.

세계적으로 공산주의는 빛을 잃어갔다. 현재 남은 공산주의 국가라면 북한, 중국, 쿠바, 베트남, 라오스 등이 있다. 이중 중국과 베트남은 자본주의 국가에 가까워지고 나머지 나라도 공산주의라기보다는 단지 독재국가일 뿐이다.

분명 새는 한쪽 날개로만 날 수 없다. 설령 한쪽 날개가 상대적으로 월등하여 힘이 좋다고 해도 큰 의미가 없다. 한쪽 날개에 힘이 쏠린다면 어딘가에 처박히고 말 것이다. 공산주의가 사라져 간 것이 그 징표와도 같다. 자본주의도 빈부의 격차를 심화시키고 새로운 계급구조를 구축해간다면 역시 그와 같은 신세로 전락할 것이다. 새는 날개로만 나는 것이 아닌 온몸으로 난다. 온몸으로 난다는 것은 인간 본성을 바탕으로 하는 균형감을 말한다. 좌우의 날개는 온몸으로 날기 위한 주된 수단에 불과하다. 그 어떤 이념이나 주의, 인간도 완벽한 것은 없다. 그저 개인이 숭모하는 우상에 불과하다.

균형 잡힌 시각을 갖는 것이 중요하다. 균형 잡힌 시각을 갖는다는 것은 인간이 지난 본능과도 같은 탐욕을 경계하고 살피는 것이다. 좌와 우, 보수와 진보의 문제가 아니다.

1979년 10월 27일 아침, 숟가락을 놓아야 할만큼의 상실감이 다음 해 오월의 광장에서 헝클어 들기 시작했고 깃발을 앞세운 무리에 합류하기도 했다. 그러나 얼마 지나지 않아 고향으로 돌아가 열흘 동안 모심기 품팔이를 했고 보리타작을 했다. 마을 사람들이 볼 수 없도록 나는 비겁한 마음을 꼭꼭 숨겼다. 이십 년이 넘도록 직업군인으로 근무하면서는 제 몸 하나 건사하기에 급급했고 사회의 부조리에 깃발을 들지 못했다는 자괴감도 무수했다. 그런 것이 아니더라도 돌아다보면 나 자신이 너무나 부족했음과 허물이 컸음을 느낀다.

한편으로 세상을 편하게 살아온 것 같은 부채감도 없지 않았다. 그러나 온전하지는 못하겠지만, 말과 글을 표현할 수 있는 자유세계에 산다는 것이 너무 소중하다. 축복이다. 세뇌처럼 반공으로 이어진 어린 시절을 돌아다보면서 한 인간을 우상으로 가졌던 것이 아니었는가, 하며 돌아보았지만, 그것은 과정이었고 나를 키워준 토양에 불과한 것이었다. 진리가 너희를 자유케 하리라 했지만 나의 우상은 자유였다.

사바나 초원에서 사자가 얼룩말을 죽이고 새끼들과 나누어 먹는 모습을 보며 선악의 잣대를 들이대는 사람은 드물 것이다. 사바나 초원에는 자연의 섭리처럼 약육강식의 사실만이 존재할 뿐이다. 존재가 있고 난 후에 선악도 미추도 존재한다.

단군이래, 반만년 동안 우리 민족의 최대 화두는 먹는 문제의 해결이었다. 그 문제의 해결을 화두로 내세웠던 북한은 오늘날까지도 그 문제를 해결하지 못하고 핵을 빌미로 패악과 같은 협박으로 동냥질을 일삼고 있다. 독일의 사회과학자 막스 베버는 서양과 동양을 다음과 같이 구분하였다.

"서양은 자신들의 의식주를 해결하기 위해 자연을 착취했다. 그를 위해 과학과 기술을 발달시키게 되었으며 동양은 그 반대로 자연의 착취에는 눈을 돌리지 않았고 인간을 착취했다."

인간을 착취하려니까 권력이 필요했고 그 권력으로 권력이 없는 농민들의 생산물을 수탈한 것이고 그래서 누구나 다 벼슬을 하려고 목을 매다시피 했다. 왕조시대의 당파싸움도 그 기저에는 이념이나 주의보다는 먹는 문제의 해결이었고 좌와 우, 보수와 진보의 진흙탕 같은 싸움도 마찬가지라는 생각을 한다. 결국, 권력과 지위를 탐하는 것은 가정과 가족을 지키기 위한, 어린 시절 홍위병이었던 이가 고백한 것처럼 어떤 특별한 주의나 이념이 아닌 "나는 솔직히 그냥 잘 되고 싶었다."는 고백과 잇대어 있다.

세월호 참사의 장본인 구원파 교주는 야훼에서 그 이름을 따와 자칭 '아해'로 자신을 신격화했다. 그는 신도들이 낸 헌금을 종잣돈으로 사업을 확장해나갔고 권력과 결탁하여 편법으로 부를 축적했다. 결국, 그의 그릇된 욕심은 죄를 잉태했고 엄청난 사고를 일으켰다. 그의 우상은 돈이었던 것일까? 금력으로 권력의 철옹성을 구축하고 싶었던 것일까? 그뿐만이 아니라 자식들도 아버지의 그늘에서 호화로운 삶을 영위하고 있었다. 북한의 처음 수령도, 후에 세습된 수령들도 마찬가지였다. 성경에 나오는 절대자는 아들 예수를 십자가에 못 박히게 했다. 하지만 자신이 신이라는 자들은 그 흉내조차 내지 못한다. 이 땅의 가장들이 지위와 권력을 탐하는 기본적인 이유는 가정을 지키고 재산을 불리기 위해서일 것이다. 자식과 재산을 통해 존재감을 확인하고 성취감을 누릴 수 있기 때문이다. 정의조차 소위 끗발이 있어야 한다고 항변한다. 지위와 재산은 끗발을 불러온다.

북에서 넘어온 한 사람을 만나면서, 그가 나와는 전혀 다른 세계에서 살아왔다는 선입견이 너무나 견고했는데, 그가 나를 '자신의 스타일'이라고 표현하는 것에서 강한 의구심과 함께 그와 내가 살아온 시간을 비교하여 반추해 보고 싶은 생각을 가졌다. 그와 내가 자라온 토양의 본질을 들여다보고 싶었다.

어린 시절. 남한과 북한은 흥부와 놀부, 콩쥐와 팥쥐 이야기의 다름 아니었다. 남한은 당연히 흥부였고 콩쥐였다. 흥부와 콩쥐는 태어날 때부터 착하고 놀부와 팥쥐는 근본적으로 악독했다는 선입견을 품어야 했다. 흥부와 콩쥐는 차별과 핍박을 견디고 무조건 잘되었다는 권선징악의 늪에 빠져들었던 것도 마찬가지였다. 이야기 속에서 선과 악, 경계의 틀을 견고히 하는 이분법의 진영논리에 길들었을 것이다. 문제는 이에 그치지 않는다. 흥부나 콩쥐 자신의 투쟁과 노력으로 복을 짓기보다는 제3자가 개입되어 복을 불러왔다는 것이다. 우리는 말할 것도 없고 주체와 자력갱생을 주장하는 북한도 별반 다르지 않다.

선과 악은 세상 누구에게나, 어느 조직이나 국가에서도, 남한이나 북한에서도 공존한다는 것을 외면하고 부인하였던 세태였다.

1991년 소련이 해체되고 한 기자는 당시 소련의 저명한 경제학자를 찾아가서 인터뷰했다.

"강력한 소련이 이렇게 붕괴했는데, 이것은 결국 자본주의가 사회주의 경제체제보다 우월하다는 증거 아니겠습니까?" 조롱이라면 조롱처럼 들릴 수도 있었을 이 질문에 소련의 경제학자는 대답했다.

"아니오. 절대로 사회주의 경제체제가 자본주의보다 못한 것이 아닙니다. 사회주의 경제에 대한 나의 신념은 변함이 없습니다. 소련의 붕괴는 정치를 잘 못했기 때문입니다. 사회주의 경제체제 자체가 나쁜 것이 아닙니다."

"박사님, 그렇다면 세상에 사회주의 경제체제로 성공한 나라가 있기라도 합니까?"

"허허, 이보슈 기자 양반, 사회주의 계획 경제체제가 제일 성공한 나라는 바로 당신들 나라 사우스 코리아 아니겠소!"

선과 악은 늘 공존하는 것이다. 그리고 그 구별은 쉽지 않다. 과연 그는 나의 친구가 될 수 있을 것인가를 고민하고 생각했을 것이다. 초등학교 시절 우리의 소원은 통일이라는 동요를 부르며 생각했던 통일의 형상은 공산당을 무찌르고 김일성을 때려잡아야 했던 것이었다. 이제 50대를 넘어서며 그리는 통일의 형상은 어떤 것인가? 과연 그와 진정한 친구가 될 수 있을 것인가? 통일의 밑그림은 거기서부터 출발해야 하고 고민해야 한다고 생각했다. 그의 굴곡진 삶을 찾아가서 손을 잡고 이야기를 해보아야겠다고 생각했다.

나 다시는
고향에 돌아가지 못하리

강을 건너고 있었다. 국경에 맞닿아 있는 두만강을. 아내와 어린 남매의 손을 잡고. 2월의 매서운 바람이 얼음 위를 미끄러지며 비명처럼 소리를 냈다. 태를 묻고 37년을 살아온 산하를 등졌다. 조국은 이제 내게 없다. 고향도 없다.

강을 건너고 있었다. 한 번 건너면 돌아오지 못할 것이다. 돌아오면 죽음이고 정찰대의 눈에 띄어도 죽음이다. 두려움은 강을 건너는 첫 걸음과 함께 사라졌다. 이제 두려움이 아니라 죽느냐 사느냐다. 주사위는 던져졌다. 지상낙원에서의 탈출이다. 허구에서의 탈출이다. 어디를 간다 해도 이곳보다는 나으리라. 이곳보다 나은 곳이 없다면 차라리 죽어도 좋으리라.

강을 건너고 있었다. 사랑하는 오마니를 남겨놓고 강을 건너고 있었다. 따라서 이미 내겐 보다 나은 곳은 없을 터이다. 다만 내 손을 잡고 있는 아이들에게 그곳은 보다 나은 곳이어야 했다.

내가 태어나고 자란 곳은 평양이다. 평평한 땅이라는 뜻에서 유래되었다는, 버들이 우거진 곳이라는 '류경'이라는 지명으로도 오랜 역사를 지닌 도시다. 조선민주주의 인민공화국이 수립된 46년 평안남도에서 분리된 평양특별시로 현재는 평양직할시다.

"평양감사도 저 싫으면 그만"이라는 속담이 있다. '아무리 좋은 것이라도 본인이 하기 싫으면 억지로 시키기 힘들다'는 의미다. 정확히는 평양감사가 아닌 평안감사다. 조선 초 태종 13년에 전국을 여덟 개의 도로 나눴을 때로 평안도였고 지금의 광역시장이나 도지사와 같은 직책으로 관찰사 또는 감사라고도 했다. 그런데 왜 여덟 명의 관찰사 중에 특별히 평안감사였을까?

평양은 고조선에서 위만조선, 삼국시대를 이어오면서 중요한 거점이었고 고구려의 수도이기도 했다. 서경이라고도 했던 고려시대에는 이곳으로 천도를 고민하기도 했다. 45년 해방 후에는 군정으로 남과 북이 나뉘면서 평양은 자연스럽게 북한의 수도가 되었다.

오늘날도 마찬가지지만 중국은 우리와 뗄레야 뗄 수 없는 밀접한 관계를 가진 나라였다. 평안도는 중국과의 경계에 있고 중국을 오가는 사신들이나 상인들 또한 대부분 평양을 통과해야 했다. 그러므로 평안감사는 중앙의 유력한 권력가를 만날 수도 있었고 경제적인 잇속도 챙길 수 있었다. 이러한 중요성에도 다른 지방과 비교하여 과거급제자나 높은 벼슬을 가졌던 이도 적었고 그 연유로 토착화된 세력을 가진 세도가들이 상대적으로 적었으니 이들의 눈치를 보아야 하는 일도 드물었을 것이다. 남남북녀라는 말이 시사하는 바처럼 평양은 미인이 많은 곳으로도 유명했고 당시에는 관청에서 관리하는 기생도 있었으니 성추문을 걱정할 필요도 없이 미인을 원하는 대로 품을 수도 있었을 것이다. 그래서 평안감사도 저 싫으면 그만이라는 속담이 만들어졌고 오늘날까지 회자된다.

평양을 '혁명의 수도'라고도 한다. 내가 평양직할시에서 태어났다는 것은 행운이었다.

2천오백만 남짓 북한 인구 중에 250만 평양시민은 특별한 사람들이다. 지방은 옥수수배급도 여의치 않은데 평양시민에게는 매달 쌀을 배급한다. 평양시민이 지방에 사는 사람과 결혼하면 평양에서 살 수 없도록 하는 등 '그들만의 사회'를 추구하고 있다. 북한에서는 공민등록

법 규정으로 '17세 이상의 조선민주주의 인민공화국 인민'은 공민증을 발급받는데 97년부터 평양 시민은 '평양시민증'을 발급받았다. 평양직할시는 여러 번의 행정구역 개편을 거쳐 18개 구역과 2개 군으로 나뉘어져 있고 내가 태어나서 자란 곳은 선교 구역이다. 본래 동평양 선교리 일대의 지역으로 예로부터 공업이 발달했으며 방직거리에는 평양 종합 방직공장·방직회관·경공업대학이 있다. 평부선(평양-개성)과 신의주-개성간 도로가 통과하고 동남부 사동구역 경계를 따라 평덕선이 지나며 대동강역이 있는 곳이다.

부모님은 내가 어렸을 때 헤어지셨다. 어머니와 함께 살았는데 어머니는 아버지에 대해선 별 말씀이 없으셨다. 외할머니도 함께 사셨는데 외할머니는 늘 아버지에 대해 나쁘게 말씀하시곤 했다. 개구장이로 어린 시절을 보냈다. 아버지는 양육비를 대주지 않으셨고 어머니가 내각 산하기관인 화학공업성에서 사무원으로 근무하셨다.

다섯 살이 되면서 유치원에 들어갔다. 처음 들어갔을 때는 낮은 반이고 해가 바뀌면 높은 반이었다. 낮은 반은 부모에게 선택권이 주어지고 높은 반부터는 의무교육에 포함되었다. 교육과정은 혁명사상교양과 도덕교양을 기본으로 하면서 지적교육과 정서교육, 체육교육을 통하여 혁명위업의 계승자로 키우는 것을 목표로 했다. 의무교육이었으니 획일화된 집단교육이었다. 8시 30분부터 오전일과가 시작되고 방송 프로그램을 시청하는 것으로 시작됐다. 어린 나이였지만 개인적인 활동은 전혀 고려되지 않았다. 음악과 무용이 주를 이루었다. 점심식사가 끝나면 낮잠시간도 있었다. 김일성 원수의 가계와 그 위업을 암송해야 했다. 종교를 금지하는 이유가 여기에 있었다. 점심식사 시간에도 식판을 앞에 놓고 "김일성 원수님 고맙습니다."를 복창하고 김일성, 김정일의 어린 시절 이야기를 사진, 모형 등의 교재로 만들어서 보여주었다.

김일성 원수의 생일을 태양절이라고 했다. 태양절에는 특별한 간식이 나와 그에 대한 감사함을 고취시켰다. 또한 김일성의 생가라는 만경대 고향집과 김정일이 태어났다는 백두밀영, 혁명 전적지와 혁명 사적지 답사, 견학을 했다. 어려서부터 김일성과 김정일에 대한 절대적인 충성심에 젖어갔다. 남조선과 미국에 대한 적개심도 마찬가지였다. 특히 미국은 특별하게 나쁜 나라였고 무조건 타도의 대상이었다.

인민학교에 다니면서 동무들과 노는 재미에 빠져 학교를 가지 않은 적도 있다. 어머니의 꾸중이 두려워 집에는 들어가지도 못하고 창고 같은 헛간이나 친구 집에서 쪽잠을 자기도 했다. 겨울방학이면 보통강에 나가 밥 때도 거르며 썰매를 타고 팽이치기를 했다. 제출해야 할 숙제도 잊고 놀다가 늦은 밤에야 숙제를 한 적도 있다. 놀기도 좋아하였지만 공부도 열심히 했다. 인민학교 시절에는 암기해야 할 과목들이 많다. 같은 반 친구들에게 지지 않으려고 외우기에 열중했고 좋은 성적으로 어머니를 기쁘게 해드렸다. 어머니는 맛난 음식을 만들어 나를 격려해주셨고 그 시절 어머니의 사랑은 지금까지 나를 지탱해주는 힘이었다.

고등중학교에 입학하면서 나의 장래에 대해 깊이 고민했다. 공부하는 것도 고민이었지만 하고 싶은 일이 너무 많아 걱정이던 시절이었다. 무지개처럼 꿈이 하늘에 떠 있었다. 전투기 조종사도 되고 싶었고 외국에 나가는 특파기자도 되고 싶었다. 군관으로 수령님을 지키는 경호원이 되고도 싶었다. 지금도 그때를 회상해보면 아득해지곤 한다.

1994년 7월 9일 오전 12시, 중대 방송을 통해 대원수의 사망소식이 발표됐다. "수령님께서 심장혈관의 동맥경화증으로 치료를 받아오다가 겹쌓이는 과로로 인해 7월 7일 심한 심근경색이 발생하고 심장쇼크가 합병되어 사망하셨다."는 발표였다.

그해는 특별한 해였다. 남한의 대통령과 정상회담이 열릴 예정이라고 했고 막연했지만 통일을 구체적으로 생각하고 있었다. 대원수는 "내가 서울에 다녀오면 통일이 된다."라고 인민들에게 말했었다. 나는 위탁교육으로 평양음악무용대학에 재학 중이었다. 평양시민들은 모두 들뜬 표정이었다. 출근길에도 퇴근길에도 나는 그것을 확연히 느낄 수 있었다.

'어버이 수령'이라는 말이 태어나 제일 먼저 배운 말인 것처럼 김일성은 어쩌면 어버이 이상의 존재였다. 사람이 아닌 신적인 존재였다. 탈북을 결심하면서 나 자신이 세뇌되었다는 것을 알았지만 뼈 속까지 배든 수령에 대한 충성심은 쉽게 지워지지 않았다. 후에 안 것이지만 정상회담을 앞두고 후계자로 지목된 아들 김정일과 갈등이 증폭되던 시기였다고 했다. 경제개방·개혁이나 통일문제에 진취적인 견해를 가졌던 아버지 김일성과 폐쇄적인 사회주의 체제유지를 주장한 아들 사이의 견해차이가 갈등의 뿌리였다는 분석이다. 구 소련을 포함한 동구권의 사회주의체제 붕괴 이후 체제의 생존을 위해 고민하던 김일성은 이미 아들에게 집중된 권력을 일정부분 회복하고자 남북정상회담 등 통일문제를 계기로 삼으려 했고 김정일은 이에 극력 반발해 갈등이 극대화됐을 것으로 말이다.

통일이 현실로 다가온 것 마냥 기다림과 설렘으로 가득 찼던 평양시민들은 중대보도를 쉽게 수긍하고 믿을 수가 없었다. 그보다는 생사를 뛰어넘는 신으로 존재했던 수령의 죽음을 인정할 수가 없었다. 너무나 갑작스런 죽음 앞에서 그도 죽게끔 태어난 인간임을 알았을 것이다. 그때 세계는 전 주민이 '아버지!' 하고 김일성을 애절하게 찾으며 우는 북한주민들을 보고 경이롭고 놀라워했다.

길 가던 사람들이 그 자리에 쓰러져 통곡을 했고 아파트 창문마다 대원수를 부르며 울부짖는 외침이 가득했다. 온 동네 온 천지가 비탄의 눈물바다였다. 정오에 시작된 애도의 물결은 해가 지고 시간이 지날수록 더욱 확산되었다. 김일성 동상 앞으로 달려갔고 그침도 없이 울고 또 울었다. "우리는 앞으로 어떻게 살아가야 하나, 앞날이 막막하다."며 처절한 절망으로 탄식했다. 후계자인 김정일의 존재가치는 별로였다. 그만큼 대원수는 태양과도 같은 존재였고 어버이보다 훨씬 상위의 존재였다. 질서가 마비되고 혼란스러운 상황이었다. 학교에 가도 머릿속은 텅 비어 수업이 제대로 되지 않았다. 심지어는 충격으로 심장이 멈춘 사람들도 있었고 이중으로 유가족이 되어야 했던 사람들은 눈물도 말라갔다. 김일성 동상 앞에는 가지가지 술병이 싸이고 조화가 산을 이루었다. 달러로 많은 금액의 조의금이 쌓여갔다. 자발적인 조의의 표현이다. 살아있을 때 더 잘 모실 걸 하는 후회의 표현이기도 했다. 일부 사람들은 극단의 슬픔을 분노로 표출하기도 했다. 그들은 김일성의 건강을 전담했던 남산병원소속 봉화진료소로 달려가 울타리 안으로 돌을 던지며 난동을 부렸다. 병원을 지키는 경비원들도 이들을 제지할 엄두를 내지 못했다. 맨발로 몇 시간을 달려 만수대 동상을 찾기도 했다. 출입을 통제하는 경비사령부 소속 군인들도 그 지극한 발길을 막지는 못했다. 만약 막는다 해도 반동으로 매도되었을 것이다.

당시 신문과 TV에서는 남조선 당국이 김일성을 추모하는 빈소를 차렸지만 당국의 탄압으로 무산되고 있다는 소식을 보냈다. 평양시민들은 분노했다. 군인들은 물론 시민들조차 총을 들고 남으로 진격해야 한다고 소리쳤다. 누가 건드리기라도 해도 폭발할 것 같은 일촉즉발의 위기였다. 그러나 시간이 지나면서 당국의 통제에 의해 질서가 잡혀갔고 애도기간의 모든 행사가 백일에서 그 열 배의 시간으로 늘어났음을 선포했다.

애도기간 중에도 당국의 예리한 감시의 눈길은 피할 수 없었다. 국가안전보위부나 사회안전부, 사법검찰이 사상검토 차원에서 개인의 정서 상황을 매시 매분마다 예리하게 감시하며 체크했을 것이다. 애도기간 중 신분의 상승을 꾀한 사람도 있고 정반대의 나락으로 떨어진 사람들도 부지기수였다. 한 직장에서는 부하직원이 계속 비탄의 눈물을 흘리는 모습에 상급자가 "지나친 연기가 아니냐"며 비아냥거렸다가 직장에서 파면되어 쫓겨나는 일도 있었다. 애도 기간 중에 술을 먹거나 사우나를 했다는 이유로, 혹은 비장한 추도가 외에 다른 노래를 감상했다는 이유로 직위에서 해임되거나 출당되어 반혁명분자라는 누명을 쓰고 오지로 추방당했던 사람들도 부지기수다.

그 혼란스러운 와중에도 평양의 최고 고위층은 대성통곡을 할 수 없었을 것이다. 대권을 이어받은 김정일의 눈치를 살피는 것에 더 치중해야 했을 테니 말이다. 아버지의 죽음에 아들인 김정일의 의지가 개인된 것이었는지 공식적으로 밝혀진 바는 없다.

남·북정상회담을 앞두고 김일성은 남한 대통령의 숙소로 정한 묘향산 초대소 점검을 위한 방문을 앞두고 있었다. 여름철에는 더위를 피해 삼지연에서 휴가를 보내곤 했는데 정상회담 준비차원의 경제일꾼협의회를 진행하기 위해 김정일의 반대를 묵살했다. 김일성의 묘향산 초대소 방문 준비를 직접 체크한 것은 당연히 김정일이었다. 평시에 협심증 증세가 있었고 나이가 여든을 넘어 어떤 돌발 상황이 있을지 모르는 상황에서 심장담당 주치의가 동행하는 것은 기본이었을 것이다. 하지만 김정일은 그 주치의를 묘향산 행 명단에서 삭제했다고 한다. "그동안 수령님을 모셔오느라 한 번도 휴가를 제대로 못 가보았겠는데, 수령님께서 통일 성업을 눈앞에 두고 마음도 육체도 아주 양호한 지금에나 주치의가 안심하고 옆 자리를 비워도 된다."는 이유였다고 했다. 움직이는 수술실로 각종 의료장비가 완비된 독일에서 수입한 특수차량도 제외되었다고 했다.

"자신과 똑같은 위대한 수령, 위대한 후계자를 두고 가기 때문에 수령님께서는 가시면서도 만족하게 웃을 수 있다."

김정일이 지시한 선전자료 내용이다. 김일성의 죽음을 마주한 김정일의 마음은 결코 아버지를 추모하는 마음만은 아니었다. 오히려 이를 정치적으로 이용했다는 추측이 맞을 것이다. 권력은 부자지간에도 나누지 않는다는 속성이 작용하는 것이었을까? 아니면 통일이 두려웠던 것이었을까?

지난 연말, 전 세계를 충격에 빠트리는 사건이 북한에서 있었다. 자신의 고모부이며 김정은이 집권하기 전 실질적인 권력대행자였던 장성택의 실각과 함께 그가 잔인한 방법으로 처형된 사건이다. 저들은 이 처형장면을 대내외적으로 공개했다.

내가 그를 직접 만난 일은 없었다. 김일성의 강력한 반대에도 불구하고 여동생 김경희의 적극적인 구애로 결혼에 성공한 것은 세상에 알려진 일이었고 그를 추종하는 간부들도 많았다는 것은 북에서 들었던 이야기다.

남한을 비롯하여 국제사회가 북한을 아는 것은 장님이 코끼리를 만지는 수준이다.

37년간 북한체제를 경험한 나의 관점으로 장성택의 처형은 '불의'에 대한, 수령을 정점으로 한 '정의'의 실현이었을 것이다. 남한의 일부 언론에서는 추가적인 숙청과 중국과의 관계악화, 북한내부의 혼란을 예상했지만 말 그대로 그것은 예상에 불과했다.

김정일 사망 후 실질적인 권력의 대행자로 부각되었던 장성택이었다. 김정은이 회의장에서 발언하는 동안 삐딱한 자세를 취하거나 엉뚱한 곳을 응시했다거나 김정은이 주관하는 회의에 불참하는 등 김정은을 별로 의식하지 않는 듯한 태도를 보였다는 것도 이를 방증한다. 어린 조카를 보좌하는 차원이 아닌 실질적인 최고 권력자였을 것이다. 눈치 빠른 당·정·군의 적지 않은 간부들이 그의 편에 서려는 행동을 보였을 것이다. 상대적으로 적지 않은 간부들이 '백두혈통'의 정통성을 운운하며 장성택의 부각을 경계하거나 시기했을 것이고 김정은은 이들을 자기 수하로 만드는 일에 애를 썼을 것이다. 김정은 권력을 보위하는 기관에서는 장성택과 그 측근들의 일거수일투족을 주시하였을 것이고 그 결과를 김정은에게 보고했을 터이다. 김정은은 내부적으로 자신의 입지를 견고히 하고 한 명의 죽음으로 열 명, 백 명의 지지자를 내 편으로 하는 치밀한 계산이 있었을 것이다.

　김일성이 구축한 일인 독재체제하에서는 2인자가 있을 수 없으며 최고지도자는 김 씨 가문만이 될 수 있다는 당위성을 대내외에 과시한 의미도 있었다. 이런 견고한 일인 독재체제는 김일성이 구축한 것이었고 북한 정권의 정체성이고 정통성이다. '민족제일주의', '김일성 민족'이라는 구호 속에 결코 인민은 존재하지 않는다.

　고등중학교를 졸업하고 군에 입대했다. 열여섯 살이었다. 대부분 징병제라고 알고 있지만 모병제이다. 군대를 다녀오지 않으면 당원이 될 수도 없고 남자로서 제대로 행세를 할 수 없다. 그래서 기를 쓰고 군대에 가려고 한다. 군대에 갔다 오지 않으면 장가를 가기도 힘든 곳이다. 그렇기 때문에 징병이 아니더라도 누구나 남자라면 군에 다녀와야 사회풍토가 조성되어 있다. 그러니 겉만 허울 좋은 모병제고 실질적으로는 징병제와 다름없다. 신체적인 조건은 예외로 하더라도 출신성분에 따라 아무나 군에 갈 수도 없다. 남한의 병무청처럼 지역마다 군사동원부가 있고 입영을 관장한다.

　나는 3개월간의 신병교육을 받고 안전보위부 소속의 국방경비총국 예하의 공병중대에 배치되어 군 생활을 했다. 고등학교를 마치고 입교하는 사관생도나 후보생 과정을 거쳐 장교로 임관하는 남한과는 달리 북한에서는 병이나 하사관의 3~5년차인 군인들을 대상으로 출신성분이나 각 부서의 추천으로 군관학교에 입교할 수 있다. 사병으로서의 근무경험이 있어야 지휘자로서 지휘 통솔이 용이하고 임무수행이 수월할 것이라는 이유가 있다.

나는 출신성분이 좋다는 이유로 군관학교에 입교할 수 있었다. 군관학교 교육을 마치고는 군관학교의 구대장으로 근무했다. 후에 대학에 진학했다. 물론 원한다고 위탁생으로 대학에 모두 갈 수 있는 것은 아니다. 위관급에서 영관급으로 진급하려면 대학진학은 필수코스였다. 영관급 이상 장교는 예외 없이 대학과정을 이수했다고 할 수 있다. 군사장교는 김일성군사종합대학을, 정치장교는 김일성정치대학을 이수해야 한다. 그 이름만큼 최고의 대학이다. 이외에도 군별 병과에 따라 별도의 군사대학이 있다.

내가 선택한 곳은 평양음악무용대학이었다. 고등중학교시절 트렘펫을 연주한 이유가 컸다. 대학 4학년 시절 지금의 아내를 처음 만났다. 수령의 애도기간이었다. 물론 연애의 경험이 전혀 없었던 건 아니었다. 애도기간이었으니 마음의 설렘만큼 몸과 마음의 표현이 위축될 수밖에 없었다. 달콤한 추억으로 남을 데이트 사연도 없었다. 데이트 코스라야 직장에서 집으로 돌아가는 길에서의 것이 전부였다. 쉽게 드나들 수 있는 찻집도 없었기에 주로 강가의 벤치에 앉아 이야기를 나누었다. 그때는 너무나 시간이 빨리 흘러 '5분만', '10분만 더'를 그녀에게 사정하곤 했다. 쉽게 애정표현을 할 수 있는 공간이 아니었지만 손을 잡는 것만으로도 가슴 설레던 시절이었다. 북한에서 남녀 간의 자유로운 교제는 극히 제한되는 영역이다. 평양에서야 괜찮다는 식당에서 식사를 하고 놀이공원 같은 유회장에 가는 경우도 있었지만 이도 말 그대로 평양에서나 가능한 일이다. 다른 곳에서는 경제적인 제약도 한몫했다. 평양과 다른 지역의 경제 불균형이 심하지 않을 수 없었다.

청춘남녀 간의 교제는 영화나 드라마의 장면들을 흉내 내기도 하는 것인데 지금도 그렇지만 그러한 영상매체를 접할 수 있는 기회는 아주 없었고 사회적인 분위기도 마찬가지였다. 외국영화를 볼 수 없는 것은 아니었지만 남녀 간의 스킨십이 나오는 장면들은 전부 삭제되었기 때문이다.

영화도 예술이라기보다는 계몽적인 정치수단이었다. 재미가 있을 리 없었다. 〈피바다〉나 〈꽃 파는 처녀〉 등은 김일성의 항일 빨치산 활동을 미화한 작품으로 혁명 전통을 강조하고 아버지수령의 지위를 떠받드는 선동선전용이었다. 김정일은 이런 영화로 후계자로 발돋움하는, 김일성의 신임을 받는 계기를 만들었다.

그나마 영화감독 신상옥이 김정일의 주도로 '신필름 영화제작소'에서 만들었던 영화들은 특별한 것이었다. 신상옥 감독과 함께 납북되어 영화제작에 참여하였던 배우 최은희 씨는 후에 말했다.

"김정일은 다른 건 몰라도, 영화에 있어서 만큼은 굉장히 소통이 잘되는 사람이었어요. 우리가 알기에 그토록 무서운 사람이 어떻게 그렇게 문화적 소양이 있고 문화를 사랑하는지 신기했죠."

영화를 통해 세계를 공부한다고 공공연히 외치는, 대단한 영화광이었던 김정일은 신 감독의 영화제작에 지대한 관심을 가졌고 지원을 아끼지 않았다. 평양의 젊은이들은 당시 신 감독의 영화제작에 참여하는 것을 영광으로 여겼다. 요즘 남한의 청소년들이 '아이돌 그룹'을 열망하는 것만큼 북한의 젊은이들은 신상옥 감독에 열광했다. 그러나 신 감독이 북한을 탈출하면서 이도 과거의 일이 되어 버렸다. 가끔 남녀 간의 사랑이야기를 다룬 작품도 있었지만 이도 '당과 수령, 조국과 인민을 위하여' 해야 한다는 것으로 각자에게 부여된 혁명 과업보다 중요할 수는 없었다.

사람 사는 곳이면 대개 비슷하겠지만 북한은 철저하게 형편과 신분에 맞는 짝을 골라야 했고 본격적인 교제가 시작되면 상대방의 상태를 꼼꼼히 살피기도 한다. 물론 이를 뛰어넘으며 사랑을 만들기도 하지만 결국은 헤어지기 쉽다. 격이 안 맞아도 교제 끝에 성공하는 경우가 있긴 하다. 예를 들면 남자가 자신보다 좋은 집안의 처자를 만나 결혼하는 경우도 있고 여자가 출중한 인물 덕에 자신보다 좋은 집안의 남자를 만나는 경우도 있다. 그러나 따지고 보면 나름의 계산된 흑심이 작용하기 일쑤고 결국 불행의 단초가 되기도 한다.

최근에는 북한 여성들이 결혼대상으로 탈북자 가족을 선호한다는 소식도 들린다. 적대 계층으로 탄압의 대상인 탈북자 집안을 선호한다는 보도를 보고 나는 도무지 이해할 수가 없었다. 지난 1960년대부터 북한은 핵심계층, 동요계층, 적대계층 등 주민들의 '출신성분'을 등급으로 나누어 노동당 입당이나 중요 직책 임명에서 차별화를 꾀했다. '기본계층'에서 벗어난 '동요계층', '복잡계층', '적대계층'에 대한 사회적 진입을 제한하는 정책을 실시해 왔던 것이다. 때문에 '복잡계층'이나, '적대계층'으로 분류되어 출세에 제한을 받고 있던 북한 여성들은 '출신성분'을 탈바꿈하기 위해 김일성과 함께 항일을 했다는 '핵심계층'의 후손, 즉 '백두산 줄기'와의 결혼을 절대적으로 희망한다. 그런데 탈북자 가족을 선호한다니? 이는 탈북자 가족이 남한에서 수시로 송금을 받기 때문이다. 그래도 쉽게 이해가 되지 않지만 북한 역시 금력에 물들어가는 징조로 보인다.

만난 지 4개월 만에 약혼식을 치르고 이어 결혼식을 올렸다. 9월이었다. 애도기간이라도 관혼상제를 금지한 것은 아니었다. 간소하게 하라는 지시는 있었다. 결혼식은 처가에 가서 신부를 데리고 신랑집에 와서 전통혼례로 치러진다. 남한과 같이 별도의 상업적인 결혼식장은 따로 없고, 신랑집에 친지들이 모여 식사를 같이하며 결혼 잔치를 한다. 신부의 웨딩드레스는 한복으로 가슴에 꽃을 달고 남자는 양복 넥타이 차림에 꽃을 가슴에 단다. 물론 김일성 또는 김일성 김정일 부자의 사진이 들어가 있는 배지도 왼쪽 가슴에 꽃과 같이 부착한다. 꽃은 생화가 아닌 실크나 플라스틱으로 된 조화이다.

늘 바라던 가정생활이었지만 결혼으로 내가 가졌던 원대한 야망과 포부는 특별한 이유 없이 사그라들었다. 아이들이 태어나면서 나의 꿈과 세계를 향한 의지는 자연스럽게 옮겨졌다. 그렇게 아이들에게 옮겨간 야망과 포부는 이내 깊은 절망과 좌절을 가져왔다. 내 아이들이 이 폐쇄된 사회에서 살아야 한다는 걸 참을 수 없었다. 이 야만적 횡포와 억압의 제도 속에서 진정한 자유의 의미도 알지 못한 채 독재자의 병정으로 살거나 그의 시민이 되어 그를 위해 노동을 하며 한 평생 살아야 한다는 것을 참을 수 없었다. 나는 반평생을 넘겼다. 이대로 살다 죽으면 그만이었다. 그러나 아이들은, 나의 아이들은 진정한 자유의 삶을 살 권리가 있다고 생각했다. 그리고 그것이 목숨을 걸고 두만강을 건너는 이유가 되었다.

북한사회는 철저한 신분사회이다. 왕조시대에 존재하던 반상의 차별보다도 더한 차별이 존재하는 사회였다. 신분을 차별한다는 것은 일인독재를 유지하고 통제하기 위한 철저하게 계산된 수단이다. 체제를 유지하고 충성심을 유발하기 위한 방법이다. 그것은 정육점에 걸려 있는 소고기의 등급과도 같은 것이었다. 선택받은 것처럼 같은 평양시민이라 하더라도 철저하게 부류는 나뉘어져 있다. 고등중학교를 졸업하면 그 등급은 색깔을 드러내기 시작한다. 등급이 낮은 고기는 값이 싸거나 잘 팔리지 않는 것처럼 개인의 능력에 관계없이 가격이 결정되고 소비처가 정해져 팔려간다. 그 등급은 크게 세 가지 등급으로 구별된다. 알파벳으로 구분한다면 A급과 B급, C급이다. 그러나 그렇게 단순하지만은 않고 각 급수별로 다시 세분된다. 전체적으로 대략 51개쯤의 등급으로 말이다. A등급은 간부층과 당원층의 부류인데 여기서도 등급이 세밀하게 나뉜다. 소고기로 말하면 A급에 A+와 A++로 나뉘는 것과 같은 것이다. B등급은 일반노동자, 농민, 사무원, 월남자 가족 등의 출신들이다. 이 등급이 찍힌 아이들은 개인의 노력이나 의지에 관계없이 좌절하며 살아가야 하는 존재가 된다. C등급은 소외받고 차별받는 부류이다. 그들은 C등급의 부모를 가졌다는 것만으로 처음부터 꿈도 꾸어보지 못한 채 절망을 멍에처럼 걸고 살아가야 하는 아이들이다. 같은 종류의 꽃이라도 그것을 담는 화분의 가치에 따라 철저하게 꽃의 가치가 달라진다는 것이다.

나는 A등급에 속하는 행운아로 태어났다. 어려서 부모님이 헤어지셨으니 좋은 토양에서 자란 것은 아니더라도 좋은 화분에 담겨 있는 꽃이었다. 그래서 군관으로도 근무할 수 있었고 대학에도 갈 수 있었다. 나의 충성심과 노력도 있었지만 마음껏 가지를 불리고 키를 키워갔다. 이제 무성하게 자란 가지위에 꽃을 피우는 일만 남겨두었다고 생각했다. 그러나 거센 비바람이 불고 가지는 여지없이 꺾이었다. 그

비바람의 근원지는 역시 성분 때문이었다. 나의 능력과는 무관한 성분이라는 것, 나는 좌절감에 빠져들었고 깊은 회의가 일었다. 그때서야 나에게도 넘을 수 없는 벽이 있음을 실감해야 했다. 좌절과 회의감으로 꽃을 피울 수 없는 암담한 미래가 보였다. 치사하지만 돈으로 해결할 방법을 모색하기도 했지만 그도 좌절되었다.

"절대 권력은 절대 부패 한다"는 말은 진리처럼 회자된다. 북한도 마찬가지였다. 자본주의 사회가 아닌 북한에서 돈은 역설적으로 생사를 좌우하는 수단이 되기도 한다. 나도 돈의 힘을 빌어 신분상승을 꾀했지만 역부족이었다. 부정부패는 김일성 시대부터 이어져온 것이었다. 철저하게 통제된 사회에서 쉽게 일어날 수 없는 일이라고 생각할 수 있지만 오늘날 북한의 부정부패는 그 범위를 확장해가고 있다. 북한에서는 특별한 경우를 제외하고는 비리 사실이 공개되지 않는다. 남한에 넘어와서 연일 보도되는 탈세, 공금횡령 등의 이야기는 나를 당황스럽게 했다. 그러한 사회기류는 남한사회도 사회주의로 전향하는 것이 아닌가 하는 생각을 갖게 한다. 그렇게 생각하는 나를 미쳤다고 손가락질 할 지도 모른다. 그러나 북한사회에 만연한 부정부패는 '생계형'의 범주를 크게 벗어나지 않아, 체제를 흔들 만한 요인이 될 수 없다. 그래서 이에 대한 확고한 법의 집행을 미루지만 만일 그 부정부패가 체제위험 요인이라도 될 성 싶으면 북한 정권이 어디 가만있겠는가? 그럼 그 부정부패를 저지른 쪽에서는? 북한 사회의 미래를 함부로 예단하기 힘든 이유 중에 하나다.

'우리 자식의 미래는 어떻게 되는 거지?' 내가 꽃을 피울 수 없다면 내 아이들이 담긴 화분의 가치는 형편없이 추락할 것이 불을 보듯 뻔

한 것이었다. 나는 고뇌하고 번민했다. 그렇게 한 달이 지나고 있었다. 나는 정해진 운명 앞에 도전하고 싶었다. 그 고뇌와 번민은 결국 극단의 선택을 결심하게 했다. 그것은 생사를 걸어야 하는, 천 길 낭떠러지 같은 험난한 길로의 선택이었다. 어머니를 포함 형제들을 배신해야 하는 참담한 선택이었다.

두만강을 건넜다. 사전에 답사를 했고 국경경비대원을 매수했다. 중국에 사는 친척을 만나야 한다고 둘러댔다. 돌아온다는 것을 분명히 해야 했다. 강을 건넜고 도문시에 도착했다. 중국식 발음으로 투먼(圖們)시였다. 연변조선족자치주의 소재지인 연길시에서 50여 km 동쪽이고 연변에서 유일하게 두만강을 연하는 도시로 북한의 남양시와 마주하고 있는 국경지역이다. 연변 각지와 장춘, 심양, 북경, 목단강으로 통하는 열차의 시발점이기도 하다.

연변조선자치주는 중국 지린 성(吉林 省)의 동남부에 있는 연변지역(이전의 간도지방)으로 중국내 유일한 조선족자치주이다. 조선족은 81만 여명으로 전체인구의 40%를 차지한다. 연변지역은 조선 시대 말부터 이주하여 개척한 곳으로 일제 강점기에는 독립운동의 근거지이기도 했다.

도문시의 친척집에서 이틀간을 지내고 심양으로 이동했다. 북한에서 나온 공안에게 잡혀 갈 수도 있어 마음을 졸여야 했다. 심양에 있는 미국영사관에 접근하여 미국행을 도모하고 싶었다. 그러나 미국영사관에 접근하는 일은 쉽지 않았다. 경비가 삼엄했다. 며칠을 고민하다가 한국영사관으로 방향을 돌렸다. 한국영사관에 접근하는 것도 쉽지 않았지만 북한에서 군관으로 근무했다는 것이 자신감을 주었다. 한국영사관에 도착하여 미국으로 갈 수 있도록 도와달라고 부탁했다. 그러나 쉽지 않은 일이었다. 영사관직원은 한국행을 권유했다.

황해바다를 건너고 인천공항에 도착했다. 설렘이 더 많았겠지만 두려움도 컸다. 남한에 대해서는 많은 정보를 알고 있다고 생각했지만 새로운 환경에 적응해서 살아야 한다는 것이 만만치는 않을 터이다. 다만 나의 아이들이 자신의 꿈을 가지고 세계의 흐름 속에서 그 꿈을 펼칠 수 있다는 마음이 나를 위안했다.

이민? 나의 이민생활도 이제 12년이 지나간다. 이민이라기보다는 장기출장이라며 스스로를 위로하기도 한다. 이 땅에서 다시 태어나기라도 한 것처럼 우리 가족은 동갑이라고 생각하기도 한다. 그렇더라도 아내에 대해 미안한 마음은 어쩌지를 못한다. 결혼할 때에는 누구보다도 아끼고 사랑하는 지아비가 되겠다고 다짐 했건만, 현실은 참혹하기 이를 데 없었다. 어쩌면 아내에 대한 미안함이 현재의 나를 버티게 하고 각박한 현실을 이겨내는 역할을 하는 게 아닐까 하는 생각도 든다.

늘 감시당하는, 자유롭지 못한 세상에 살면서 삶은 그러려니 했을 것이다. 본디 그러한 것처럼 말이다. 일찍이 공자님은 나이 사십에 들어서면 '不惑之年'이라고 표현하였다. 우리가 흔히 말하는 불혹의 의미는 부질없이 망설이거나 무엇에 마음이 홀리거나 하지 않는 것이다. 그러면 공자님은 왜 사십의 나이를 불혹이어야 한다고 표현하였을까? 천하의 공자님도 사십대쯤엔 부질없이 망설여야 했고 무엇인가에 홀리는 일이 너무나 많았기에 이리저리 흔들리며 사는 사십대들(혹은 자신)에게 던진 역설적인 표현이 아니었을까?(무지의 소치라 해도 그렇게

94

생각함이 내 현실에 위안이 된다면 누가 시비를 걸 일은 아니잖은가?)

자연이 변화하듯 사람의 마음이 늘 변하는 것은 지극히 당연한 일이다. 본능적인 것을 포함하여 너무나 많은 것이 현실과 늘상 부딪친다. 그런데 이 현실이 고정불변의 사태(事態)가 아니다. 늘 변하고 어디로 튈지 모르는 럭비공과 같다. 고민하고 망설여야 할 상황이 너무 많다. 무엇이 진실인가 살피고 고민하고 결단을 내려야 할 때가 너무 많다. 공자님더러 21세기를 살아보라 한다면 결코 나이 사십을 불혹이라 하지 못했으리라.

아이들은 쉽게 새로운 세계에 적응해가는 듯 했지만 부모의 입장에서는 그것마저 불안하고 무거웠다. 아이들은 이 나라의 똑같은 어린 아이가 아니라 탈북자 가족이라는 멍에를 짊어지고 살 수밖에 없다. 그리고 사람들은 그 멍에를 너무도 쉽게 드러내고 싸늘한 눈길을 던진다.

무리로 생활하는 동물들이 사는 곳에는 당연히 텃세라는 것이 있기 마련이다. 본능처럼 텃세가 자연스럽다. 그 원인은 먹이 때문이기도 할 것이고 암컷을 차지하기 위한 경쟁일 수도 있다.

만물의 영장, 이성의 동물이라고 하는 인간세상도 텃세를 극복하지 못했다. 왕조시대에 있었던 반상의 구별, 농경으로 인한 정착생활과 이를 지키기 위한 전쟁, 정치인들이 표를 모으기 위해 지역감정을 격화시키는 유치한 일도 텃세에 기인한다.

생명의 위협을 무릅쓰고 남한으로 넘어온 것은 내 자식들을 위해서였다. 내 아이들만은 자유를 향유하며 살게 하리라. 이제 이곳에 온지 십여 년이 지나고 당시의 절실함은 무디어갔다. 그리고 불만이 여기저기 꽃봉오리 맺히듯 봉글어졌다.

북한과 달리 남한은 치열한 경쟁사회이다. 이는 사회를 역동적으로 이끄는 요인으로 작용하기도 하지만 그 경쟁이라는 것이 필연적으로 또 다른 계층화의 요인으로 작용하거나 심화시키기도 한다. 이제 "개천에서 용 난다."는 말은 옛말이 되어버린 것처럼, 좋은 부모를 가진 것이 경쟁에서 절대 유리한 사회가 되었다. 상대적으로 웬만한 상류층이 아니라면 좋은 대학과 좋은 혼처, 심지어 좋은 고등학교까지 꿈을 꿀 수 없다. 계급의 고착화다. 물론 북한에서처럼 절대적, 제도적 고착화는 아니다. 그러나 눈에 보이지 않는 사람들의 마음 속 편견과 선입견이 때론 더 무섭다.

나와 나의 가족들은 우리를 품어준 대한민국에 감사한 마음이었다가 간혹 드러나는 차별을 체감하고 절망한다. 나는 그 차별을 이해하고 기꺼이 달게 받을 수 있다. 형벌이라고 해도 좋다. 그러나 문제는 아이들이다. 아이들이 이곳에서 차별로 인한 마음의 상처를 가질까 두렵다. 이미 상처를 입었으리라. 온몸으로 겪었으리라. 심지어는 같은 탈북자라 하더라도 북한에서의 출신성분이 이곳에서도 적용되어, 차별을 당하기도 한다. 설령 통일이 된다고 하더라도 마찬가지일 것이다.

같은 탈북자들을 만났을 때 그런 이야기를 하기도 한다.

"까마귀가 겉에 아무리 흰색을 칠한 들 백로가 되겠느냐?"

까마귀로 비유하지 말아라. 백로로 비유하지 말아라. 까마귀가 문명을 이루더냐? 까마귀가 이성(理性)이 있더냐? 백로가 사유(思惟)를 하더냐?

나는 나의 아들에게 가끔 말한다.

"네가 앞으로 어떤 일을 함에 있어서 이 고장 사람들과 비슷한 정도로 하지마라. 이 고장 사람들보다 더 잘해도 써줄까 말까다. 그러니 애당초 이 고장 사람들 같은 수준의 실력은 생각하지 말고 누구도 따라올 수 없는 실력을 배양해야 살아남을 수 있다."

그러나 나의 말은 결코 목울대를 넘지 못한다. 행여 아이에게 부담을 줄 수도 있지 않을까? 하는 우려 때문이다. 북한을 탈출한 대부분의 부모들이 마찬가지다. 전혀 다른 환경에서 살아 온 현실적인 벽을 넘기 힘들다. 그에 따라 통일에 대한 염원은 커진다. 남과 북의 왕래가 자유로워지는 물리적인 통일이 아니다. 서로의 정체성을 이해하고 서로의 환경을 이해하고 서로의 시간을 인정하는 진정한 한민족으로서의 통일을 간절히 염원한다.

몇 번인가 지리산에 다녀온 적이 있다. 북한에서 여가 생활의 범주에 등산이란 것은 없다. 처음 서울에 왔을 때 주말이면 등산로 입구를 가득 메우는 사람들을 도대체 이해할 수 없었다. 평양 같은 도시에 사는 사람들은 대동강가의 유원지를 산책하거나 놀이공원에 다녀올 수도 있다. 그러나 그 외의 지역에 사는 사람들에게 여가란 야만의 제국주의 나라에서 인민을 착취하여 자신들의 배를 불리는 일에 다름 아니다.

등산에 관한 호기심이 일기도 했지만 군 생활 동안 지긋지긋하도록 구보나 행군을 생각하면 '야, 내가 미친 거 아냐?' 하는 생각이 들 뿐이었다. 그런데도 그 호기심은 그칠 줄 몰랐다. 그리고 마침내 지리산을 향했다.

처음 지리산의 노고단에 올랐을 때, 그 때의 심경을 나는 잊지 못한다. 그 장쾌한 능선을 올려다보고 내려다보며 제일 먼저, 못난 자식 때문에 돌아가신 어머니를 생각했다. 어머니는 자식의 배려를 전혀 받지 못한 채 눈을 감았다. 잘못된 사회체제에 태어나 갖은 고생을 다한 한(恨)과 자식의 돌봄을 받지 못했다는 한(恨)이 겹쳐졌다. 그야말로 한 많은 이 세상이었다.

노고단의 절경은 나의 비루한 삶을 보듬기에 충분했다. 나는 그저 한그루 나무가 되어 서 있고도 싶었고 이름 없는 풀포기로도 그 자리에 있고 싶었다. 인간으로 태어난 것은 자연의 축복이 아니라 저주였다. 그 후로 지리산은 나의 또 다른 고향과도 같은 대상이 되어갔다. 천왕봉의 일출을 보겠다며 이른 새벽길을 나서기도 하였었지만 덕을 쌓지 못해서인지 아직 일출은 보지 못했다.

"사랑하면 알게 되고, 알면 보이나니 그때 보이는 것은 예전과 같지 않으리라." 『나의문화유산답사기』 서문에 나오는 글이다. 정조 시대, 유한준 선생의 글을 각색한 것이라고 하는데 그 말처럼 지리산에 오를 때마다 나는 늘 새로웠다.

지난봄. 연초록빛이 바쁘게 산을 오르던 늦은 봄날 산행 길에서 우연히 한 사람을 만났다. 동네 뒷산을 가더라도 등산객들 대부분이 히말라야 정상에라도 오르듯 스틱을 쥐고 현란한 복장이었지만 그 분은 잠시 동네 마실을 나온 듯 단출한 복장이었다. 50대 후반이었으니 얼굴에 주름도 있었지만 참 맑은 얼굴이다. 세석을 지나 장터목에 이르는 길이었는데 내가 가져간 간식을 건네 나누었다. 이런 저런 이야기도 나누었다. 내가 북한에서 넘어온 것을 알고 특별한 관심을 보였다. 왕시루봉이 올려다 보이는 문수골에 사신다고 했다. 그 분은 지리산에 살면서 우리의 답답한 삶과 역사의 질곡에 대해, 새롭게 열어갈 미래의 삶에 고민하신다고 했다. 질곡의 고비를 넘기고 새로운 역사를 열어가려면 나부터 잘못 길들여진 의식에서 깨어나야 한다고, 해가 솟는 동방의 나라 조선을 새롭게 보아야 한다고 말씀하셨다.

북에 있을 때 김일성의 항일 빨치산에 대한 사연은 줄줄이 암송할 정도로 익숙했다. 그분은 지리산에 우리 민족의 질곡이 계곡마다 남아 있다면서 빨치산 이야기도 했는데, 남한에서의 남부군, 빨치산에 관한 이야기는 내게 생소하기 그지없었다.

산을 내려와 서울로 올라와서 지리산에 관한 이야기를 찾아 읽었다. 한국전 당시 인민군에 의해 징발되어 조선중앙통신 기자로 활동하다가 남부군에 소속되었던 이태 씨가 쓴 『남부군』도 읽었고 이병주의 『지리산』도 읽었다. 장편의 태맥산맥도 마찬가지였다. 남부군을 제외하고는 장편소설이라 집중하여 읽기도 어려웠지만 이데올로기와 인간의 욕망에 대한 구분이 모호했다. 이야기의 흐름이 작가의 주관이었을 것처럼 그것은 단순한 나의 관점에 불과한 것이리라.

지난 초여름 연휴를 맞아 문수골로 그분을 찾아갔다. 구례에서 하동 방향으로 섬진강을 따라 내려가다가 넓은 들을 만난다. 토지면 오미리다. 오미리에는 조선시대 전형적인 건축양식을 보여주는 운조루가 있다. 운조루는 조선 영조 때 류이주(柳爾冑)가 낙안 군수로 있을 때 건축한 개인 주택이다. 운조루란 일종의 택호이고 '구름 속에 새처럼 숨어 사는 집'이란 뜻이다. 도연명의 귀거래사라는 칠언율시의 머리글자만 따온 것으로 추정한다고 했다. "雲無心以出岫 鳥倦飛而知還(운무심이출수 조권비이지환)" 풀어내면 "구름은 무심히 산골짜기에 피어오르고 새들은 날기에 지쳐 둥지로 돌아오네"이다. 문수골에 오르기 전에 잠시 그곳에 들렀다.

지리산을 뒤에 두르고 너른 들을 앞에다 펼쳐놓았으니 풍수지리에는 문외한이라 하더라도 명당터였다. 운조루에 특이한 것은 사랑채 부엌에 있는 쌀뒤주였다. 쌀 두 가마 반이 들어간다는 커다란 통나무 뒤주가 있고 그 위에 "타인능해(他人能解)"라고 새겨져 있다. '누구나 와서 쌀을 퍼갈 수 있다는 뜻'이다. 인류의 역사가 시작된 이래 가장 큰 문제이자 오늘날도 그 문제로 인해 지구촌 곳곳에서 전쟁과 불화가 끊이질 않는데 이 뒤주는 지리산 한 곳에 점잖게 정좌하고 앉아 사람들을 꾸짖고 있다.

"누구나 와서 쌀을 퍼가게 하면 될 일을…."

남한사회 생활을 시작하면서 여러 가지가 생소했지만 특별히 이해할 수 없는 것이 '다이어트'라는 것이었다. 먹는 것이 늘 절박한 북한에서 살다가 살을 줄이기 위해 먹는 량을 강제로 조절한다는 것은 어허, 희극을 보는 건지 비극을 보는 건지 구별을 할 수 없었다. 他人能解! 이 시대를 사는 사람들에게 던지는 의미심장한 화두와 같은 말이었다.

운조루를 돌아 나와 문수골로 향했다.

우리나라의 해방은 또 다른 지배와 억압을 잉태했다. 우리의 의지와는 무관하게-아니 이 문제는 좀 더 깊은 사유를 원한다- 군정으로 남북으로 분단되었다. 북한에는 소련군이 들어왔고 남한에는 미군이 들어왔다. 북한에 진주한 소련군은 북한주민들에게 일제의 잔재를 제거하여 해방군의 이미지를 강화하는데 주력했다. 지주들의 토지를 몰수하여 분배했고 처음에는 우호적이었던 조만식과 같은 민족주의자들을 배척하고 김일성을 내세웠다. 자신들의 이데올로기에 합치하는 공산주의의 위성국가로 개조하기에 주력했다. 접경지역의 항구적 안정을 기하고 태평양 지역에서의 전략적, 정치적 입지를 다지기 위한 포석이었을 것이다.

남한에 진주한 미군들은 일정기간 행정과 치안의 안정을 꾀한다는 명목으로 친일 앞잡이들을 청산하지 않았다. 이러한 청산의 미비함으로 남한 내에서 좌익사상은 독버섯처럼 흔하게 번져나갔고 결국 극심한 이념 대립을 일으켰다. 1946년 10월에는 대구에서 폭동이 일어났다. 미군정의 미곡정책과 일제강점기에 일본의 앞잡이 노릇을 하던 경찰이 청산되지 않고 다시 득세하는 것에 반발해 남로당이 개입한 폭동이었다. 48년 4월에는 제주에서 좌익세력이 주동한 이른바 4.3사건이 일어났다. 이때 제주로 출동하기 위하여 여수에 주둔하고 있던 제 14연대가 여수항을 출항하기 직전 좌익성향의 하사관이 주동하고 남로당에 가담했던 장교와 병사들도 동조한 여순반란사건이 일어난다. 이를 기화로 대구, 전주, 광주 등지의 형무소에서 좌익 재소자들이 집단 폭동으로 탈옥을 감행하는 사건이 터진다. 정국은 혼미 속으로 빠져들어갔다. 여수를 점령하고 순천까지 장악한 반란군은 주민들의 호응을 얻지 못했고 결국 그 기세를 펼치지 못하고 궤멸했다. 그렇게 궤멸되고 남은 패잔병들이 백운산을 거쳐 섬진강을 건너 지금 들어가고 있는 문수골로 들어왔다고 한다. 이들을 '구빨치'라고 하고 한국 전쟁 중 인천상륙작전으로 퇴로가 차단되고 지리산으로 잠입한 인민군 패잔병들을 '신빨치'라고 했다. 지리산의 들꽃 하나하나가 무심히 보이지 않는 이유다.

골짜기가 깊지는 않았지만 한참을 올라가 마을이 끝나는 곳에 그분이 살고 있었다. 집 뒤로 반송(盤松)처럼 여러 갈래로 퍼진 우람한 소나무가 한그루 서 있고 골짜기 건너로 왕시루봉이 시루처럼 둥글게 솟아 있었다. 뒤쪽으로는 노고단에서 흘러내린 능선이 이어진 곳에 작은 마을이 있었다. 흔히 지리산 8경을 꼽을 때 첫 번째로 내세우는 것이 노고단 운해인데 문수골에서 내려다 뵈는 섬진강의 운해는 또 다른 절경이 아닐 수 없다.

원불교는 생소한 종교였다. 물론 북한에 종교는 없는 것이니 더욱 그럴 것이다. 법당이 아닌 교당이라고 했다. 처음이었다. 교당 전면에는 부처님대신 둥근 원이 액자에 담겨 있었다. 우주의 근본 원리인 일원상(一圓相), 즉 동그라미 형상의 진리를 신앙의 대상과 수행의 표본으로 삼고 있다고 말씀해주셨다. "물질이 개벽되니 정신을 개벽하자."라는 것이 처음 시작한 이의 출발점이었고 오늘날 인류의 정신문명이라는 면에 있어서 더욱 중요한 의미를 가진다고 했다.

간소한 저녁을 먹고 이른 산중의 밤을 맞았다. 그분과 이야기를 나누었다. 연초부터 통일을 이야기했다. 통일은 대박이라는 말은 왠지 어색하고 생경했다. 통일은 소박(素朴)한 것에서 출발하는 것이라고 생각했기 때문이었을 것이다. 그 분은 지리산에 살면서 우리 민족 질곡의 역사를 어떻게 풀어야 할 것인가를 고민했다며 살아온 이야기를 풀어놓았다.

지리산과의 인연은 그분의 조부로부터 시작되었다. 조부의 고향은 충청도 논산, 이제는 역명이 계룡대역으로 바뀌었고 과거에는 두계역 부근일 것으로 추정한다. 어린 시절 고향을 등지고 낯선 곳으로 오셨으니 필시 깊은 곡절이 있을 것이지만 아버지께서는 한 번도 말씀을 전하지 않으셨다. 다만 아버지의 추측으로 서자가 아니었나 싶었다. 유명한 양반 집안 자손인데도 공부를 하신 것이 별로 없으시고 다만 조행이 반듯하셨을 뿐이다. 의병활동도 하신 것도 같고 당시에 흥했던 증산도에도 심취하신 듯도 했다. 유기그릇 만드는 기술을 배워 생계를 꾸리셨다. 그렇게 10여 년을 떠돌다 진주에 정착하시게 되었고 거기서 할머니를 만나 가정을 꾸리셨다. 을사늑약이 있었던 암울한 시절이었다. 연유는 자세히 모르지만 자신의 아버지가 어렸을 때 쫓기듯 지리산 골짜기로 이사를 하셨고 일경을 피해 청학동에도 가 있었다고 한다.

그의 아버지는 진주로 나와 사셨고 10대 후반에는 광주학생운동에도 참여하셨으며 조선어학회사건 때도 가담하여 옥고를 치루셨다.

해방이 되었을 때 할아버지는 혈기왕성한 아버지를 방에 가두고 방문을 밖에서 걸어 잠갔다. 자중하라는 의미였다. 사흘 뒤 할아버지는 아버지께 이르셨다.

"우리나라는 사회주의에 쉽게 심취하게 되어있다. 그렇지만 먼저 도덕이 바탕 되어야 한다. 성인은 도덕이 바탕 되지 않으면 안 된다."

꼭 그래서는 아니었겠지만 아버지는 더 이상 사회주의에 빠져들지 않았다. 후에 장교로도 근무하셨던 아버지는 좌우 대립의 과정에서 쉽게 좌익에 빠져 위태로운 분들을 구하려고 노력했다. 그 과정에서 수차례 죽음의 고비를 넘기기도 했다. 한 번은 순창의 회문산에서 빨치산 토벌 작전 중 여학생 세 명을 토굴에서 발견하고 은밀하게 이들을 피신시키셨다고도 했다.

한국전쟁이 끝나고 아버지는 문수골에서 산판일을 하셨고 화물차가 다니는 길도 처음 만드셨다. 그것이 인연이 되어 이곳 문수골에서 거처하게 되었는데 얼마 안 있어 이곳을 떠났다가 아내의 투병생활 등 곡절 많은 삶을 살다가 다시 이곳에 들어오게 되었다.

TV나 라디오도 없던 어린 시절, 여름날이면 모깃불을 피우고 저녁밥을 먹고 나면 평상에 앉아 여순 사건 때나 6·25 때의 이야기를 들려주셨다. 아버지는 정치에 관심이 많아 그런 일에 관여했겠지만 자신은 학생시절부터 정치에 관심을 없었다고 할아버지와 아버지에 이어 드디어 자신의 이야기를 꺼냈다.

자신은 무슨 곡절인지 고등학교를 졸업하면서부터는 구도에 대한 열망이 피어올랐다고 한다. 신산(辛酸)한 역사였고 아픈 역사였고 양심 있는 지식인은 치열하고 괴로웠다. 구도의 길은 스스로 택한 것일까? 그의 주변 환경이 그를 그렇게 몰아댄 것일까?

평범한 이 땅의 민초로 살기에 그의 마음은 너무 여렸고 정의로웠는지 모른다.

구도의 길에서 그는 온몸이 불덩이처럼 타오르는 고통과 눈물이 사정없이 흘러내리는 씻김을 경험했다. 도무지 본인도 이해할 수가 없는 일이었다. 지독한 한이 가슴에 똬리를 틀었지만 그 원인은 알 수 없었다. 다만 문득 문득 우리 역사에 왜 이런 폭력이, 고통이 일어나는지 궁금했고 다시는 그런 어리석음이 반복되지 않는 역사를 꿈꾼다고 했다.

밤이 깊어갔다. 저녁나절부터 울던 소쩍새 울음소리도 그친 지 오래다. 나는 마치 다른 세계에 와 있는 듯했다. 나는 남쪽으로 넘어와서 극심한 감정의 기복을 오르내렸다. 버거웠다. 삶이, 가족이, 환경이. 그런데 남쪽의 지리산 한 자락에서 만난 분의 삶을 들으며 이렇게 마음이 저려오는 구나. 나는 늘 나와 나의 가족들이 상처받지 않을까, 북의 사주를 받고 내려온 자가 나와 가족들에게 해를 끼치지 않을까 하며 조바심하며 살아왔다. 나 개인의 안전과 영달이 최우선이었다.

그 분은 이야기를 계속 이었다.

자신이 무엇을 깨닫고 도인이 되겠다는 생각보다 이 땅에 다녀가신 선지자님들에게 길이 있고 빛이 있고 그 분들과 맥이 닿아야 치유의 길과 새 역사의 길을 열 수 있다. 그 분들의 경륜을 실현하리라 염원하고 궁구(窮究)해 왔다. 그래서 내가 경험하고 생각하고 염원해온 것이 역사의 질곡을 푸는 길이고 그것이 누군가에게 영감을 주었으면 좋겠다는 염원을 가졌다고 했다.

지리산! 그 역사의 질곡은 왜 생겼는가? 지리산의 역사적 사건들이 일어난 경위에 대해서 자신은 아는 게 없고 다른 분들이 많이 밝혀놓았음을 일러주셨다.

그리고 첨언했다.

1) 모든 역사의 질곡은 인간의 문제이고 인류 보편적 시각으로 바라봐야하고 세계 변화의 흐름에서 보아야 한다.

2) 인류는 오랜 기간 순박한 마음으로 자연과 더불어 공동체 내에서 화합하면서 살아왔는데, 집단을 이루고 정치체계가 조직화되면서 지식은 더 많아졌지만 그와 비례하여 욕망도 커졌다.

3) 자신의 세를 불리고 결코 채워지지 않을 욕망을 위하여 동료를 해하고 이웃을 해하고 이웃나라를 침입하며 오늘날까지 살아왔다.

4) 지구상에서 근래에 있었던 두 갈래 갈등의 뿌리를 찾아간다면 한반도와 중동이고 한곳은 종교를 내세우지만 생존 터전의 싸움이

발단이요, 한곳은 이념을 내세우지만 계급간의 갈등이 그 원인이다. 공통적으로 이 두 곳은 뿌리가 같은 형제 간의 다툼이다.

5) 한반도는 공동체 내에서의 지독한 폭력과 상처내기가 횡행했다. 이것은 가해자와 피해자, 곁에서 보고 있는 자까지도 다 같이 깊은 상처를 입었다.

6) 그래서 나는 한반도와 중동, 두 곳의 갈등이 풀리면 세계가 평화로워지고 인류가 새로워질 것이라고 기대하고 있다.

7) 어떤 이념이 만들어질 때는 인간에 대한 연민과 도덕성을 바탕으로 한다. 그러한 모든 이론은 부족하거나 오류가 발견되면 언제든지 수정하거나 보완할 수 있으며 틀리면 폐기되는 것이다. 그것이 시대 상황에 맞지 않으면 효력을 상실하게 되는 것이니, 서로 다른 생각을 받아들이지 못 할 것도 없으며 자신들의 이념에 고집할 것도 없다.

8) 그러나 자신들의 이념을 생각을 검증되지 않은 실험적 사유(思惟)를 고집하면서 인간의 천박한 욕망이 개입되었다

9) 그래서 상호 이해보다는 증오나 탐욕을 앞세워 서로 벽을 쌓아왔으며 나중에 그냥 패가 나누어져 싸웠다.
"소갈머리가 그래가지고 그렇게 해왔고 또 하고 있으며 또 그렇게 밖에 할 수 없었겠지." 하는 푸념을 뱉으며 긴 이야기의 끝을 맺었다.

시간은 자정이 넘어가고 있었다. 나는 잠시의 침묵을 깨고 나의 이야기를 나눠드렸다.

1) 남한으로 들어와서 보이게 또는 보이지 않게 체감해야 했던 차별과 텃새를 경험했다.

2) 아이들은 물가에 내놓은 것처럼 늘 불안하기만 하다.

3) 하루 빨리 통일이 되어 다시 고향에 돌아갈 수 있기를 희망한다.

4) 지난 79년 남한의 대통령이 죽었을 때 만세를 부르며 북한에서는 통일이 된다고 생각했었고 남한에서는 94년 김일성이 죽었을 때 같은 희망을 가졌다.

5) 남한에서는 북한의 내부 붕괴를 이야기하지만 그것은 거의 불가능한 일인 듯하다. 설령 그런 상황이 온다고 해도 지금 같은 남북의 대치 국면이라면 중국의 개입은 말할 것도 없고 큰 혼란이 예상된다.

6) 북한의 내부 붕괴 상황을 남한의 입장에서는 흡수통일의 전단계로 여기지만 그런 상황은 그렇게 쉽게 만들어질 수 없다.

나는 잠시 먼 별을 바라보았다. 계절에 따라 그 자리를 옮기는 모든 별들은 내 눈짓을 받지 못했다. 북한에서도 그랬고 어렸을 때도 그랬다. 북두칠성과 닻별 사이의 붙박이별(북극성)만이 나의 온전한 사랑을 받는 별이었다.

7) 그다지 나쁜 계급은 아니었지만 철저한 계급사회에 환멸을 느껴 내가 탈북을 결심한 것은 내 자식들의 한계를 인식했기 때문이었다. 북한의 계급은 인도의 카스트제도와 별반 다르지 않은 족쇄와도 같은 제도다.

8) 그렇게 철저하게 계급화된 사회는 결국 생존을 위해 지배하고 생존을 위해 지배받아야 하는 두 갈래 길 밖에 없다.

9) 그러기에 철저하게 세뇌된 수령에 대한 충성심 또한 쉽게 무너질 수 없다. 70년에 이르도록 체제를 유지했다는 것을 가볍게 생각하면 안 된다.

10) 리비아처럼 북한도 붕괴될 수 있는 것인가? 한 체제의 붕괴를 내부의 저항세력에 의한 것과 외부의 물리적 공격에 의한 것, 내외의 협공에 의한 것으로 나눈다면 아프카니스탄 텔레반 정권이나 이라크 후세인 정권의 붕괴는 외부연합세력의 물리적 힘에 의한 것이었고 리비아의 카다피 정권은 내부의 저항에 의한 것이었다. 북한을 내, 외부의 협공으로 붕괴시킬 수 있을까? 그것은 희박하다. 미국의 주도로 연합 세력의 물리적 공격이 있다고 해도 쉽게 손을 들지 않을 인민들이다.

11) '이 지구상에 북한이 없는 세계는 있을 수 없다.'라거나, '이 땅에서 인공기가 사라진다면 지구가 깨질 것이다.'라는 것은 정권의 외침이 아니라 인민들의 외침이다. 그들은 그렇게 세뇌가 되어 있다. 그 수십 년에 이르는 세뇌를 어떻게 뒤바꿀 수 있을 것인가?

12) 1993년 3월 북한은 준전시상태를 선포한다. T.S 훈련을 하루 앞두고 선포된 이 조치는 북핵 문제를 북과 IAEA의 관계에서 다시금 북미간의 관계로 돌려 세우려는 고강도 공세였다. 91년 하반기부터 본격화된 북미 공방은 92년 북과 IAEA, 남북 간의 관계로 전환되었다. 북은 북미 관계를 일관되게 유지하는 데 힘이 부쳤고 미국은 IAEA와 한국을 통해 북을 이면에서 통제하고자

했다. 당시 북한 정권은 외쳤다.

"북한을 공격하는 나라는 그 나라 국기를 달고 와라. 그러면 우리는 그 나라에 치명적 보복대응을 하겠다."

13) 북한 전역은 전쟁 전야의 살벌한 분위기였다. 북한군은 완전무장으로 갱도에 배치되었고 인민들은 전쟁 예비물자를 각자 준비한 상태에서 생업에 종사했고 차량 또한 위장망을 뒤집어 쓴 채 운행해야 했다. 군은 물론 대다수 주민들도 희생을 각오하고 자발적으로 자기 고향과 국가를 지키려는 의지로 충만했다.

14) 이런 사실로 미루어 북한은 절대 쉽게 무너질 국가가 아니다.

15) 북한군과 주민들의 내부 봉기를 희망할 수 있다. 90년대 이후 북한은 식량난이 심화되면서 이른바 '고난의 행군'이라는 절대 기아에 시달리는 상태였다. 외부의 시각으로 "이쯤 되면 북한은 붕괴될 것이다, 붕괴에 대비한 준비를 해야 한다."고 여론이 들끓었다.

16) 그런 시간은 특별한 반전 없이 계속 흐르고 있다. 20년이 넘어가고 있다. 그러나 북한은 붕괴의 조짐은 커녕 핵개발에 박차를 가하고 있다.

17) 북한은 동유럽의 공산국가와는 다르게 "우리식대로 살아나가자"라는 구호를 내걸고 전 분야에서 '주체'를 강조하고 이를 실행했다. '정치에서의 자주', '경제에서의 자립', 국방에서의 자위'를 주창했다. 달리 말하면 폐쇄다. 오늘날의 경제난도 이와 연관되는 것일 것이고 체제의 존속도 이와 궤를 같이한다.

18) 북한은 동유럽 사외주의 경제공동체인 '세브'에도 가입하지 않았고 군사동맹인 '바르샤바 조약기구'도 무시했다.

19) 정치 분야는 물론 사회주의 종주국인 소련공산당의 지시와 노선을 거부하고 김일성의 자주적 정치노선을 내세웠다. 이러한 요인이 오늘날까지 북한 체제를 존속케 하는 요인이 되지 않았을까?

20) 북한의 '자립적 민족경제'라는 말의 의미는 국가경제의 60% 이상을 국내 원자재로 충당하고 나머지를 외국의 원자재에 의지한다는 말이다. 결코 완전한 자립적 민족경제는 아니지만 그래도 그 노선을 관철하기 위한 노력(궁색하지만)이 북한체제를 존속시키는 요인이 되었다.

21) 지난 3월 네덜란드 헤이그에서 개최되었던 제3차 핵 안보 정상회담에서 박대통령은 지역마다 원자력 방호그룹을 만들어 원자력분야를 통제하자는 제안을 하면서 국제사회가 연합하여 북한이 핵개발을 포기하게끔 해야 한다는 요지의 발언을 하였다. 또한 국제적인 비핵화를 위하여 한반도에서부터 먼저 비핵화를 하겠다는 결의도 피력하였다. 이는 북한이 핵개발을 포기하고 핵무기를 폐기하겠다는 가정을 가지는 것이라고 볼 수 있는데 북한이 이를 동조하거나 수긍할 것이라는 기대는 가지기 어렵다.

22) 북한은 핵무기에 무섭도록 집착한다. 지난 80년대부터 북한은 핵개발에 매달렸고 이 와중에 수십, 수백 만의 북한주민들이 굶어 죽었다.

23) 북한은 남한에 대한 무력 전쟁준비를 견고히 해왔다는 것은 주지의 사실이다. 그럼에도 불구하고 핵개발과 미사일개발에 몰입한 이유는 미국과 일본을 견제하기 위한 수단이었다.

24) 미국은 세계 최대 핵보유국이고 일본 또한 당장이라도 핵 강대

국으로 무장할 수 있는 나라다. 핵을 보유하지 않고서는 미국이나 일본을, 특히 미국을 상대할 수 없다.

25) 북한은 미 본토에 핵탄두가 도달하는 것을 목표로 하고 있다. 현재 북한의 핵보유는 상징적으로 방어용 측면이 있지만 언젠가는 공격용 무기가 될 수 있다.

26) 더 중요한 것은 북한주민들이 핵개발을 지지하며 핵의 보유를 자기의 자존심, 긍지로 생각한다. 힘이 없으면 제국주의의 노예가 된다는 이데올로기의 주입 결과다.

27) 북한 주민 다대수는 미국이 핵을 가지고 북한을 위협하고 수십년간 경제 봉쇄를 하고 있다며 미 제국주의를 철천지 원수의 국가로 생각한다.

28) 북한주민들은 미국은 핵무기를 가지고 있으면서 왜 북한의 핵무기를 반대하는가와 비핵화를 하자면서 왜 핵무기를 폐기하지 않는가라고 생각한다. 이스라엘의 핵무기 보유 사실에는 일언반구 말이 없는 것도 마찬가지다. 이러한 북한의 상황을 감안할 때 절대로 북한은 핵과 미사일 개발을 중단하지 않을뿐더러 가지고 있는 핵무기의 폐기도 불가할 것이다.

29) 남한은 북한이 핵을 포기하는 전제조건을 제시하며 대북지원을 포함한 경제 협력을 이야기하는데 이는 죽는 한이 있더라도 핵을 포기하지 않겠다는 북한의 입장으로는 받아들이기 힘든 조건이다.

30) 이에 남한의 지혜로운 대응 전략의 절실히 필요하다.

나의 말은 참 길게 이어졌다. 그 분이 나의 이야기에 수긍하는 듯한 추임새를 적절이 넣어주셨기에 가능했다. 마치 남한과 북한을 모두 체험하고 거기서 생긴 한(恨)풀이를 하는 시간 같았다. 나는 이어 한 가지 중요한 문제를 더 이야기했다.

나와 나의 가족을 포함 대부분의 탈북자들이 체감하는 차별은 어쩔 수 없는 것이라 하더라도 남한사회도 점차, 계급화, 계층화가 심화되어 가는 것이 더 큰 문제다. 남한사회의 계층화가 심화된다면 통일을 주도해야 할 상위계층들은 결코 통일을 바라지 않을 것이라는, 특히 젊은이들은 작금의 사회문제에 신경 쓸 여력도 갖지 못하고 먹고 살아가는 데만 집중할 수밖에 없다.

정든 고향땅과 부모형제도 버리고 생사를 넘나들며 자유를 찾아온 탈북자들은 통일을 준비하는 차원에서 가교역할의 중요한 인적자원이 될 수도 있다. 이질적인 남한사회로의 조기적응을 위한 교육도 중요하지만 사정에 따라서 북한주민을 동화시키는 역할을 맡길 수도 있어야 한다. 그렇게 하기 위해서는 탈북청소년들이 우수한 인재로 성장하고 남한사회에서 자리를 잡을 수 있도록 국가 차원의 장학 혜택을 확충할 것을 이야기했다. 탈북청소년들이 징병에서 자유롭기도 하지만 다양한 계급에서 군 복무를 지원할 수 있도록 하는 방안을 강구했으면 좋겠다는 것도 이야기했다.

그렇게 우리는 가슴 속을 나누었다. 눈이 감겨오기 시작했을 때 그 분은 나의 잠자리를 정해주었다.

다음날 아침 왕시루봉을 넘어오는 해처럼 게으르게 일어났다. 그분은 밖에 나갔는지 보이지 않았다. 밖으로 나갔을 때 텃밭에서 잡초를 뽑고 있었다. 그분은 밭을 나와 나를 잡아끌었다. 계곡을 좀 더 오르면 빨치산이 처음 이곳으로 들어와 주둔했던 흔적이 남아있다고 했다. 그곳으로 가는 길에 반달곰을 복원시키기 위한 '종 복원센터'를 지났다.

이곳에 살던 반달가슴곰을 다시 살게 하려는 노력처럼 이곳에서 있었던 굴곡진 역사를 다시 되돌아보아야 하지 않을까? 이 곳 지리산에 숨어들었던 이들을 흔히 이념에 전도된 군상으로 치부하지만 꼭 그런 것만은 아니라는 것을 말이다. 그 분에게 그런 이야기를 했을 때 본인이 겪은 이야기를 건네주었다.

우리의 아픈 현대사가 지리산에 웅크리고 있다. 복원이라는 인위적인 통과 의례가 없이는 절대 반달가슴곰을 살 수 있게 할 수 없는 것처럼, 통한의 역사 또한 치유될 수 없다. 그분은 뱀사골의 어느 마을에서 빨치산들이 보급투쟁으로 등짐을 지워 산으로 끌고 간 아들을 아직도 기다리는 한 노파를 만나보았다고 했다. 지난날 좌익이었다가 그 사실을 숨기고 살아오느라 끙끙 앓았던 세월을 한꺼번에 토해내던 노인도 만났다고 했다.

그가 물었다고 했다.

"공산주의를 아십니까?"

"그게 뭐여?"

노인은 퉁명스럽게 되물었다.

"공산주의가 무엇인지도 모르면서 빨치산에 가담하셨습니까?"

"난 공산주의가 좋아서 가담한 것이 아니어."

"그럼 왜 가담하셨습니까?"

"그냥 한이 많아서였제. 양반 놈들에게 설움받고 살다가 좋은 세상 왔는가벼 했는디 이번에는 더 나쁜 놈들이 지들 세상이라고 설치는 꼴이 더러워서 내 뛰쳐나왔지라." 노인의 말은 처음과는 달리 물기가 묻어 있었다. 그들에게 사상이나 신념은 없었다. 늘 누군가에게 억압당하고 살았다. 설움당하며 살았다. 그런 선량하고 무지하고 노동에만 익숙한 이들을 산으로 몰아넣었다. 배부른 사람들을 안심시키려는 의도였을까?

임도가 작아지고 있었고 이야기는 개울물 따라 계속 흘렀다. 빨갱이가 뭔지도 모르는 사람들이 빨치산이 되어 국가와 체제에 항거하다 산중에서 죽어야 했던 이유를, 우리는 아직도 복원하고 있지 못한다. 그것을 다시 끄집어내어 밝은 햇살아래 드러내어야 치유하고 통합하는 길도 열릴 터인데, 아직은 자신이 없는 건지, 그저 피하는 것인지 모르겠다. 자유니 평등이나 하는 구두선(口頭禪)을 당의정(糖衣錠)으로 포장하여 팔아먹는 정상배들만 보인다. 지리산을 이야기하면 당장 '그 빨갱이 얘기'로 잘라버리고 오히려 의심의 눈초리를 보낸다. 좌익이나 우익이니 하는 이야기가 아니라 가난한 민초들의 가슴에 쌓인 분노의 한을 풀어내야 한다고 했다.

그분이 이야기를 마쳤을 때 내가 북한에 있을 때 송환되었던 미전향 장기수 이인모 씨나 그 후에 송환되었던 이들이 생각났다. 그네들이 그렇게 오랜 시간 수감생활을 견디게 했던 이유는 무엇이었을까? 철저한 세뇌가 모든 것을 설명할 수 있을까? 혹 그들 역시 지주나 가진

자에게 억압받고 핍박받던 설움에서 착시처럼 그것을 벗어났다는 것이 큰 영향을 주지 않았을까? 아, 그런데 그것이 착시였다. 일평생을 간직해 온 이념이, 희망이 착시였다.

그분은 얼마 전에 보았던 '분노의 대물림'이라는 TV 심리치료 프로그램 이야기를 했다.

자식들 시집 장가 다 보낸 육십 대 노인이 평생 술을 마시고 응어리진 분노를 이곳저곳에다 쏟아냈다. 특히 아내를 끊임없이 괴롭혔고 자식들은 어머니가 너무 괴로우니 이혼을 생각하기도 했으나 한편 아버지의 상처를 생각하니 아버지도 너무 안 되신 분이었다. 그래서 그 프로그램에 신청했다. 도움을 요청했다.

아버지 폭력의 발단은 할아버지가 사상범으로 옥살이를 하고 나왔고 연좌제로 묶여 마음먹은 일을 하지 못하고 평생을 사셨기 때문이다. 할아버지는 자신의 분노를 온통 아버지한테 쏟았다. 그러니 아버지는 어려서부터 온통 그 상처와 분노를 물려받았다. 치유를 할 수 없었다. 할아버지의 상처가 대물림된 것이다.

그 프로그램을 통해서 서로 상처를 이해하고 풀어가면서 아버지는 자신의 아버지와 화해를 시도했고 당신 아버지의 산소를 찾아가 피눈물을 흘렸다.

"아버지 나를 이렇게 독사가 아닌 독사를 만들어 놓고 가시면 어떻게 합니까."

가슴의 응어리를 풀어내는 절규였다. 이후로 아내와의 관계도 좋아지고 생활 모습도 딴 사람이 되어갔단다. 자식들이 좋아한 것은 물론이다.

그분은 속마음을 계속 열었다.

모든 문제는 우리의 문제에 그치지 않고 인류, 세계의 문제이고 치유되고 거듭나는 과정은 곧 인류와 세계의 빛이 되고 희망이 되는 것이요, 세계의 새 길이 열려야 우리의 문제도 풀리는 것이다. 공부는 수신, 제가부터지만 풀어 쓸 때에는 평천하부터이다. 역사의 질곡에는 항상 그 이면에 있는 우리의 심리와 업보를 관조하고 살펴야 풀리는 길이 보이는 것이라고 말했다.

우리들 마음에 두려워하고 미워하는 마음들이 사려져야한다는 것을, 먼저 미워하는 마음들이 사라져야 한다는 것을 분명히 해야 한다.

모든 에너지는 작용과 그에 반하는 작용이 작동하듯이 우리에게 상처가 깊을수록 새로운 역사에 대한 열망이 그 만큼 강하게 솟아오른다. 남달리 깊은 상처가 있는 우리가 이 상처의 아픔을 개벽의 에너지로 돌려서 새로운 역사를 열어갈 수 있다는 것을 이야기했다. 또한 그렇게 하는 것이 최선의 치유의 길이요 우리에게 주어진 천명으로 인식해야 한다는 것을, 모든 역사의 어두운 과정에는 반드시 그것을 극복하려는 노력이 밀밀히 내려오는 것도 마찬가지라고 했다.

산길을 한참 올랐을 때 너른 공터가 나타났다. 해는 왕시루봉을 넘고 노고단을 향해 가고 있었다. 다시 산을 내려왔다. 아침을 먹고 헤어질 시간이었다. 나는 그 분의 손을 한참동안 잡고 인사를 나누었다. 아침에 꺽은 것이라며 고사리 한 움큼을 잡았던 손에 들려주셨다.

하룻밤에 열린 깊은 마음의 교류 시간이었다. 조국과 조국의 사람들과 그들의 미래와 그들의 과거가 뒤엉킨 이야기였다. 그 어떤 절친한

지인과도 쉽게 나눌 수 있는 이야기가 아니었다. 그런데 왜 우리는 그렇게 쉽게 속마음을 열었던 것일까?

아, 산이었다. 지리산이었다. 지리산이어서 우리는 그럴 수 있었으리라. 다시 돌아본 지리산은 간밤에 무슨 일이 있었냐며 내게 물어 오듯이 꿈틀대는 듯했다.

태초에
유혹이
있었다

주로에 선 많은 사람들은 마치 소풍이라도 가는 사람들처럼 밝은 표정들이었지만 나는 왠지 긴장하고 있었다. 드디어 출발신호와 함께 무리에 떠밀리듯 출발했다.

2003년 3월초, 생애 처음 나는 마라톤대회에 출전했고 완주했다. 처음이었으니 막연했다. 기록에 그 어떤 기대감을 가질 수 없었고 완주할 수 있을지의 확신도 없었다. 아직 가보지 않은 길을 달린다는 설렘만이 나를 들뜨게 했다. 10km 쯤 지나자 서서히 고통이 밀려왔다. 갈등과 함께. 이것은 군사 훈련의 의무도 피할 수 없는 운명도 아니다. 돌아서면 그만이다. 고통과 갈등은 마치 바닷가의 밀물과 썰물처럼 다가왔다가 이내 쓸려나가기를 반복했다. 마라톤을 하다보면 중독성이 배든다는 이야기를 듣는다. 마라톤을 하지 않은 많은 사람들 또한 그렇게 생각하기도 한다. 처음 단거리를 달릴 때는 몰랐는데 10km이상을 달리면 몸에 변화가 나타나기 시작한다. 온 몸에 땀이 나기 시작하면서 일상에서 부딪치는 고민과 괴로운 일들이 되씹어지며 서서히 분해되어 바람에 날아가 버리는 것 같은 마음의 평안을 갖기도 한다. 마치 바람 든 무 씹는 것처럼 퍽퍽 거리던 일들이 하찮게 생각되고 소심하다고 지탄받던 내가 그 순간만큼은 대범한 사람이 된 것 같은 행복감이 찾아온다. 다른 운동은 짝을 찾아야한다든지 팀을 만들어야 하는 등 운동 그 자체에서 스트레스를 받기도 하지만 마라톤은 그럴 이유가 없다. 그냥 뛰면 된다. 그냥이라는 말이 이처럼 잘 어울리는 운동은 없다. 처음 시작이 어렵지, 뛰기 시작하면 그날 몸 상태로 거리나 속도를 조절하며 훈련할 수 있다.

길옆으로 피어난 코스모스가 산들바람을 맞아 늘씬함을 뽐냈다. 사격장에도 연병장에도 유독 코스모스가 많았다.

광주보병학교 초등군사반 교육을 마치고 배치된 곳은 김포에 위치
한 특공부대였다. 연대 신고를 마쳤을 때 60트럭을 타고 대대로 이동
했다. 2년간의 후보생 과정과 4개월간의 피교육생 과정을 마감했으니
두려움보다는 설렘의 부피가 더 컸다. 연병장에는 뜨거운 태양아래 검
게 그을린 병사들이 얼룩무늬 반바지를 입고 특공무술을 연마하고 있
었다. 병사들의 단련된 동작과 기합소리에 가슴이 뜨거워졌던 기억은
오래 이어졌다. 5공화국이 들어서고 창설된 지 얼마 되지 않은 시기라
막사에서부터 모든 것이 거칠었다.

여의도 광장에서 있었던 국군의 날 퍼레이드를 마치고 복귀한 그해
시월, 헬기를 타고 강화도를 목표로 공중강습훈련을 실시했다. 헬기로
이동하는 시간은 15분 남짓, 다시 부대까지 100km쯤을 행군으로 복귀
하는 훈련이었다. 한강을 따라 김포평야를 철야로 행군했다. 여객기가
뜨고 내리는 김포공항의 불빛은 지척인 것 같았는데 강바람이 사나운
행군길은 가도 가도 끝이 없었다.

고참병들이 전령인 최 일병에게 단단히 주의를 주었을 것이다. 짐작
에 불과한 것이었지만, '최대한 소대장의 배낭을 무겁게 하라'는. 행군
이나 구보에 자신있어하는 소대장이 얄밉게 보였던 점도 있었을 것이
다. 더불어 소대장으로 덕이 부족했던 것인지 아니면 신임 소대장을
길들이기 위한 통과의례였는지 애매하지만, 내 배낭에는 군용물품이
빈틈없이 가득 차 있었다. 심지어는 무거운 쌍안경까지 들어 있었다.
어려서부터 지게질에도 익숙한 몸이었는데, 땅에 손을 짚지 않고는 일

어설 수도 없을 만큼 배낭은 무거웠다. 그렇다고 소대장 체면에 배낭을 풀어헤쳐 병사들에게 짐을 나누어지게 할 수도 없었다.

처음에는 가벼운 물집이 잡혔다. 그러나 시간이 지날수록 고통은 나를 짓눌렀다. 한 걸음, 한 걸음 옮길 때마다 화들짝 놀라지게 통증이 머리끝으로 올라오곤 했다. 전입 온 지 얼마 되지 않은 신병들도 비슷한 통증으로 고생하는 것이 눈이 띄었다. 차도 옆을 지날 때는 차에 뛰어들고 싶었고 강둑을 지날 때는 강물에 뛰어들고 싶은 충동이 생겼다. 정상적인 발걸음을 하지 못하면서 무릎에 통증이 오기 시작했다. 새벽이 되면서 허기와 함께 통증으로 인한 고통은 온몸을 헤집었다.

나는 부대에 도착하고 한참이 지난 뒤에 그때 김포평야의 길가에 피었던 꽃이 코스모스라는 걸 생각해냈다. 그러나 행군 당시는 꽃에 눈길을 줄 여유가 없었다. 물집은 어느새 피물집으로 변해 있었고 10분간의 휴식 시간에 양말을 벗을 수도 없었다. 피와 땀과 물집에 엉겨 붙어 버린 탓이다.

반환점까지는 많은 주자를 따라잡으면서 뛰었으나 반환점을 지나고부터는 발이 천근만근이었다. 다시 길가의 꽃들이 눈에서 사라졌다. 누가 시키지도 않았는데 왜 이런 고생을 하나 한심한 생각이 들었다. 다시는 대회에 나가지 말아야 하는 생각도 뒤따랐다. 그러나 다른 주자들을 앞세우는 괴로움이 달리는 고통보다 더했다. 경쟁심이다. 반환점을 오래전에 지난 것 같은데 골인지점은 아직 멀리 있었다. 그러나 나는 포기할 수 없었다. 애시당초 뛰다가 안 되면 포기하는 설정이 아니었다. 무조건 죽을 때까지 뛴다는 설정이었다. 그래서 포기하면

안 되었다. 나는 무조건 죽을 때까지 뛰는 캐릭터였다.

드디어 저 멀리 희미하게 완주선이 시야에 나타났다. 마음 속에서 슬금슬금 기쁨과 환희의 웃음이 터져 나왔다. 나는 내 캐릭터를 지켰다.

기록은 3시간 30분. 처음 참가하는 대회라 기록에 대한 미련은 없었지만 훌륭한 기록이었다. 그렇게 풀코스로 마라톤을 시작했고 기록은 황홀했다.

이틀간의 장거리 행군이 끝나고 부대에 도착했다. 발이 부어 군화를 제대로 벗을 수도 없었고 무릎에 극심한 통증이 왔다. 그런데도 나는 다음날 외출을 했다. 무모함이었다. 그러나 나는 잠시 혼자 있고 싶었다. 나만의 고독을 즐기고 싶었다. 그것은 훗날 나만의 치유방법으로 평생을 함께 했다. 고독하게 마라톤을 즐겼고 고독하게 산을 찾아 다녔다. 무슨 커다란 행사나 일이 끝나면 언제나 혼자 있는 시간을 만들었다.

그 후 20여 년 군 생활 내내 무릎의 통증에 시달려야 했고 전역을 앞두고서야 통합병원에 입원했다. 좌변기가 아닌 화장실에서는 벽을 집지 않고서는 제대로 앉을 수도 없었으니 말이다. 심지어는 한쪽 다리를 잘라내고 싶다는, 말도 안 되는 충동을 가진 적도 있었다. 군 생활 중 통합병원에 장기간 입원하는 것은 쉽지 않았다. 20년쯤이 지나고 전역이 가까워져서야 입원할 수 있었던 것은 나의 우매함 때문만은 아니었다. 통합병원에서 연골파열로 판정, 시술치료를 받았다. 퇴원수속 전에 만난 담당 군의관은 '절대 무리한 운동은 금물'이라고 단단히 주의를 주었다.

단언컨대 처음부터 풀코스로 마라톤을 시작하는 자는 세상에 아무도 없을 것이다. 어쩌면 그것은 생명을 위협하는 무서운 짓거리였다. 그러나 나는 그것을 감행했다. 그렇게 마라톤에 입문함으로서 자존감을 고양했고 한 때는 미친 듯이 마라톤에 매달렸다.

전국에서 열리는 많은 대회에 참가했고 처음 마라톤에 참가했던 그 해 가을에는 춘천마라톤에 참가하여 3시간 8분의 기록으로 완주 선에 들어섰다. 그것이 이제까지 내 최고의 기록이다. 쉰을 넘기기 전 SUB-3(3시간 이내 완주선 도착)를 꿈꾸기도 했지만 이루지는 못했다.

마침내 허벅지에 심한 통증이 왔고 무릎도 다시 나빠졌다.(나는 통증이 왔을 때 이를 짐작하고 있었다는 걸 알고 깜짝 놀랐다.) 어쩔 수 없이 마라톤에 대한 열기는 빠르게 식어갔다. 봄과 가을, 일 년에 두 번 정도 풀코스를 달릴 뿐이었다.

'절대 무리한 운동은 금물'이라는 군의관의 목소리가 생생하게 들려왔다.

2002년 나는 서울에 있는 대학의 학군단에서 교관으로 근무했다. 인접학군단에 근무하던 후배는 마라톤에 입문하여 하프코스를 두 번쯤 달린 경험이 있다. 그는 나를 만날 때마다 마라톤의 매력을 설파했고 함께 달릴 것을 권유했다. 가벼운 달리기 정도야 괜찮을 것이지만 통합병원에서의 치료가 끝난 게 엊그제인데 마라톤은 무리라고 생각했다. 하지만 나의 무모함과 호기심은 그의 권유에 휩쓸렸다. 처음에는 하프코스를 생각했지만 이상하게도 신청하는 순간에 풀코스로 돌변했다.

'주위에 불기만 어른거려도 이내 불길에 휩싸이는 시너처럼 일견 똘아이같은 기질은 유전일까? 체득된 습관일까?'

그런 생각을 했다.

공식적으로는 한 번도 10km도 달려보지 않은 수준이었다. 완주는 그 다음 문제이고 단번에 풀코스를 신청하는 사람도 없었을 것이다. 한편으로 두렵기도 했고 한편으로 우쭐한 마음이 들기도 했다. 대회 일까지는 한 달 남짓 남아있었다. 마라톤에 대한 예비지식은 없었다. 출퇴근시간을 이용해 시내를 뛰었다. 공기가 안 좋을 거라는 생각은 걷어차 버렸다. 하루에 전철역 구간을 한두 개씩 늘려가면서 달렸다. 주말에는 한강 둔치의 자전거도로를 달렸다.

그렇게 2주가 지나자 한꺼번에 발톱이 세 개씩이나 까맣게 죽어갔다. 양말 등의 용품을 따로 준비하지 않고 평상시 쓰던 것을 그대로 사용한 무지의 결과이기도 했다. 그리고 결국 무리한 운동의 결과였다. 잇몸에 물집이 생겨 음식을 씹을 수도 없었고 아내는 또 쓸데없는 일을 벌인다며 수시로 핀잔을 주었다.

"직장생활이나 똑바로 하세요."

식이요법을 같은 것은 생각하지도 않았다. ROTC 후보생을 지도하는 교관의 신분이었지만 출퇴근 복장은 배낭을 멘 반바지 운동복차림이었다. 마라톤에 입문하고 한참 후에 일이지만 당시 근무하던 대학에서 4·19를 기념하는 마라톤대회가 열렸을 때 나도 학생들과 함께 달린 적이 있었다. 그 대회에서 나는 1등으로 골인했고 후보생들에게 출퇴근 복장으로 구겨진 체면을 조금이나마 세울 수 있었다. 당시 완주선에 도착했을 때 테이프가 준비되어 있지 않았다. 주최측은 "그렇게 빨리 도착할 줄 몰랐다."는 변명 아닌 변명을 했지만 나는 서운했다. 대회규모야 둘째 치고 1등은 평생에 다시 있을지 의문이었기 때문이다.

올해, 2014년 입춘이 지난 즈음이었다. 책을 만들고 발표회를 준비할 즈음이었다. 아직 스스로 제대로 된 작가라고 여기지 않는 내가 공공장소에서 발표회를 한다는 것이 엄청난 부담이었다. 책을 만들었다며 스스로 큰소리로 외치는 형국이었으니 이 무슨 오만불손한 작태던가? 행사가 시작되기 전, 극심한 혼란과 자괴감이 엄습했다. 이제 다섯 번째, 그렇게 책을 만들었는데, 처음으로 나 자신이 밉고 그렇게 싫어질 수가 없었다. 더욱이 지자체 선거를 앞두고 큰뜻(?)을 가졌다는 이들이 너도 나도 출판기념회를 열던 때였다. 여론은 그들이 단순히 책을 발표하는 것이 아니라 비공식적인 선거자금을 거두는 것이라며 들끓었다.

사무실에서는 어떻게 생각할까? 지 할일도 똑바로 다하지 못하면서 책을 만들었다는 것을 어떻게 받아들일까? 자신의 눈치가 더 무서운 법이다. 청사내의 시설에서 발표회를 한다는 것도 마찬가지였다. 아마도 그런 일은 거의 없었던 일이었을 것이고 업무에 치이고 자신과 관계없는 일에는 철저히 외면하는 공무원들의 질시의 눈빛이 무섭기도 했다.

자칫 울림도 감동도 없을 소리를 들어보라고 사람을 불러 모으는 것은 역시 고약한 노인네 증후군—고독과 소외감으로 아주 쉽게 분노하고 삐치고 자신을 둘러싼 환경에서 우울한 단서들만 찾아내 괴로워한다.-에 다름이 아닐까?

발표회를 한다고 오랜만에 연락을 했다. 그분을 만난 것은 마라톤을 시작한지 얼마 되지 않았을 때였다. 마라톤을 시작하면서 나는 어느 단체에도 속하지 않았고 혼자 달렸다. 가끔 그는 내가 드나드는 마라톤 모임 카페에 글을 올렸고 나는 그 글에 답해 인연이 이어졌다. 그는 미사리로 연결되는 멋진 풍광과 번잡스럽지 않은 흙길로 달리는 코스를 '소나티네'로 이름을 붙였다고 했다. 그 길을 한 번 같이 달렸다. 길이 유혹이 되는 코스였다. 그리고 그것은 아주 달콤했다.

그가 축하한다는 연락과 함께 '장구공연'으로 축하해주시겠다고 하셨다. 행사의 격에 맞을 것인지 조심스럽게 물어오셨다. 무역회사에 근무하시다가 신발을 만들어 세계를 돌아다니셨다는 분이다. 늦은 나이에 우리 가락에 젖어들어 장구를 배우셨다. 강화도에서 강릉까지 한반도 횡단은 물론 600Km 넘는 종단 마라톤도 여러 번 달린 분이었다. 종횡무진, 인생을 자유롭게 누비며 사시는 분이다.

행사가 시작되기 전 그분과 인사를 나누었다. 별도의 설치된 무대가 없는 자리여서 송구스러웠지만 그분은 사물(四物)이 아닌 장구하나만으로도 음향과 울림을 피력하셨다. 여주까지 먼 밤길을 가시는 중에 '좋은 느낌'이라고 전화를 주셨고 후에 메일을 보내주셨다. 그 중간쯤은 이랬다.

"이른 봄이면 아버지는 밭에다 두엄을 내셨습니다. 두엄자리 거름을 호구(사지창)라는 농기구로 쑤석거려서 맨 위 덜 발효된 거름은 옆에다 두고 잘 발효된 아래 침전 거름을 리어카에다 담아 밭으로 내다 뿌리셨습니다. 바로 돼지우리 옆 두엄자리였지요. 잘 발효된 그 아래 침전된

거름에서 호구가 들쑤실 때마다 거한 냄새와 함께 김이 모락모락, 남아
공 어느 곳을 여행하다가 강에서 보았던 아주 진한 타닌 색의 거름. 아
우님은 바로 그 참 정서를 꺼낼 줄 아는 호구기능을 가진 분입니다."

이어서 6월에 몽골 고비사막 225km 울트라 마라톤을 개최할 예정이
라며 나에게 참가를 권유하셨다. 또 다른 달콤한 유혹의 시작이었다.

몽골하면 '칭기즈칸'이 떠올랐다. 그리고 그의 후손들은 35년간 다
섯 차례나 이 땅을 침략했다. 지난 90년대, 미국의 유력 신문사에서 과
거 1천 년 이래로 세계를 움직인 가장 역사적인 인물로 칭기즈칸을 선
정했다. '칭기즈칸의 리더쉽 혁명'이라는 책을 쓴 김종래는 칭기즈칸이
우리들에게 남겼음직한 이야기를 옮겼다.

"집안이 나쁘다고 탓하지 말라. 나는 어려서 아버지를 잃고 고향에
서 쫓겨났다. 어려서는 이복형제와 싸우면서 자랐고 커서는 사촌과 육
촌의 배신 속에서 두려워했다.

가난하다고 말하지 말라. 나는 들쥐를 잡아 연명했고, 내가 살던 땅
에서는 시든 나무마다 비린내, 마른 나무마다 누린내만 났다. 천신만
고 끝에 부족장이 된 뒤에도 가난한 백성들을 위해 적진을 누비면서
먹을 것을 찾아다녔다. 나는 먹을 것을 훔치고 빼앗기 위해 수많은 전
쟁을 벌였다. 목숨을 건 전쟁이 내 직업이고 유일한 일이었다.

작은 나라에서 태어났다고 말하지 말라. 나는 그림자 말고는 친구도
없고, 꼬리 말고는 채찍도 없는 데서 자랐다. 세계를 정복하는 데 동원
한 몽골인은 병사로는 고작 10만, 백성으로는 어린아이와 노인까지 합
쳐 2백만도 되지 않았다. 내가 말을 타고 달리기에 세상이 너무 좁았다

고 말할 수는 있어도 결코 내가 큰 것은 아니었다.

배운 게 없다고 힘이 약하다고 탓하지 말라. 나는 글이라고는 내 이름도 쓸 줄 몰랐고 지혜로는 안다 자모카를 당할 수 없었으며, 힘으로는 내 동생 카사르한테도 졌다. 그 대신 나는 남의 말에 항상 귀를 기울였고 그런 내 귀는 나를 현명하게 가르쳤다.

나는 힘이 없기 때문에 평생 친구와 동지들을 많이 사귀었다. 그들은 나를 위해 목숨을 바치고, 나를 위해 비가 오는 들판에서 밤새도록 비를 막아주고 나를 위해 끼니를 굶었다. 나도 그들을 위해 목숨을 걸고 전쟁터를 누볐고 그들을 위해 의리를 지켰다. 나는 내 동지와 처자식들이 부드러운 비단 옷을 입고 빛나는 보석으로 치장하고 진귀함 음식을 실컷 먹는 것을 꿈꾸었다. 나는 죽을 때까지 쉬지 않고 달린 끝에 그 꿈을 이루었다. 아니, 그 꿈을 향해 달렸을 뿐이다. 너무 막막하다고 그래서 포기해야겠다고 말하지 말라. 나는 목에 칼을 쓰고도 탈출했고 땡볕이 내리쬐는 더운 여름날 양털 속에 하루 종일 숨어 땀을 비오듯이 흘렸다. 뺨에 화살을 맞고 죽었다가 살아나기도 했고 가슴에 화살을 맞고 꼬리가 빠져라 도망친 적도 있었다. 적에게 포위되어 빗발치는 화살을 칼로 쳐내며, 어떤 것은 미처 막지 못해 내 부하들이 대신 몸으로 맞으면서 탈출한 적도 있었다. 나는 전쟁을 할 때면 언제나 죽음을 무릅쓰고 싸웠고 그래서 마지막에는 반드시 이겼다. 무슨 말이 더 필요한가? 극도의 절망감과 죽음의 공포가 얼마나 큰 힘을 발휘하는지 아는가? 나는 사랑하는 아내가 납치됐을 때에도, 아내가 남의 자식을 낳았을 때도 눈을 감지 않았다. 숨죽이는 분노가 더 무섭다는 것을 적들은 알지 못했다. 나는 전쟁에서 져서 내 자식과 부하들이 뿔뿔

이 흩어져 돌아오지 못하는 참담한 현실 속에서도 절망하지 않고 더 큰 복수를 결심했다. 군사 1백 명으로 적군 1만 명과 마주쳤을 때에도 바위처럼 꿈쩍하지 않았다. 숨이 끊어지기 전에는 어떤 악조건에서도 포기하지 않았다. 나는 죽기도 전에 먼저 죽는 사람을 경멸했다. 숨을 쉴 수 있는 한 희망을 버리지 않았다. 나는 흘러가버린 과거에 매달리지 않고 아직 결정되지 않은 미래를 개척해 나갔다. 알고 보니 적은 밖에 있는 것이 아니라 내 안에 있었다. 그래서 나는 그 거추장스러운 것들을 깡그리 쓸어버렸다. 나 자신을 극복하자 나는 칭기즈칸이 되었다."

13세기, 수많은 부족 간의 전쟁이 끊이지 않던 몽골의 평원을 통일하고 유라시아 대륙의 절반 이상을 아우르는 사상 최대의 제국을 수립한 칭기즈칸. 몽골에 가면 그의 아우라를 느낄 수 있을까? 아시아는 물론 중동, 유럽의 수많은 제국과 왕국들을 무너뜨리고 세계를 정복한 그 원동력! 칸에 대한 믿음 하나만으로 사막을 가로지르고 눈보라를 헤치며 강을 넘어 광활한 몽골제국을 건설한 몽골 유목민들의 후예를 만나고도 싶었다. 생각은 거기서 그치지 않았다.

하루 200km도 달렸다는 몽골 준마의 기동력, 몽골 준마의 기동력을 더욱 강화시켜준 몽골군의 독특한 군장과 무기들, 몽골의 전통적인 사냥 법을 통해 몽골군에게 전술전략을 익히게 했던 칭기즈칸의 전투비법, "복종하도록 하는 것보다는 추종하도록 하라."는 말을 남겨 천년이 지난 오늘날의 새로운 리더로 재조명받게 된 그의 특별한 인간관계와 통솔력의 비밀은 무엇일까?

그리하여 나는 사막에 가고 싶었다. 그가 몽골 고비사막 울트라 마라톤을 이야기 했고 나는 칭기즈칸을 생각했고 사막을 동경했고 그리하여 나는 사막에 목마른 사내가 되었다. 사막에 뜨는 달을 보자. 달밤에 벌거숭이가 되어 모래벌판을 달리자. 광활한 대지에 끝없이 펼쳐진 초원. 겔이라 불리는 천막에서 태어나 양떼와 소떼를 몰며 내 집과 내 땅의 소유개념이 없이 대지를 떠돌다가 다시 한 줌의 흙으로 돌아가는 유목민의 바람 같은 삶. 한 때 대제국을 건설했던 조상을 두었던 그 후예들을 만나자. 노마드의 거친 삶을 살아가는 이들도 만나자.

제임스 힐턴은 소설 '잃어버린 지평선'에서 '실제의 증거 없이 사물을 믿을 때에는 자신의 마음이 제일 끌리는 것을 믿고 싶은 것'이라 했다. 이제 몽골은 내가 오래 전부터 가슴 속에 품었던 꿈이었다.

문제는 크게 두 가지였다. 일주간 사무실을 비워야 한다는 것과 사막을 달려야 하는 체력이었다. 쉽게 던져낼 수 없는 고민이었지만 유혹은 너무나 강렬했다.

이유는 또 있었다. 그의 속내가 궁금했다. 내가 마라톤을 시작하면서 마라톤을 인간이 만들어 즐기는 유희 중에서 최고의 것이라며 마라톤을 찬미하기도 했지만, 사실 마라톤은 인간의 한계를 넘나드는 고통스런 운동임이 분명하다. 누군가는 마라톤에 관한 이렇게 이야기했다. "인생은 지루해서 그 지루함을 이기기 위해 달리지만 달리는 지루함을 이기지 못하면 인생을 모른다."

인생을 그렇게 알고 또 알고 싶은가? 그렇더라도 도대체 그는 왜 풀코스의 고통을 훨씬 뛰어넘는, 그 열배를 넘는 고통을, 그 지루함을 즐기려는 지, 이해가 되지 않았다. 그 속내를 조금이라도 들여다보려면 사막에 가서 달려봐야 할 일이다.

풀코스를 달려본 것도 일 년 전의 일이었고 별도의 준비를 전혀 하지 못했기에 마음의 결의는 다져야 했다. 지리산에 다녀오고 싶었다. 지리산은 나의 어머니와 같은 산이었다. 나를 격려해주고 자신감을 줄 것이다.

자정에 출발한 버스는 새벽 3시쯤에 백무동에 도착했다. 예정시간보다 이른 시간이었다. 승객은 모두 5명, 차가 가벼워서인지 버스기사는 멀미가 나도록 밤길을 달렸다. 서울에서 출발할 때는 비가 그쳤는데 그곳은 비가 내리고 있었다. 등산객인 듯 배낭을 진 버스에서 내린 세 명은 터미널에서 머물고 혼자 산을 오르기 시작했다. 탐방 안내소의 불빛을 지났을 때 등산로는 암흑천지였고 폭우가 내렸는지 물소리가 산을 울리고 있었다.

한신계곡은 원시림이 남아 있는 험준한 지형이다. 우의도 챙겨오지 못했지만 배낭을 바꿔오면서 손전등도 준비하지 못했다. 비는 그렇다고 하다라도 깊은 어둠은 한 발짝도 내디딜 수 없었다. 궁여지책으로 핸드폰을 꺼냈다. 좋은 스마트 폰은 손전등 기능도 있다던데 이 녀석은 그러하지도 못했으니 반복해서 시작 버튼을 누르며 산을 오르기 시작했다. 혼자라는, 비가 오는 숲의 짙은 어둠과 바윗길, 형체도 볼 수 없이 울리는 거센 물소리의 공포가 엄습한다. 다시 내려갈 수도 주저앉을 수도 없는, 선택은 오로지 오르는 것뿐이었다. 세석에서 노고단, 목적지인 문수골에 정오쯤에 도착할거라는 막연한 목표였다. 불빛이 숨어들면 멈추고 다시 켜고 하다가 익숙해지니 일곱 걸음을 옮기고 다시 누르면 간단없이 걸음을 옮길 수 없었다. 비가 멈추기를, 하늘에서 빛이 내려오기를 염원하고 절절히 간구했다. 두려움은 내 안에 더 많이 있는 것이라고 생각했었는데 빗소리의 어둠과 물소리의 공포 같은 두려움 속에서 나는 무력했다. 계곡을 건너는 철다리를 지날 때는 거센 급류에 빨려 들어갈 것 같은 느낌이었다. 하늘에서 빛이 조금씩 내려오면서 지겹게 따라붙던 물소리도 작아져갔다. 한신계곡의 백미라 할 수 있는 마지막 오르막, 긴 사다리를 타고 오르는 듯 허벅지의 통증과 가슴은 터질 듯 거친 숨을 토해냈다.

마운틴 오르가즘을 생각했다. 한신계곡의 마지막 1km쯤은 마운틴 오르가즘을 체감하는 최상의 장소였다. 백무동에서 5km쯤을 더 오르고 이어지는 가파른 경사는 허벅지의 힘줄이 다 들어나도록 거친 숨을 토해내야 하는 열락의 순간을 맛볼 수 있는 곳이다. 그 시간이 지나면 세석의 너른 평원이 펼쳐진다. 대피소에 들러 젖은 옷을 갈아입고 거지처럼 비닐 한 조각을 주어 몸을 싸매 주었다. 배낭은 다 젖어들었고 간식을 꺼내 주머니에 넣었다. 이제 노고단으로 출발, 비는 그치지 않았다. 어머니도 때로 야속한 것처럼 자연도 그렇다. 한 마리 산짐승처럼 무심하게 능선길을 걸으며 간식을 꺼내 씹어 삼킨다. 체력은 바닥을 드러내고 있었다. 벽소령을 지날 때에서야 산은 제 윤곽을 드러냈다. 그것은 언제나 처녀의 몸이었다. 수줍게 부끄럽게 제 모습을 드러내는 자연 앞에서 나는 언제나 호흡을 멈추고 감상의 늪에 빠져든다.

그리고 드디어 노고단이다. 단 앞에 두 무릎을 꿇고 머리를 조아렸다. 고비사막을 무사히 완주할 수 있기를 산신령께 간구했다.

지난 3월, 둘째는 해군특수전여단(UDT)에서 제대했다. 그들의 훈련 마지막 주차에 '지옥 주 훈련'이라는 것이 있다고 했다. 일주일 동안 별도의 취침시간이 주어지지 않고 최소한의 음식물을 섭취하며 인간의 한계를 넘나드는 극한의 훈련이란다. 자존심과 이기심을 버리고 극한의 상황에서도 살아남아야 하는 생존본능을 기르는 훈련으로 인간이 가지는 모든 감정을 버리고 극복하는 과정이다.

훈련을 마친 아이가 편지를 보내왔었다.

"훈련을 무사히 마쳤습니다. 발에 봉화직염으로 서른 번쯤 눈물을 훔쳐야 했고 그보다 세 배나 많게 중도포기를 생각하기도 했었습니다."

힘든 훈련과정과 부대생활을 마치고 무사히 전역한 것을 축하했다. 그렇게 돌아 온 아들은 내게 말했다. 병사가 받는 용돈 정도의 작은 월급으로 아이는 매달 조금씩 모았다고 했다. 작은 돈이지만 부모님께 오래 기억될 수 있는 선물을 사드리고 싶다고 했다. 아들에게 말했다.

"아들아 몽골 고비사막 울트라 마라톤 참가비용에 보태주라."

결국 나는 몽골 고비사막에 다녀왔다. 그 거대한 평원처럼 오래 두어도 될 크나 큰 행운도 있었다. 완주도 자신이 없었는데 종합기록 1등이었다. 멈추어 소변보는 시간도 아끼려고 그대로 흘려 내리기도 했다. 달리는 내내 나는 생떽쥐베리를 생각했다. 어린왕자, 야간비행…. 사람들은 어린 왕자에서 평온한 내면의 정화를 느낀다지만 나는 그의 작품을 보면 절대고독을 느낀다. 절대고독이 승화되어 평온함을 만들어 내는 듯하다. 훗날 기회가 된다면 나도 그의 작품과 같은 소설을 쓰고 싶다.

그리고 나는 다시 일상이다. 그런데 권태다. 후유증일까?

"소는 식욕의 즐거움조차를 냉대할 수 있는 지상 최대의 권태자다.

얼마나 권태에 질렸기에 이미 위에 들어간 식물을 다시 게워, 그 시큼
털털한 반소화물의 미각을 역설적으로 향락하는 체 해보임이리요? 소
의 체구가 크면 클수록 그의 권태도 크고 슬프다."

스물여섯이라는 짧은 생애를 살다 간 이상의『권태』라는 작품 중의
일부이다. 도시에서 나고 자란 이상은 죽마지우의 고향이었던 평남 성
천에서의 겪었던 아침부터 밤까지, 하루 동안의 단조로운 일상과 낯선
환경에서 오는 권태감을 그림을 그리듯이 촘촘하게 기록했다.

"어서, 차라리 어두워 버리기나 했으면 좋겠는데, 벽촌의 여름날은
지루해서 죽겠을 만치 길다. 동에 팔봉산, 곡선은 왜 저리도 굴곡이 없
고 단조로운고? 서를 보아도 벌판, 남을 보아도 벌판, 북을 보아도 벌
판, 아아, 이 벌판은 어쩌라고 이렇게 한이 없이 늘어 놓였을꼬? 어쩌
자고 저렇게까지 똑같이 초록색 하나로 되어 먹었노? 농가가 가운데
길 하나를 두고 좌우로 한 10여 호씩 있다. 휘청거린 소나무 기둥, 흙
을 주물러 바른 벽, 강낭대로 둘러싼 울타리, 울타리를 덮은 호박 넝
쿨, 모두가 그것같이 똑같다."

모든 사물이 정지된 듯한, 변화도 자극도 없는 하루하루의 일상, 도
시에서 나고 자랐고 처음 그곳에 갔을 때는 원시적인 자연과 문명의
절연이 자신을 고립시켰다고 생각했을 것이다. 그러니 그곳 풍경에 권
태를 느낀 것은 당연한 일.

나는 문명 속에서 자연을 꿈꾼다. 문명 속에서 권태를 느낀다. 이상
(李霜)은 나를 이상(異常)하게 생각하리라.

정녕 사랑한다면
이유가 없다

기원전 490년, 아테네군사 9천과 페르시아군 5만이 아테네 동북방으로부터 40.2km 떨어진 마라톤 평원에서 대전투를 치렀다. 아테네군은 수적으로 절대적인 약세였지만 밀티아데스의 탁월한 용병술로 페르시아군을 무찔렀다. 그 승전보를 전하기 위해 아테네의 병사 페이디피데스는 아테네까지 달려갔다.

"기뻐하라, 우리가 승리했다."

페이디피데스는 짧은 말을 전하고 그 자리에 쓰러져 죽었다.

그 병사의 희열에 찬, 그러나 고통스런 주검을 기념(?)한다면서 마라톤이 근대올림픽종목으로 채택되어 오늘에 이르고 있다.

마라톤 거리가 42.195km가 된 이유는 무엇일까? 마라톤평원에서 아테네까지의 거리가 40km 전후의 거리였다는 것이고 현재 적용하는 거리는 1908년 제4회 런던올림픽대회부터였다. 처음에는 출발 지점이 주경기장으로 완주선까지 총 42km였다. 하지만 막강한 권력을 가졌던 영국 황실은 "마라톤 출발지점을 보고 싶다, 출발지점을 윈저궁내 황실 육아실의 창 아래로 옮겨 달라."고 요청했다고 한다. 그래서 본래의 출발점에서 195m가 뒤로 물러나야 했다. 그 이후에도 주최 측의 사정에 따라 코스 길이의 변화가 있었고 24년 파리올림픽때에 이르러서는 '런던올림픽 때의 코스 길이로 정하자.'고 합의를 해 오늘에 이르고 있다.

우리는 나치 치하에서 열렸던 베를린 올림픽에서 망국의 한을 토하며 달렸던 손기정 선수의 우승을 자랑스럽게 기억하고 있다. 그후 많은 세월이 흘러 지난 92년 바르셀로나 올림픽에서 몬주익의 영웅으로 떠오른 황영조와 국민마라토너라는 애칭으로 2001년 보스턴 마라톤 대회에서 우승한 이봉주가 우리나라 마라톤의 역사를 대변하고 있다.

(이는 물론 상징적인 의미이다. 이들 말고 수없이 마라톤을 뛴 선수 한 명 한 명을 나는 무시하지 않는다.)

마라톤은 일반 대중들에게는 친숙한 운동이 아니었다. 마라톤이 대중화된 것은 90년대 이후부터였다. 이전에 마라톤 종목은 선수들만의 전문분야였다. 그만큼 일반인들이 즐기기에는 힘든 운동이었기 때문이다. 2000년대를 넘어서면서 마라톤 인구는 급격히 증가했지만 최근 그 증가세는 주춤하고 있다. 그 징표처럼 풀코스만을 고집하던 대회에서 그 자존심을 버리듯 하위 거리의 코스를 만들었다.

그렇다면 왜 사람들은 마라톤에 빠져들었고 대중적인 운동으로도 자리매김 되었을까? 여러 요인과 분석이 있을 것이지만 경제적인 안정으로, 절대적인 생존의 위협에서 벗어났다는 이유가 가장 큰 요인이었을 것이다. 등산도 마찬가지다. 산업화 시대, 육체노동자들에게 가외의 운동은 생각도 할 수 없는 것이었다. 물론 지금도 많은 사람들이 그렇다. 하루 노동으로 지친 몸을 이끌고 마라톤 연습을 하는 노동자들이 과연 몇이나 있을까? 그렇다면 마라톤의 대중화와 등산의 대중화를 주도한 이들은 경제적으로 안정성을 가진, 소위 '화이트칼라' 계층으로 사무실에서 근무하는 정신노동자들이었을 것이다. 그런 계층이 있는 것이다. 여가와 문화와 놀이의 선두그룹.

마라톤을 달리는 사람들에 대하여 누군가는 이렇게 말하기도 했다.

"정신적인 공허, 타인과 소통하지 못하는 단절된 상황을 타파하려는 몸짓이다. 육체적인 고통을 스스로에게 가하는 자기학대를 통해 또 다른 소통의 수단을 만들려는 몸짓이다."

일견 맞는 말이지만 화이트칼라의 관념처럼 어렵다. 마라톤에는 그

것이 전부일 수 없는 분명 다른 이유가 있다.

대개의 경우 40대가 넘어서면 인간의 육체는 쇠퇴기에 접어든다. 건강과 성적능력은 상호 밀접한 상관관계가 있고 건강은 물론 성적능력의 저하로 40대를 지나는 대부분의 남성들에게는 위기감과 상실감이 찾아든다. 또한 급격한 사회변혁의 소용돌이 속에서 세대 간의 이질감이 깊어져 집안에서 자식들과의 소통도 어려워지는 단절감을 감내해야 했다. 산업화시대에 사회활동과 자녀를 양육하면서 여유를 찾을 수 없었고 경제발전과 함께 안정감을 갖기는 했으나 다른 한쪽으로 위기감이 상존한다.

사회적인 성공은 분명한 한계가 있는 것이었고 또 다른 출구가 필요한 시기였다. 이와 맞물려 끊임없이 소비를 충동하는 현대사회의 특성이 작용했다. 각종 매체는 소통과 공유 접촉을 통한 소속감을 내세웠다. 이는 단체 내에서 자기과시를 위한 소비의 충동을 가져온다. 그동안 일 때문에 외로웠고 사람에 치여 고립되었던 이들은 이제껏 살아온 자신의 삶과 무관한 사람들과 소통하고 소속감을 가지는 모임을 만들었다. 그 모임의 성행이 우리나라 2000년대의 한 유행을 이루며 마라톤 역시 대중화의 도약을 꾀했다. 그러나 마라톤은 좀 달랐다. 다른 운동들처럼 팀을 만들거나 하는 번잡스러움도 없었고 레슨을 필요로 하거나 비싼 장비나 특정한 장소가 필요치 않은 운동이었다. 처음 시작할 때는 기록 갱신에 집착을 하기도 하지만 대외적으로 크게 표시나지 않는 것이기 때문에 부담이 될 수는 없다.

현실과 타협하며 생활에 찌들었던, 사회적으로 성공하지 못했다는 자괴감을 가지다가 불가능하다고 생각했던 육체의 한계를 극복하는 과정을 거친다. 새로운 기록의 갱신은 희열이다. 자신의 모습을 새롭게 발견하는 특별한 계기를 만들어 주는 운동이다.

친구와 함께 전주로 문상을 가는 길이었다. 동행한 친구는 서울에 있는 보증보험사의 임원이었다. 학창시절 왜소한 체격으로 크게 눈에 띄지 않던 친구였다. 오랜만에 만난 그 친구는 생뚱맞게 마라톤이야기를 했다. 마라톤을 달렸다고 했다. 그러면서 풀코스라는 말은 우리가 만든 말이라고도 했다. 흔히 이야기하는 풀코스는 정상적인 '마라톤'의 거리가 아닌 하프 마라톤이 생기고 나서야 생긴 말이라고 했다. 그러면서 그곳에 가는 내내 그는 침이 마르도록 마라톤이야기만 했다.

나는 겉으론 평온했지만 속으로는 엄청난 충격이었다. 마라톤 풀코스는 상상이 되지 않는 엄청난 거리였다. 당연히 아무나 다가설 수 없는 성역과도 같은 운동인데, 그가 갑자기 대단하고 위대한 인간처럼 생각되었고 평소 얄밉던 사촌이 엄청나게 많은 땅을 샀다는 이야기를 들을 것처럼 내 속이 아프다 못해 뒤틀리기 시작했다.

40대 후반, 나의 일상은 평온하게 흐르고 있었다. 부자는 아니었지만 먹고 사는데 어려운 형편도 아니었고 작은 규모였지만 사업은 잘 굴러가고 있었다. 하지만 사는 게 밋밋했고 공허감이 찾아들었다. 머지않아 새로운 천년이 시작된다며 들뜬 분위기가 이어졌지만 내겐 아무런 감흥도 불러일으키지 못했다.

서울로 돌아와서 뒤틀린 속을 다스린다며 다음날부터 달리기 시작했다. 팔과 다리를 움직이며 달리는 운동은 특별한 지도나 자세가 필요한 것이 아니었지만 굳어있던 몸을 움직이는 것은 쉽지 않은 일이었다. 일과가 끝나면 석촌 호숫가를 달렸고 주말에는 팔당댐이 가까운 한강 둔치를 달렸다. 그것은 단순히 팔과 다리를 움직이며 달리는 몸의 동작이 아니었다. 내 인생 후반부에 새로운 패러다임이 생성되는 울부짖음이었다. 망망대해를 떠돌다가 발견한 신대륙이었다. 히말라야 고봉에라도 오르겠다는 것처럼 낯선 도전의 시작점이었다.

고등학교를 졸업을 앞두고 사관학교를 생각했었다. 장군이 되겠다거나 하는 거창한 꿈이나 야망이 있었다기보다 집안형편 때문이었다. 소풍날이면 어머니는 계란을 팔아 동전 몇 닢을 쥐어주시기도 했지만 막대사탕 하나를 사먹지 못하고 어머니께 다시 돌려드리곤 했다. 어머니는 편치 않은 마음을 감추시고 "아들아, 너는 눈 오는 날 발가벗겨 밖에 내놓아도 살 수 있겠구나." 하시며 쓸쓸해 하셨다.

자존심이 따리처럼 마음에 비집고 앉아 학창시절을 옥죄었다. 교복조차 새로 장만하지 못하고 7년이나 위인 동네 형님의 색 바란 교복을 얻어다 입어야 했다. 체육복이 없어 체육시간에는 맨 앞에 나와 무릎을 꿇어야 했다. 고등학교 졸업식에는 졸업비가 없어 참석하지 못했다. 불편한 것일 뿐이라며 마음을 다잡아도 이미 자존심은 만신창이였다. 궁핍에 얽매이지 않으리라 다짐했지만 거울 앞에선 나는 초라하기 그지없었다.

초등학교시절 나는 남 앞에 나서지 못하는 숫기가 없는 소년이었다. 학기 초 반장을 뽑을 때도 친구들에 의해 추천은 되었지만 선거에서 탈락되기를 간절히 바랐다. 그런데 반장이 되었다. 다음날 선생님께 '저는 반장을 잘 할 자신이 없습니다.'라고 말씀드릴 것이라고 수없이 되뇌이며 잠을 청했다. 그러나 결국 그 말도 꺼내지 못하고 지나갔다. 등굣길에 '열중쉬어', '차렷' 구령을 수없이 반복하며 연습했다. 그것은 본래적인 나의 성격이었을까? 궁핍에서 비롯된 위축이었을까?

　이런저런 이유로 많은 고등학교 친구들이 사관학교를 지망했다. 나도 그중에 끼고 싶었다. 그러나 나는 남 앞에 서야 하는 지휘자가 된다는 것에 도저히 자신이 없었다. 결국 나는 사관학교 지원을 포기하고 말았다. 그것은 본래적인 나의 성격이었을까? 사춘기 내내 궁핍에서 비롯된 위축이었을까?

　중학교 1학년 겨울방학 때 형님 댁에 다니러 오면서 처음 서울에 올라올 기회가 있었다. 당시 형님네는 군자동에 살고 계셨다. 시골 촌놈에게 서울은 새로운 세상이었고 모든 것이 신기했고 감탄스러웠다. 김포공항으로 구경을 나서기도 했다. 어른이든 아이든 처음 시골에서 올라오면 창경원이나 남산은 필수코스처럼 다녀봐야 하는 곳이었지만 김포공항은 아니었을 것이다. 책이나 화면 속에서만 보았던 공항을 나는 꼭 한 번 보고 싶었다. 시골 소년에게 여객기는 여러 번 보아도 질리지도 않는 특별한 것이었다. 공항의 담벼락을 타고 올라 뜨고 내리는 비행기를 보면서 망망한 꿈을 비행기에 띄워 올렸다.

　영어를 열심히 공부해서 어른이 되면 외국에 가고 싶다는 꿈이 있었다. 중학교에서 고등학교까지 기차 통학을 하면서 기차역까지며 들길이며 제방 길을 걸어 다니며 영어의 구문과 문장을 외웠다. 케네디 대통령의 취임연설문도 외웠다. 군 생활 중에는 고참병 대신 서준 불침번 시간과 상황실 벙커에서 무전기를 타고 오는 외국인의 발음을 익혔다. 엘비스 프레슬리의 팝송 가사를 들으며 그들의 표현력을 익히기도 했고 AFKN 청취도 꾸준히 했다. 헌책방에서 산 콘사이스 맨 뒷장에 표시된 이름은 네 번째를 넘어서는 낡은 것이었지만 영어실력은 첫 번째가 되고 싶었다.

고등학교를 졸업하고 서울에 있는 대학에 지원하려고 했지만 학비는 물론 원서 살 돈도 마련하지 못해 대학 정문 앞에까지 갔다가 돌아서야 했던 아픈 순간을 기억한다. 원서 살 돈도 없이 나는 왜 그 학교 앞까지 갔을까? 그것은 미련이었다. 조용한 울음이었다. 대학교 정문 앞에서도 초라할 수밖에 없는 나 자신을 확인하는 자학이었다.

영어 실력만이 내 인생의 자원이었다. 무역회사에 입사했을 때 나는 입사 동기들보다 우수한 영어실력으로 봉급도 더 받았고 지금까지 전 세계를 누비며 신발을 팔러 다닐 수 있었다. 그렇게 외국인들을 만나 장사를 하면서 교유의 폭을 넓혔고 국제적인 감각을 체득했다. 그것이 후에 세계울트라마라톤연맹에 참여하는 자양분이었다.

나름대로 열심히 살아왔다는 자부심도 있지만 마음 한구석, 채워지지 않는 허기는 떨쳐버릴 수 없었다. 주말이면 외제 승용차를 타고 골프를 치러 다니는 사람을 보고 비웃었지만 그것은 마치 이솝우화에 나오는 여우의 역할 같았다. 높아서 따먹을 수 없는 포도를 너무 시어서 따먹지 않는다는 변명을 하는 것이다. 가장으로서의 몫과 도리에도 자신이 없었다. 40대 후반을 넘어가는 고갯길에 섰다. 거창한 목표나 꿈을 이루어내기 위하여 힘든 것이 아니다. 헛헛했다. 그리고 그것은 본래적인 나의 성격이었다. 불혹(不惑)이 아닌 늘 흔들리며 살아왔던 것이다. 그런데 마라톤이 내게 말을 걸어왔다. 바다 한 가운데 고립되었다고 생각한 내 인생의 고독에 마라톤이 들어섰다.

많은 사람들이 마라톤을 좋아하고 중독 증상까지 보인다. 올림픽 금메달리스트인 황영조는 "훈련 중 힘들게 뛰는 나를 감독이 뒤에서 차로 밀어붙일 때면 차들이 질주하는 맞은 편 차도로 뛰어들고 싶었다."고 토로한 적이 있다.

국민 마라토너로서 사랑을 받았던 이봉주는 "고통을 생각하는 것 자체가 고통"이라고 말했었다. 고행일수도 있는 마라톤을 왜 좋아하느냐고 묻는다면 나는 답할 것이다.

"달려보면 안다."

갈매기 '조나단'을 생각했었을 것이다. 단지 먹이를 구하기 위해 높이 나르는 것이 아닌 또 다른 의미를 추구했던 갈매기 조나단처럼 나도 마라톤을 통해 새로운 세계를 추구하고 나아가고 싶었을 것이다. 결국 마라톤은 나를 단련하고 완성하기 위한 도구가 되었고 꿈을 꾸는 이상향의 세계로 인도해주는 길이 되었다.

처음 마라톤을 달렸던 곳은 경주였다. 아내가 동행해주었는데, 아내는 출발 전까지 포기를 종용했다. 그러나 나는 극한의 고통을 견디며 완주 선에 들어왔다.

인간들은 가지가지 놀이와 운동, 도박 등을 만들어 여가시간을 즐긴다. 그 놀이와 운동을 총칭하여 유희라고 한다면 인간이 만든 유희 중에 최고의 유희는 무엇일까?

러스킨은 말했다.

"인내는 쾌락의 근본이고 여러 가지 권능의 근본이다."

마라톤을 달려보면 안다. 깨닫는다. 인간이 만들어 노는 최고의 유희는 단연 마라톤이라는 것을.

나는 남 앞에 잘 나서지 못했던 숫기 없는 소년으로 어린 시절과 청년시절을 보냈다. 그렇게 오랜 시간 단단한 옹이처럼 뭉쳐진 나의 속심은 거친 호흡을 내뿜어야 하는 마라톤이라는 분화구를 통해 분출됐다. 누구를 의식할 필요 없고 뒤를 돌아다 볼 필요도 없다. 그저 앞만 보고 달리면 된다. 마라톤 앞에서는 시간도 무의미해진다. 완주선의 도착 제한시간을 제외하고는 중간시간을 확인하지도 않았고 남들과의 비교도 필요치 않다.

마라톤을 달리는 사람들을 마치 중독이라는 병증이라도 있는 것처럼 섣불리 재단하기도 한다. 그러나 달려본 사람들은 안다. 군 생활 중 행군 훈련은 반복에 반복을 더해도 익숙해지지 않는 훈련이었다. 마라톤이 그렇다. 아무리 마라톤을 수십 번 완주했다고 해도 익숙해지거나 친숙해지는 법이 없다. 늘 새로운 고통과 마주서야 하는 운동이다. 그래서 또한 늘 새로운 희열이다.

밥벌이를 위한 일을 해야 하고 그 짬짬이 틈을 내어 달려야 한다. 다리는 정확하게 달린 거리를 기억하고 있다가 대회가 있는 날이면 그대로 결산해주는 무엇보다도 정직한 신체다. 요행이나 행운은 없다. 준비한 만큼 편하거나 기록을 단축할 수 있게 해줄 뿐이다. 상념이 너울대기도 한다. 인간이기에. 그러나 그 상념은 단아하게 정리된다. 열이 오르고 땀이 나기 시작한다. 어떤 식으로든 상처를 주고받을 수밖에 없었던 타인과의 관계가 머릿속에 젖어든다. 그 관계 속에서 나는 얼마나 보잘 것 없는 것을 추구했고 경직되어 있었던가? 그런 나는 육체의 고통과 희열 속에서 사라지고 만다. 지금 달리고 있는 나는 또 다른 나다. 그리고 이내 나는 달리고 있는 나조차도 잊는다. 무아의 경지다. 나는 자연의 한 풍경이 되어 바람과 함께 이리 저리 휩쓸려 다니고 있다. 내가 바람이 된 것이고 바람이 된 나는 바람이 되지 못했던 나를 잊은 것이다.

그렇게 마라톤은 나의 일상이 되었다. 풀코스를 넘어 울트라 마라톤에 도전했고 100km를 넘어서 한반도 횡단 308km와 종단 537km, 622km도 달렸다. 허벅지에 바셀린을 쳐 바르고 타이즈 바지의 바느질 솔기가 바깥으로 나오게 뒤집어 입었다. 젖꼭지에 테이핑을 하고 어둠을 대비해 헤드랜턴 스위치를 돌려 불빛을 확인하고 긴긴 밤을 새우며 달리고 또 달렸다. 한꺼번에 발톱 다섯 개가 모두 죽어나가기도 했다. 한걸음 내딛을 때마다 바늘 끝으로 찌르는 고통이 단숨에 머리까지 치닫는 순간에 80년을 살기도 한다는 독수리를 생각했을 것이다. 독수리가 그 나이까지 살려면 그 중간쯤에 변신을 위한 고통의 터널을 통과해야 한다는 이야기다. 독수리 나이 40살쯤이 되면 부리가 굽어져 가슴 쪽으로 파고들고 발톱 역시 굽어져 먹이 사냥을 할 수 없게 된다고 했다. 이 때 독수리는 절박한 결단의 기로에 서게 된다. 일 년쯤 더 살다가 굽어져 들어온 부리 때문에 사냥도 못하고 죽든지 아니면 지옥의 고통을 감내하고 변신해 40년을 더 살 것인지를 결정해야 한다.

결단을 한 독수리는 절벽 꼭대기에 올라가 급강하하면서 자신의 부리를 바위에 처박는다. 부리는 으깨져버린다. 그리고 기다린다. 그 자리에 다시 날카로운 새 부리가 돋아나기를. 새부리가 생기면 독수리는 그 부리로 휘어져 못 쓰게 된 발톱을 뽑아낸다. 빠진 발톱 자리에 새 발톱이 돋아나고, 새 부리와 새 발톱을 가진 독수리가 제 2의 삶을 시작할 수 있다.

나 또한 독수리처럼 발톱을 뽑아내는 것이라고 스스로를 위안하고 격려했다. 유치하고 자랑스러웠다.

마라톤을 시작하면서 얼마 안 되었을 즈음에 신문에 난 사진 한 장을 오려 벽에 붙여놓았다. 고비사막을 달리는 마라토너의 사진. 사막은 내가 도달해야 할 신대륙이었다. 조바심이 일었다. 엷은 망사 치마 속 처자의 섹시한 허벅지를 본 선머슴아처럼 그 가파른 허벅지에서 눈을 뗄 수 없었다. 열망이다. 나는 미쳐가고 있었다. 차가운 이성으로도 제어할 수 없었다.

드디어 비행기에 오르고 사막에 도착했다. 그런데 그 가슴 깊던 설렘 옆에 두려움이 들어섰다. 황량한 사막을 달려야 한다는 두려움이 엄습했다.

천지창조가 오래지 않은 듯 했다. 사막은 내 안에 잠들어 있던 원시의 야성을 깨워주었다. 한계가 분명한 내 사유의 폭이 우주팽창과 함께 확장되는 느낌이다. 노련한 바람둥이의 혀끝에 달뜬 여인처럼 가슴 저 밑에서 열락의 감창이 절로 흘렀다.

그러나 열락으로 번져나던 감창은 달리기를 시작하기 전에 끝나고야 말았다. 도착하면서 여장을 푼 숙소는 주변의 공사장 소음에 흔들렸다. 잠을 제대로 자지 못하고 경기장으로 출발했다. 그런데 이건 또 무슨 악재인가! 도중에 차가 진흙탕에 빠지고 차를 빼내는데 무려 6시간이 걸렸다. 이틀간 잠을 제대로 자지 못하고 반나절을 덜컹거리는 차속에서 보내고서야 출발선에 설 수 있었다. 속도 머리도 정상이 아니었다.

아, 사막이다. 그토록 열망했던 사막이다. 해괴한 식물들이 눈에 띠기도 하고 바람이 모래를 한껏 품은 채 나를 덮치기도 했다. 사막은 호락호락하지 않았다. 나의 뜀걸음 하나하나에 사막은 내게 점점 더 거친 야성의 모습을 요구했다. 나는 거기에 순응하려고 했지만 힘에 부쳤다. 대회 포기까지 생각했지만 '조금만 더'를 수없이 외치며 자기 암시를 걸었다. 저 언덕까지만, 그네들이 '오워'라 하는 서낭당까지 만을 읊조리며 말이다. 해발 고도 1800m였다. 그렇게 서로를 격려하고 스스로에게 각진 날을 세우며 완주 선에 도착했다.

내 인생에 우연히 끼어든 마라톤이었고 나는 그 우연에 열광했다. 그리고 마라톤을 너머 울트라마라톤을 정복했다. 무엇이 나를 이토록 열광케 했을까? 자신의 행위에 관한 성찰은 자신이 가장 잘할 수 있다. 그러나 나의 이 우연을 나는 설명할 수 없다. 왜 마라톤이, 울트라마라톤이 나를 열락의 세계로 인도해주는 지, 나는 알 수 없다. 우주의 신비라는 거창한 이름을 달았다. 나는 우주의 신비에 도취해 뛰었고 그 끝에서 세상을 다 품은 현자의 모습으로 쓰러져 헉헉댔다. 하늘에서 독수리 떼가 바라보는 듯했다. 나는 자신의 부리를 으깨고 새로운 부리를 탄생시킨 독수리였다.

대한민국 울트라 마라톤 명예의 전당에 내 이름 석 자를 붙였고 나아가 회원 수 500명도 안 되는, 걸음마를 시작한 대한울트라마라톤연맹의 국제이사가 되었다. 그래서 모나코에 있는 세계 본사와의 교류도 책임지게 되었다. 우리보다 앞서갔던 그들의 100년 울트라 아성에 내 얼굴을 알리게 되었던 이유는 그동안 영국과의 신발무역을 통해 다져진 세련된 품행, 고품격 언어, 다져진 신뢰가 통했을 터이다. 그래서 세계울트라마라톤 연맹(IAU) 수장들과의 일대일 접촉에도 당당했다. 기죽지 않았다. 그렇게 보낸 지난 8년 여, 그들은 내게 책임을 더 지우려했다. 내가 좀 더 자랑스러워질 수도 있는 일이다. 그들은 나를 세계 울트라연맹 아시아 대표로 임명했고 나는 흔쾌히 수락했지만 어깨가 무거움에 숙연해지기도 했다.

　마라톤을 하면서 인간의 한계를 생각하곤 한다. 지난 67년 충남 청양의 구봉 탄광에서 매몰사고로 갇혔던 광부 김창선 씨는 15일과 8시간이 더 지나서 구조된 기록이 있고 삼풍백화점 붕괴 시에는 젊은 처자가 17일 만에 구조된 적이 있었다. 물론 개인의 신체적인 조건과 상황에 따라서 달라지는 것이지만 인간들이 설정하는 한계는 관념 속에 갇혀지는 것이 대부분이다. 그 관념을 부수고 나왔을 때 한계를 극복할 수 있다.

　풀코스는 물론 100km를 넘어서는 극한의 고통을 체험하고 극복하면서 고통이 전부 다가 아니었다는 것이다. 고통이 전부였다면 나는 진즉에 마라톤을 버렸을 것이다. 아니 절대 할 수 없는 것이었다. 내가 두 발로 뛴 것은 물리적 거리가 아니라, 깊은 생각, 넓은 사유로의 확장이었고 더하여 먼 우주로의 유영이었다. 단순한 달리기가 아니었다. 내 영혼을 고통이라는 수레에 올려놓고 그 수레를 밟아 돌리며 이동하는 순간의 기쁨을 알아채는 도구로 삼았다는 것이다. 그것은 내가 지금껏 살아오면서 본성을 억누르고 현실에 타협하며 살았던 불완전한 자아에 대한 보상과도 같은 것이었다. 달리는 동안 내 육체와 영혼은 서로 진한 교감을 나누었고 자유를 만끽했다. 심신일여(心身一如)의 경지다. 광활한 안데스 산맥을 홀로 넘나드는 콘돌에게서 보여지는 고고한 자유와 고독의 체험이었다. 고독 속에 진정한 자유가 존재했고 자유 속에 고독할 수 있었다.

피물집으로 문드러지는 발가락, 땀의 수분은 증발하고 소금만 남아 그 소금 결정체가 살 속을 파고들어 시뻘건 고추장같이 되어버린 허벅지, 그래서 종국에는 양수 터진 임산부의 모습으로 200km를 더 달려야만 하는 낭패와 절망감, 그 거리는 어떤 힘으로도 절대 당길 수 없다는 절박함.

누구도 강제한 것이 아니었으니 언제 어디서건 그 자리에 주저앉아 '더 이상 못가겠다'고 소리쳐도 문제될 것이 없음으로 오히려 포기할 수 없음에 진저리를 쳐야했던 것은 역설의 극치였다.

무엇이 날 그렇게 만들었을까? 무엇이 나로 하여금 그런 죽음 같은 극한의 상황을 의연하게 감내할 수 있는 쾌락의 통로를 만들어주었는가? 그것은 극한의 상황을 겪어본 사람만 알 수 있는 절대적인 진리와 같다. 현실로 돌아오면 흔적도 없이 사라지기도 했지만 살아가면서 주변의 누군가에게 들이미는 불평이나 타인에 대한 원망은 다 부질없다는 것을 깨치는 순간이기도 했다.

그랬다. 사람은 미움과 분노를 던져버리는 것이 더 좋을 것이라는 생각을 하지만 그게 쉬운 일이 아니다. 자신이 살기 위해서 어쩔 수 없었다는 빤한 명분으로 함부로 무시하고 모멸감을 주었던 사람을 용서하고 내가 먼저 손을 내미는 일이 얼마나 어려운가?

나에게는 한 때 내 목숨과도 바꿀 수 있다고 믿었던 한 친구가 있었다. 친구가 눈이 먼다면 내 한쪽 눈을 주어야 한다고 생각했고 청력을 잃는다면 나도 그렇게 되어 수화로 이야기를 할 것이라고 생각했다. 어느 날 그 친구는 돈 이야기를 했다.

"친구에게 돈을 빌려주면 돈은 물론 친구고 잃게 될 것이다."

아내가 말했고

"내 재산의 반을 그냥 주어도 아깝지 않은 친구이니 잠자코 있으라."

내가 답했다.

친구는 내게서 돈을 빌려갔고 사정이 여의치 못해 돌려주지 못하게 되었다. 그리고 그렇게 멀어져갔다. 언제나 만나면 샘솟던 무궁무진했던 대화, 웃음과 환희도 멀어져갔다. 나는 그 친구가 빌려간 돈의 액수에서 자유롭지 못했다. 속병을 앓았다.

한없는 고통 속에 나를 던져놓고 달리면서 그렇게 뒤도 돌아다보았고 나를 얽매고 있던 감정의 족쇄도 생각했다. 스스로 만든 감옥이었다. 나는 그 감옥에 갇혀 있었다. 감옥에서 탈출하는 길은 나부터 그 응어리에서 자유로워져야 했다. 일단 먼저 나만을 생각해야 한다. 그를 용서해야 한다는 생각 자체가 다시 감옥으로 돌아가는 것이다. 나는 자유의 의미를 깨달으며 지난 시절을 반추했다. 가난하고 숫기 없는 소년으로 가져야 했던 상실감을 상쇄하는 또 다른 자유를 얻을 수 있었다.

엎어터지고 짓밟히면서 내가 더 단단해졌다. 가난과 배고픔, 나의 모자람이 극한의 고통을 이길 수 있는 자양분이 되었다.

너른 들녘 내 고향 춘포의 황홀한 석양 노을에 반짝이던 황금물결, 남의 집 벼 포기들의 슬프도록 아름다웠던 비애. 어머니께서 당신의 아픔을 가리시며 나에게 해주셨던 말씀.

"아들아, 그렇다고 죽지는 않아."

나의 과거는 절망의 긴 터널 속에서도 빛을 보는 희망으로 승화되었다.

달리면서 느낀 고독과 자유는 나를 새로운 사유의 세계로 이끌었다. 편지 한 장 제대로 써보지 못했던 내가 마라톤 주제로 글을 써서 남에게 보여주는 소통의 기쁨도 주었다. 글을 통한 존재감의 추구는 희망 사항이었을 테지만 결국 세상의 많은 사람들과 소통할 수 있었고 내 존재의 외연은 넓어졌다.

『달리기를 말할 때 내가 하고 싶은 이야기』에서 일본의 작가 무라카미 하루키는 묘비명에 "무라카미 하루키, 적어도 끝까지 걷지 않았다."라고 쓰고 싶다고 했다. "우물쭈물하다가 내 이럴 줄 알았다."라는 그 유명하고 유쾌한 묘비명처럼 나도 달릴 때면 허튼 고민처럼 나의 묘비명을 생각한다. 독백처럼 허공에 우물거리기도 한다.

'사랑한 것은 이유가 없었다.'

마라톤은 일견 인생사와도 닮아있다. 거창한 의미를 부여하거나 가치를 부여하거나 한다면 삶은 휘청거릴 수밖에 없을 거라는. 누군가는 "인생은 즐겁게 사는 거야."라고 말하기도 하지만 그것은 참으로 어려운 일이 아닌가.

마라톤은 내가 달려야 할 거리가 주어진다.

인생은 내가 살아야 하는 시간이 주어진다.

마라톤은 순간순간 희열이 다가오지만 고통의 시간을 극복해야 한다.

인생은 순간순간 행복을 느끼지만 치사하고 누추하더라도 살아내야 한다.

마라톤이 정해놓은 골인 점에 다다르기 위해 달리듯이 결국 인생도 죽음이라는 골인 점에 다다르기 위해 살아가는 것이 아닌가.

불광불급(不狂不及), 미치지 않으면 거기에 미치지 못한다. 마라톤을 하면서 수없이 떠오른 말이다. 그러나 나는 포기할 줄도 알았다. 즉 마라톤 그 자체가 나의 삶 목표의 전부가 아니라는 것을 깨달았다는 것이다. 유라시아 대륙횡단, 미 대륙횡단, 오스트렐리아 대륙횡단 등 가야 할 길이 많이 남았지만, 현재에 머물기로 했다. 나에게 또 다른 도전의 길이 있기 때문이다. 그 모든 것을 다 하려면 나의 모든 것을 포기해야 하는데, 내 가슴에는 채워져야 할, 따스한 정서로 적셔줘야 할 다른 공간이 있음을 알았다. 나의 어머니 같은 모습으로, 내 고향 호남평야 만경들녘이 나에게 물려준 천진한 정서로 그곳을 채워 넣으려고 한다.

찬바람이 거리를 지나던 겨울 어느 날, 버스 정류장 전신주에 풍물 신입회원 모집 광고를 보았다. 그리고 그곳을 찾았다. 어두컴컴하고 퀴퀴한 지하실 풍물교실 계단을 내려갔다. 그곳 선생님께 절박하고 절실한 마음을 담아 전했다.

"나의 고향은 전통문화도시 전주입니다. 풍물 가락을 배우고 싶습니다."

그날부터 달리는 틈틈이 장구의 열채와 궁채를 잡고 미친 듯이 패대며 보냈다. 그렇게 4년 여, 나랑 같이 배우던 그 많은 사람들은 모두 나가떨어졌다. 나는 온전히 그곳에 있었다. 새벽에 일어나 화장실 변기에서 내 두 다리가 시뻘게지도록 두 다리를 장구삼아 가락을 외웠고 순서를 가다듬었다. 부족하지만 그렇게 우리 가락을 가슴에 품고 손끝에 거머쥘 수 있게 되었다. 그리고 우리 별 사람들, 지구인들에게 우리의 가락을, 나의 혼을 전하게도 되었다.

친구라고
말할 수
있기까지

출가가 아닌 가출이 희망사항이었던 적이 있었다. 베갯잇을 적시며 잠드는 날에는 꿈을 꾸었다. 가출, 몰래 집을 나가는 꿈이었다. 채 흘러내리지 못한 눈물을 담고 상상의 나래를 펼쳤다. 꿈이라고는 했지만 멋진 미래를 설계하는 꿈이 아니었고 잠속에서 꾸는 꿈도 아니었다. 너무나도 절실한 바람이었다. 잠이 들어서는 실제로 꿈을 꾸었다. 그 꿈은 오지도록 달콤해서 새벽녘까지 이어지곤 했다. 장항선 완행열차를 탔고 낯선 도시를 기웃거렸다. 허연 입김이 떠다니던 차가운 방안, 아침잠에서 깨어나면 쥐들이 천정에서 뛰어다니고 흙벽이 드러난 방안이었다. 결국 꿈속에서만 나는 행복했다.

예나 지금이나 세상의 많은 10대들은 가출을 꿈꾼다. 이상을 위해서 꿈을 위해서 가출을 꿈꾸는 아이도 있겠지만 당시 깡촌에서 태어난 10대의 가출은 자신의 환경이 싫어서 자신을 옭아맨 가난의 사슬이 싫어서 가출을 꿈꾸었다.

1977년 2월이었다. 나는 가출했다. 이불보퉁이를 메고 농업학교 입학을 위해서였으니 온전한 것도 아니었다. 초라하기 그지없는 가출이었다. 용기없는 가출이었다.

내가 태어나고 자란 곳은 50여 가구의 작은 마을이었다. 당시 나와 같은 학년 또래들이 무려 열여섯이나 되었다. 일견 좋은 일일 수도 있는 상황이다. 그러나 우리나라의 그 무서운 경제성장의 속도와 자본에 비례하여 우열을 따지는 정신세계는 한 동네 같은 또래의 우정과 신의를 짓밟기에 충분한 사연들을 만들어 냈다.

어머니는 남의 집 품을 파는 일로 생계를 책임졌다. 나는 그런 집을 하루 빨리 벗어나길 기다렸다. 이미 초등학교만 마치고도 대처에 나가

공장에 다니는 친구들도 있었다. 어떤 사람들은 그 친구들이 가다마이(그 때 우린 그렇게 불렀다)를 빼입고 비누나 샴푸 같은 선물꾸러미를 싸들고 고향에 내려오면 부러움의 눈길을 보냈다. 아니 내 자식은 왜 가출도 하지 않나?

하루 열네 시간, 열다섯 시간의 노동은 보통이라고 했다. 잠이 안 오는 타이밍이나 명랑을 먹고 밤새 일하고 잠깐 눈 붙이고 또 똑같은 일을 반복했다. 공장 반장의 목소리는 절대 명령이었다. 그의 눈밖에라도 날라치면 당장 해고되어 길거리의 부랑아가 되기 십상이다. 반장은 편한 일을 시켜준다며 열여섯, 열일곱 여자 아이들의 치마 속을 넘보기도 했고 다음 달 갚는다고 월급을 빌려가 입을 닦기도 했다. 대들 수가 없었다. 항의할 수가 없었다. TV에 나오는 자랑스런 대한민국은 나날도 발전했고 내가 그 첨병 노릇을 하고 있으니 그리고 고향에는 철모르는 동생들이 대학공부까지 하겠다고 눈을 초롱 초롱 뜨며 누나를 반기거나 병든 아버지 할아버지의 천식 기침 소리가 꿈결까지 따라오는 상황이었다.

그에 비하면 나는 축복받은 아이였다. 부모님은 나를 공주의 고등학교까지 갈 수 있게 해주셨다. 농업고등학교였다. 그리고 나는 그리 성숙한 인격을 가지지 못했다.

길거리에서 인문계 고등학교에 다니는 아이들을 보면 괜한 주눅이 들어 뒷골목으로 돌아가거나 땅을 보며 그들을 스쳐 지나갔다. 기숙사의 환경은 형편없었다. 추웠고 배가 고팠다. 물론 집에서도 추웠고 배가 고팠다. 그러나 그곳에는 식구가 있었다. 이 세상 그 어떤 생명도 어머니의 자궁안에서는 10개월을 기생한 뒤 세상에 나오게 된다. 그 아늑하고 포근했던 기생의 추억은 한 인간이 죽을 때까지 사라지지 않는다.

나의 가출은 어머니를 그리워하면서 서서히 그 생기를 잃어갔다.

사월이어서 식목일이었다. 식목일이서 단체로 나무를 심으러 산에 가야 했다. 물론 학교에서 강제로 권하는 노동이었다. 그런데 그곳에서 우연히 병승이를 만났다. 고향을 떠나온 지 일 년만이었다. 병승이는 초등학교를 마치고 정규 중학교가 아닌 재건중학교를 다녔다. 그래서인지 다른 또래들과 잘 어울리지 않았다. 그가 보기엔 내가 선택받은 아이로 보였을 것이다. 나는 인문계에 다니는 아이들에게 주눅이 들어있었다.

병승이는 한 살 위였지만 학교를 늦게 들어가 같은 학년이었다. 그렇게 공주에서 우린 만났다. 재건중학교를 마치고 직업훈련소에 다니면서 고등학교 다니는 학생들을 부러워하는 아이와 농업고등학교를 다니며 인문계 고등학교를 다니는 아이가 우연히 만났다.

우리는 식목행사가 끝나고 집으로 돌아가라는 선생님의 말을 어겼다. 우리는 여전히 그 산에 남아서 먼 하늘을 보며 이야기를 나누었다.

"어디서 지내니?"

"기숙사. 너는?"

"기숙사"

병승이는 담배를 꺼내 물었다.

몽실 몽실 피어오르는 담배연기가 편안했다. 나도 한 대 피워보겠다고 했다. 그리고 기침만 콜록대다 비벼끄고 말았다.

우리는 친한 사이가 아니었다. 그냥 한 동네서 자랐고 같은 초등학교를 다녔고 그리고 이미 서로의 갈 길은 달리 정해졌다. 그래서 해거름의 거먹구름이 몰려오는 걸 보고 산에서 내려왔고 그냥 그 길로 헤어졌다. 서로 잘살거나 말거나였다.

무엇을 꿈꾸고 어떻게 희망하는 지 우리는 알지 못했다. 답답하고 지겹게도 긴 사춘기였다.

그 날 밤 나는 12시만 되면 불을 끄라는 독사 사감 선생의 말대로 불을 껐다. 물론 평소에도 그랬다. 그러나 평소처럼 잠이 오지 않았다. 낮에 만난 병승이 때문에 초등학교 시절이 소록소록 피어올랐다. 16살 소년의 추억은 긴 밤을 세우고도 남을 만했다. 외로워서 그랬다. 앞으로 내 앞에 어떤 세상이 펼쳐질지 모르는 두려움에서 그랬다. 벌써 외로워서 추억을 떠올리며 잠을 이루지 못하는 소년이 되고 만 것이다.

삼시 세 끼 꽁보리밥으로도 배를 채울 수 없었던, 소풍날도 삶은 계란 한 알 품고 갈 수 없도록 가난한 초등학생이었다.

'조국 근대화'의 외침이 온동네를 울렸다. 유신의 시대였고 나는 초등학생이었다. 마을회관 앞으로 국기봉과 나란히 선 깃대에 걸린 새마을기가 큰소리를 내며 밤낮으로 펄럭였다. 유신 독재의 야만과 억압의 체제를 체감하기보다는 초가집도 없애고 마을길도 넓히며 새마을을 만들던 모습이 새롭고 마을 사람들의 마음을 사로잡았다.

어느 날 나는 학교 대표로 백일장에 나가 장려상을 받았다. 부상은 심훈의 소설 상록수였다. 나는 그 책을 밤새워 읽었다. 그리고 내가 처음 꾼 미래의 꿈이 바로 농촌운동가였다. 소설 속의 박동혁은 농촌계몽 운동을 하면서도 채영신이라는 아름다운 여자친구도 있었다. 뭐 그렇게 살면 잘사는 일이 아닌가? 어차피 어떻게 부자가 되는 줄 몰랐고 뛰어나게 공부를 잘해 학교나 집안에서 판검사가 될 아이로 점 찍히지도 않은 인생이었다.

초등학교 시절, 유신헌법 국민투표를 앞두고 담임선생님은 마을마다 가정방문을 다녔다. 학습지도나 가정환경파악을 위한 것이 아닌 10월 유신을 홍보하는 비중이 더 큰 일이었다. 당시 선생님은 가난했던 나의 아버지와 어머니를 만나 무슨 말로 유신을 찬양했을까? 험난하게 넘어야 했던 보릿고개에 10월 유신은 반듯한 터널 같은 길을 만들어 풍요로운 세상을 만드는 것이라고 말했을까? 유신이 아니면 공산당이 쳐들어온다고 말했을까?

영화관에서는 애국가가 나오면 기립해야 했고 이어서 대한 뉴스가 방영되었다. 유신의 홍보용으로 만든 만화들이 내가 살던 산골마을까지 밀려들었다. 인상좋은 화가 신동우 씨는 〈풍운아 홍길동〉을 들고 전국 마을 곳곳에 곧 다가올 아름답고 풍요로운 미래를 그려냈다.

'수출 백억 달러, 국민소득 천 달러'의 벅찬 상상을 주문하며 그가 그려내는 그림은 장밋빛 미래가 화려하게 펼쳐져 있었고 가파른 보릿고개를 넘던 이 땅의 백성들에게 행복해지는 꿈을 꾸라고 강요해댔다.

초가지붕을 걷어내고 돌담을 허물었다. 읍내에만 서있던 전봇대가 우리 마을까지 이어지면서 산골마을 사람들도 그가 그려내는 그림을 믿을 수밖에 없었다.

결과는 훌륭했다. 80년이 오기도 전인 77년에 수출 백억 달러를 돌파했다. 그러나 그 과정을 눈여겨 본 사람은 드물었다. 아니 많았을지도 모른다. 다만 어디론가 잡혀가서 그 모습을 드러내지 않는 것인지 몰랐다. 그 비밀의 과정에는 똥물을 뒤집어쓰며 자신들의 인권을 주장한 동일방직이 있었고 대학생 친구 한 명 없는 것을 원망하며 노동법을 공부했던 전태일이 죽는 과정을 눈여겨 본 사람은 드물었다.

그리고 세월호가 침몰한 2014년, 우리의 국민소득은 2만 달러가 넘었고 수출은 천억 달러가 넘어섰다. 그런데 크게 달라진 것은 없어 보인다. 세월호의 침몰은 성장제일을 추구하고 황금만능의 물신을 숭배하면서 살아온 세월의 단면처럼, 오로지 앞만 내다보고 더 많이 가지고 더 잘 먹고 잘살겠다는 야망으로 달려 온 세월이 얼마나 어리석은 세월을 써내려온 것인지 잘 보여 주고 있다. 사람들은 잠시 멈추어 좌우를, 그리고 뒤를 돌아보는 것을 꺼려했다. 그것은 허튼 몸짓이었다. 개인의 인격도, 공동체에서 가져야 할 공공의 선(善)이 싹을 피우지 못했다.

내가 병승이를 다시 본 것은 삼십년도 더 지난 가을날이었다. 나는 직업군인으로 근무 중에 있었고 추석을 맞이하여 고향집에 잠시 다니러 왔다. 초등학교 동창들이 체육대회를 연다는 소식을 알려왔다. 나는 집을 나오면서 병승이에게 전화를 했다. 집에만 있지 말고 운동장으로 나오라고 했다. 병승이는 학교에 다닐 때도 외톨이였듯 고향에서도 마찬가지인 듯 싶었다. 읍내에 있는 직업소개소에서 알선해주는 날일을 하거나 집에 있는 서너 마지기의 밭뙈기를 일구며 지낸다는 소식이었다.

그는 열 살에 초등학교에 입학했다. 예전에 시골마을에서는 태어난

직후 호적에 올리는 것이 아니라 돌이 지난 다음에 호적에 올리는 것이 다반사였다. 돌림병 같은 병으로 신생아의 사망률이 높았기 때문이었는데, 병승이가 취학연령이 지나 초등학교에 입학한 것은 몸이 약하고 또래에 비해 야무지지 못했던 이유도 있었을 것이다. 배움이 무엇인지 모르는, 삶의 진정한 멋이 무엇인지 모르는, 오직 먹고 사는 일이 노동으로부터 나온다고 믿는 촌부였을지라도 초등학교조차 보내지 않으려 한 것은 아니었을 것이다. 이유가 어찌되었던 그것은 결국 병승이가 오랫동안 외톨이로 지내야 하는 고립의 단초가 되었다. 면사무소 서기가 다녀가고 병승이가 학교 다니는 또래 아이들을 보고 울음을 터뜨렸다. 그리고서야 학교에 입학할 수 있었던 병승이는 이미 나이가 열 살이었다. 그러고 보니 초등학교에 다니면서부터 마을의 또래 아이들과 잘 어울리지 못했다. 그리고 중학교에 들어가면서까지 겉도는 생활은 더욱 심해졌다. 그리고 병승이는 1년 과정의 직업훈련원에 입소했다. 그 일 년을 마치고 공장생활을 했다. 그것은 우리나라의 산업화의 최일선에서 비지땀을 흘리는 자랑스러운 일이었다. 그러나 우리는 그들이 만든 옷과 가방을 들고 다니면서 그들을 공돌이 공순이라고 놀려대는 얄팍하기 그지없는 인간들이었다.

다른 아이들은 정규학교를 다니는데 자신은 직업훈련원 과정을 다니고 있었으니 그 열패감이란…. 사춘기 시절의 열패감은 평생의 트라우마로 작용되기 십상이다.

그가 대처에 나가 공장생활을 하고 고향에 잠깐 돌아온 적이 있었다. 바로 대한민국 남자들이 모두 거쳐야 하는―그러나 이 말은 사실이 아니다. 일부 상류층, 권력층의 군복무 실태를 보면 이 말은 수정되어야 한다.―군 복무를 위해서였다. 그는 고향에 돌아와 방위 생활을 했다. 그리고 다시 대처로 떠나갔다. 그와 아버지 사이는 더 벌어진 상태였다.

그리고 삼십 여 년이 지나 고향에 다시 돌아왔다. 원양어선을 타면서 얻은 무서운 육신의 병으로 몸도 마음도 한없이 쇠약해져 있었다. 그가 그렇게 집에 돌아왔을 때 아버지는 지병으로 입원 중이었고 닷새 만에 병원에서 돌아가셨다.

그런 그를 내가 불러냈다. 공이라도 같이 차자고.

초등학교시절 넓게 보이기도 했던 운동장은 그대로인데 너무나 작아진 모습으로 다가들었고 오학년 때 심었던 운동장가의 측백나무는 내 키보다 더 커져 있었다. 흘러간 세월만큼 모습이 변해버린 친구들, 그는 얼마 전에 나무를 베다가 나무가 몸 쪽으로 쓰러져 다리를 심하게 다쳤다며 절뚝거렸다. 그래도 나와 준 것이 고맙고 반가웠다. 점심시간이 지나고 그 친구는 집에 할 일이 있어 돌아간다고 했다. 그의 집으로 가는 산길을 같이 걸었다. 이런저런 이야기 끝에 그 친구가 심각해진 표정으로 이야기했다.

"사실은 나, 병에 걸렸어."

"무슨 병인데?"

그가 원양어선을 탔다는 것은 어렴풋이 알고 있었다. 마흔이 넘어 거의 8년간을 탔다고 했다. 통상 1년 단위의 계약으로, 1항차라는 표현을 하는데 여덟 번쯤을 나간 것으로 알고 있다. 여행으로 배를 타는 것이야 설렘을 주기도 하지만 생업으로 고기잡이배를, 그것도 원양어선을 사관(선장 등)이 아닌 신분으로 그토록 오랫동안 배를 탄다는 것은 혀를 내둘러야 하는 상상이었다.

병승이는 살인적이라고 밖에 표현할 수 없을 거친 노동과 열악한 환경 속에서 향수병과 외로움을 견뎌야 하는 원양어선을 승선하던 중 라스팔마스에 잠시 기항했다. 스페인령 카나리아 제도에 위치한 섬이었다. 그곳에서 잠시 머무르던 중 그곳의 직업여성과 관계를 가졌었고 정확하지는 않지만 그 연유로 몹쓸 병에 걸렸다는 것이었다. 처음에는 내 귀를 의심했다.

"정말이야?"

그 친구는 담담했다. 내가 보인 반응은 놀라움이었다. 그랬다. 나는 이미 그를 무시하고 있었거나 적어도 그 이야기를 듣는 순간 그가 가까이 해서는 안 될 친구라는 관념이 생긴 것이다.

후천성면역결핍증!

당시로는 먼 나라의 극악무도한 행위에서만 발생하는 병으로 인식했다. 치료제가 나오고 환자 자신의 윤리문제와는 관련이 없을 수도 있다는 사실은 먼 훗날 알게 되었다. 인간의 인식이란 이처럼 위험하다. 변화무쌍한 것은 자연이 아니라 인간의 인식이었다.

"도대체 왜 나한테 그따위 얘기를 하는 거야?"

들어서는 안 될 이야기를 들은 듯, 나는 무심했다. 그를 접촉해서는 안 될 친구로 낙인찍어 버렸다.

그 때 나는 그렇게 치사하고 비열한 놈이었다.

얘기를 마친 친구는 서낭당고개를 넘어갔고 나는 돌아섰다. 그러나 발걸음을 떼지 못하고 고개에서 한참을 망연하게 서 있어야 했다. 가을 은행잎이 발 앞에 수북이 쌓여 있었다. 그의 어깨 위에도 은행잎 하나가 팔랑 떨어진 듯했다.

몇 년 후 나는 그에게 용서를 빌었다.

그리고 그의 집에서 밤새 소주를 마셨다. 그는 미혼이었다. 쉰이 지난 나이였다. 그는 왜 아버지가 되지 못했을까? 그날 나는 그와 그의 아버지에 대한 이야기를 들었다. 소주를 연거푸 들이마셔야 했다.

나는 왜
아버지가 되지 못했는가?

나의 아버지는 꽁생원이면서 지독한 구두쇠였다. 구두쇠는 그렇다고 쳐도 아들의 입장에서 아버지를 꽁생원이라고 표현한다는 것은 불효다. 그러나 동네사람들이 거반 그렇게 표현했다. 그런데 구두쇠라는 표현도 사실 맞지 않는 표현일 수도 있다. 가진 것도 변변치 못했던 살림살이에서 아껴야 할 것도 변변치 못했으니 말이다. 아버지는 삼형제 중에 막내였고 삼형제 모두 같은 마을에 살림을 차렸다. 넉넉지 못한 형편에 고향을 떠난 형제도 없었으니 삼형제가 혼례를 치루고 분가하면서 차례로 나뉜 땅은 겨우 일 년 양식거리나 거둘 만큼의 작은 땅이었다.

열 살이 되었을 때 초등학교에 입학했다. 출생신고가 늦었기 때문이었고 정확한 이유는 나 자신도 모르지만 한 해 늦게, 취학연령이 지나 입학했다. 초등학교시절은 별 탈 없이 지났다. 공부에 두각을 나타내지 못했고 친구들과 잘 어울리지도 못했다. 아버지는 농사일 외로 집 밖을 거의 나서지 않으셨다. 마을의 경조사에도 특별한 경우에만 참석하셨고 사람들과 어울리는 걸 애시당초 싫어하시는 양반이었다.

술은 즐기지도 않으셨다. 어머니와 늘 같이 다니며 농사일을 하셨다. 어머니도 동네 마실을 나다니지 않으셨다. 아버지가 좋아하지 않았기 때문이다. 이웃들과 품앗이도 잘 하지 않으셨다.

여동생이 셋이었다. 나는 귀한 외아들이었지만 내가 그만큼의 몫을 못했던지 나의 존재감은 희미했다. 친구들이 집에 찾아오는 일도 거의 없었고 나도 집 밖을 잘 나서지 않았다.

초등학교를 졸업했을 때 나의 운명은 어긋나기 시작했다. 읍내에는 두 군데 중학교가 있었다. 정확히는 세 곳이었다. 두 곳은 정규중학교였고 한 곳은 이름도 낯선 재건중학교였다, 정규중학교는 시험으로 선발하다가 내가 입학하기 4년 전쯤에 무시험 추첨으로 바뀌었다. 재건중학교는 학비를 제대로 댈 수 없던, 가정형편이 어려운 학생들을 위해 지역 유지들이 운영하던 야학과도 같은 학교였다. 학비는 무료였으며 자원 봉사 교사들에 의해 운영되었다. 아버지는 나에게 재건중학교에 가라고 하셨다. 학비를 댈 수 없을 만큼의 어려운 가정형편은 아니었다. 명절 때면 읍내에 한 곳밖에 없던 지방은행의 지점에서 선물을 보내올 정도였으니 말이다. 당시에는 금융기관에 돈을 맡기고 빌리는 것이 흔치 않던 시절이었다. 얼마만큼의 금액인지는 모르지만 분명 은행에 예금한 것이 있었으니 선물을 보냈을 것이다.

아버지의 결정을 이해할 수가 없었다. 물론 초등학교만 마치고 읍내에 있는 목공소에 일하러 간 동무도 있었지만 그것은 다른 문제였다. 가장의 권위가 엄중하던 시절에 늘 억눌려 살아야 했던 당시의 상황이었다. 더욱이 공부에도 특별한 두각을 나타내지 못했으니 동네의 동무들과 늘 비교의 대상이 되었고 아버지의 핀잔에 익숙해져 있었다. 그러니 아버지에게 저항하거나 반박한다는 것은 생각할 수도 없는 일이었다. 아니 아버지의 꽁생원 같은 모습에 동화되어 가고 있었는지도 모른다. 그것은 내 인생의 험난한 질곡에 빠져드는 순간이었다.

돈이라는 것은 나에게 늪과 같은 것이었다. 나름의 멋진 삶을 살기 위하여 돈이 필요하다고 생각한 것도 아니다. 단지 내가 무슨 일을 해서라도 돈을 벌어야 한다는 의무감이 나를 지배하기 시작했다. 어리석은 가정이지만 만약 내가 그 때 아버지에게 재건 중학교에 가지 않겠다고 저항했다면 분명 나는 다른 삶을 살아가게 되었을 것이다.

교복이야 똑같았지만 모자의 목표는 달랐다. 같은 동네의 아이들과 잘 어울리지 못했다. 초등학교 때도 잘 어울린 것은 아니지만 이젠 아예 등하굣길에도 동무들과 같이 다니는 것을 피했다. 각자의 처한 상황을 이해하고 보듬어주는 나이가 아니었다. 키가 작다는 것으로도, 집안 형편이 다르다는 것으로도 따돌림이 있었던 시절이었다. 나는 자의든 타의든, 스스로 따돌림의 대상이 되었다.

중학교를 마쳤을 때 고등학교 진학은 이야기하지 않았다.

70년대는 산업화의 시대였다. '기술인은 조국근대화의 기수'라는 대통령이 내린 휘호가 공공건물에 걸렸고 육중한 돌탑에 새겨져 곳곳에 자리잡았다. 절대적인 빈곤에서 벗어나기 위한 경제개발 추진과정에서 도시화 산업화가 급속하게 이루어졌다. 산업화는 필연적으로 가난에 찌든 농촌의 젊은이들을 불러들였다. 당시 급속도로 진행된 이농이 농산물정책 등에 의한 농촌 피폐에 있었다는 것도 부인할 수 없는 사실이다. 그것은 공동체의 정서를, 인간성을 피폐시켰다. 그러나 그 평가는 나중에 할 수 있는 일이었다. 당시는 당장 배를 곯지 않는 것이 절실했다.

'공업입국'을 표방하며 공업계학교가 신설되었고 농촌의 학생들이 그곳으로 몰려 들었다. 그곳의 학비감면과 기숙의 혜택은 가난한 농촌의 우수한 학생들에게 충분한 매력이었다. 국제기능올림픽에서 우승하면 거리 카퍼레이드와 포상금이 주어졌고 회사에서 특별승진이나 경제적 혜택도 있었다. 직업훈련원도 마찬가지다. 정수직업훈련원은 당시 대통령내외의 이름에서 유래되었을 정도로 국가적인 관심이었다. 지역마다 1년 과정의 직업훈련원이 세워졌다.

나는 재건 중학교를 졸업하고 고향을 떠나 1년 과정의 직업훈련원에 입소했다. 고향을 떠난다는 것이 잠시 두렵기도 했지만 늘 떠나고 싶던 곳이었으니 설렘도 있었다. 기숙시설이 부족했기 때문에 지역주민의 집에서 하숙과 같은 생활을 했다. 농기계수리를 배우고 선반기술과 틈틈이 용접기술도 배웠다. 일 년 과정의 훈련원 과정을 마치고 부평에 있는 공장에 취직했다. 방위병으로 고향에 돌아오기 전까지였다. 현실이 답답했지만 그런대로 순응하거나 견디며 생활할 수 있던 시절이었다.

공장생활이 삼 년이 지나고 있었다. 그 생활에 익숙해져갈 무렵 입영통지서가 나왔고 고향으로 돌아왔다. 아예 현역병으로 입대하기라도 했으면 좋았을 텐데, 나의 중졸 학력은 현역군인으로서의 자격미달이었다. 그리고 그 자격미달인(人)의 옥쇄는 국가에 충성하며 젊음을 바치는 방위병 시절 내내 나를 가두었다.

이웃집 살강에 숟가락 숫자까지, 많은 것이 노출될 수밖에 없는 시골에서 방위병으로 근무한다는 것은 나를 옥죄는 것이었고 잠시 벗어났던 아버지와의 싸움을 다시 시작해야 했다.

동네 친구들은 대부분 현역병으로 입대했으니 비교의 대상이 될 수밖에 없었다. 아버지는 화가 날 때마다

"너는 인마, 개갈 안 나게 현역도 못가고 차비만 축 내는 겨."라며 대놓고 구박했다. 현역이든 방위병이든 내가 선택할 수 있는 범위 밖의 것이었다. 동네아이들조차 대놓고 'X도방위'라며 놀리기도 했다. 현역병들이 입는 민무늬 군복과는 다른 얼룩무늬 군복이 그렇게 추해보일 수가 없었다. 근무지로 나가서도 마찬가지였다. 한두 살 나이도 어린

현역병들에게 하대와 무시를 당했다. 하루라도 빨리 고향을 떠나고 싶었다. 아니 내 마음속의 감옥에서 탈출하고 싶었다. 어려서도 누구에게도 인정받지 못했고 중학교에 다니면서도, 이제 다시 고향으로 돌아와서도 마찬가지였다. 고향은 나에게 어머니의 품속처럼 따뜻한 안식처가 아닌 보이지 않는 감옥과도 같은 곳이었다.

공장생활 중에 보았던 영화, 빠삐용이 생각났다. 절해고도의 가파른 벼랑 속 감옥에서 벌레를 잡아 허기를 채우며 그가 꿈꾸었던 탈출은 어떤 의미였을까?

나는 나 스스로 감옥을 만들고 그 감옥에서 탈출을 꿈꾸는 바보라고 생각했다.

"네가 아무리 이 섬에서 탈출한다고 해도 네 마음의 감옥에서 벗어나지 못한다면 너는 여전히 감옥 속에 갇혀 사는 거야."

빠삐용의 탈출제의를 거부한 드가(더스틴 호프만 역)가 따라나서지 못하며 자신을 더듬거리듯 중얼거리던 말이었다.

사람들은 현실에서 물리적인 감옥에 갇혀 있지도 않으면서도 빠삐용의 모습을 꿈꾸기도 한다. 마음의 감옥 속에 갇혀 있기 때문이다. 더러는 현실에 안주하거나 비겁하게 순응하며 살아가는 자신의 모습을 감추고 가리려고 노력한다. 그러면서 과연 나는 얼마만큼의 자유를 가진 인간인가 하는 의문을 가지기도 한다. 실제로 인간이 가지거나 누리는 자유는 아주 미약할 수도 있다. 물리적인 한계와 지식과 표현의 한계에 부딪치기 때문이다.

드가의 말처럼 내 마음의 감옥은 어떤 것인가. 아버지와 소통하지 못하는 아픔은 높은 설산의 크레바스처럼 메워질 수 없는 간극이었다.

그것은 누구에게도 결코 드러낼 수 없는 아물지 않는 마음의 상처였다. 자신과도 소통하지 못하고 관계 속에서 소통하지 못하는 단절감, 타인과 비교되어지는 나의 나약함. 그리고 타인과 비교하여 가지지 못한 것에 대한 좌절감이 견고한 감옥으로 나를 가두고 있었던 것이다. 그 감옥과도 같았던 방위병 생활은 훗날 내가 아버지가 될 수 없었던 이유가 되기도 했다.

1년 6개월의 방위병 생활도 끝나갔다. 하루빨리 감옥과도 같은 고향을 떠나고 싶었다. 그러나 어디라고 나를 반가이 맞아줄 곳은 없었다. 다시 공장생활이 시작되었다. 여자를 만나기도 했지만 가정을 만들어야겠다는 확신이 없었기에 가볍게 스치듯 만나고 헤어졌다. 결국 가볍게 만날 수 있는 여자들이었다. 장남이면서 외아들이었으니 부모님의 성화도 있었지만 그것은 연애의 걸림돌이 되었다. 내가 부모님을 모실 일은 없을 것이라고 나 스스로에게 다짐을 했지만 여자들은 그런 다짐을 믿지 않았다. 그렇게 세월이 흘러갔고 서른이 지나고 마흔이 가까워지고 있었다. 가끔 고향에 들렀지만 잠시 들러 나왔다. 공장생활도 시들해져갔다.

같이 일하던 동료 중에 원양어선을 탔던 이가 있었다. 가끔 그와 술자리를 가지면서 그의 이야기를 들었고 원양어선을 타야겠다는 생각이 스멀스멀 기어올랐다. 부모님과 상의하거나 주변의 지인들에게 조언을 구할 문제가 아니었다. 그만큼 이 지상의 감옥에서 벗어나겠다는 염원이 절실했으니까 말이다. 바다는 이상향처럼 나의 도피처였다.

부산으로 내려갔고 소개업소를 찾아갔다. 구인광고에는 해운회사에서 직접 선원을 모집하는 것처럼 광고하지만 소개비를 수수료를 챙기는 소개업소에 불과했다. 그곳에서 여러 부류의 사람을 만날 수 있었다. 물론 나보다 대부분 어린 나이였지만 나름 굴곡 많은 인생을 살아 온 사람들이었다. 사회의 밑바닥에서 한 계단이라도 올라서기 위하여 몸비딤을 하였지만 결국 그 밑바닥에서 도약하지 못했거나 결혼생활에 실패했거나 하는…. 그리고 나처럼 스스로 마음의 감옥에 갇혀진 사람들이었다. 그네들은 지상의 감옥에서 탈출하기 위하여 배라는 또다른 도피처를 선택했던 사람들 같았다. 물론 독한 마음으로 목돈을 만들어보겠다는, 소위 '헝그리 정신' 파도 있었을 게다.

원양어선에 승선한다는 것은 요즘 말로 최악의 3D업종이었지만 구인난이 심각했던 시절이었다. 그래도 면접과정은 통과해야 했다. 신체검사는 기본이고 전과이력을 확인했다. 나는 나이가 많았지만 오랜 공장생활의 이력으로 그런대로 통과할 수 있었다. 승선이 확정되었지만 곧바로 출항하지는 않았다. 다시 병원에서 검진을 받고 어업훈련소에서 교육도 받아야 했다. 승선해야 할 배를 정비하는 일을 도와주었다. 어선은 60년대에 일본에서 건조되었다. 노후가 심했다.

배의 이곳저곳을 돌아다니면서 다시 빠삐용이 생각났다. 그가 야자수포대에 몸을 던지던 모습, 그가 꿈꾸었던 자유의 의미는 무엇이었을까? 감미롭거나 허무하거나 처절함이 배인 것은 아니었을까?

어업훈련소 과정 이수가 끝나고 선원수첩이 나왔고 출항날짜가 정해졌고 필요한 물품을 사러 자갈치시장에 나갔다. 담배는 당시 군에서 병사들에게 보급되는 면세담배를 살 수 있었다. 88이나 글로리, 한산도 등이었다. 속옷도 여러 벌 사고 세면도구도 샀다. 출항이 내일이었다. 미지의 세계로 탈출한다는 달콤함도 있었지만 뭍을 떠난다는 것이 마음 한구석을 아리게 했다. 잠깐 고향의 어머니도 생각났다.

출항을 앞두고 만선과 무사귀환을 염원하는 제를 올렸다. 제상 앞에서 시작된 술자리가 밤늦게까지 이어졌고 그날 밤은 만취했다. 이곳에 와서 몇 번 들렀던 항구다방의 미스 오를 불러냈고 절망스런 육신을 감추듯 그녀의 몸을 탐닉했다. 내가 만났던 여자들은 그렇고 그런 여자들이다. 정상적인 연인관계에 자신이 없었고 돈이라는 매개체를 노골화하는 것이 편했다. 정상적인 연인관계라는 것도 결국 돈에 지배당하는 것이라고 생각했다. 그것은 결국 내가 가정을 꾸리지 못했거나 아버지가 될 수 없는 직접적인 이유가 되었을 테다.

출항하던 날 선창가에 항구 다방의 미스 오가 나와 손을 흔들어 주었다. 다행이었다. 그녀가 손을 흔들어주니 초라한 내가 마치 파월장병이라도 된 것 같았다. 꼭 이기고 돌아오겠다며 파월장병처럼 나도 손을 흔들었다. 영진호는 천천히 부산항을 출항했다. 초겨울 된바람이 쌀쌀했다.

원양어선은 선단을 꾸려 출항했고 선장의 출신학교 지역명이 선단의 명칭이 되었다. 시속 10노트 내외로 24시간 쉬지 않고 항해를 계속했다. 목적지는 우리 땅에서 반대편에 있는, 오래전에 영국과 아르헨티나 간에 분쟁이 있었던 포클랜드제도 근처였다. 이곳은 우리나라와 지구의 반대편 있기 때문에 계절이 우리와 정반대. 포클랜드의 성어기는 4월초에서 5월말이었다. 7월이면 끝물이었다.

인도양을 거쳐 남아프리카 케이프타운을 돌아 남대서양인 포클랜드까지의 항로였다. 태평양을 통과하는 항로는 선호하지 않았다. 물론 태평양을 통과하는 것이 인도양을 지나는 것보다 5일 정도 빠르기는 했지만 바닷길이 험했다. 뉴질랜드까지는 바닷길이 편하지만 뉴질랜드를 통과하는 순간부터 칠레 남단 푼타아레나스 마젤란해협을 통과할 때까지가 문제였다. 태풍과 같은 거친 파도의 위험에 노출될 확률이 높았다. 중간 기착지인 싱가포르는 쌀과 음식, 선박, 면세유가 저렴했다. 우리가 인도양을 택한 또 다른 이유였다. 게다가 케이프타운까지는 날씨도 순했다.

24시간을 쉬지 않고 날마다 달려도 거의 50일쯤이나 걸리는 먼 거리였다. 그 50일간 해댄 토악질이란…. 거센 풍랑에 의한 멀미는 당해낼 방도가 없었다. 생존과 멀미 앞에 육신은 참 혐오스런 존재였다. 먹은 것 그대로를 토해내고도 굶을 수는 없었다. 음식을 입에 꾸역꾸역 집어넣으면 다시 토악질이다.

그러나 인간사 모든 일이 시간의 치유를 받는다고 했던가? 익숙해짐이 인간이 가진 무한한 능력중의 하나라고 증명이라도 하듯 멀미도 그랬다. 시간이 지나자 견딜만한 멀미가 되고 바다와 배의 리듬에 내 몸도 리듬을 맞추는 듯했다.

처음 출항했을 때 적도 해역을 지나던 때를 회상하면 꿈결 같은 아련함이 밀려온다. 호수 위를 지나듯 너무나 평온했던 바닷길, 밤하늘은 무수한 별들이 물비늘을 반짝거리며 흘러내리는 듯 했다. 잔잔한 밤바다의 물결을 헤치며 무수한 날치떼가 배를 따라 수면을 날았다. 항해등을 켜면 날치떼는 배위로 날아들었다. 내가 항해하는 곳이 바다인지 밤하늘인지 분간이 되지 않았다. 어린 시절 잠결에 오줌을 누러 나와 올려다 본 여름밤 밤하늘의 무수한 별들이 생각났다. 그러자 고향이 생각났고 어머니의 품속이 그리웠다.

적막과 평온속의 날치들의 뜻 모를 갈망, 우주의 심연이었다. 바람이 숨어버린 무풍지대를 만나면 습하고 후덥지근한 날씨로 짜증도 났지만 선미에서 소방호스를 이용하여 샤워하는 맛이 일품이었다. 서로 등을 밀어주고 아이들처럼 물싸움을 하며 잠시라도 긴 항해의 고통을 잊는 순간이었다.

배안은 나름의 규칙과 규약이 있었지만 법이 효력을 미치지 못하는 치외법권 구역일 수도 있다. 선장으로부터 말단 승선원까지 엄격한 계급이 있다. 거친 자연환경과 그 거친 환경 속에서 고기를 잡아야한다는 절대적인 이유가 그 계급의 정당성을 유지시켜 주었다. 항해 중에 강압적인 분위기가 강도와 수위를 더해갔다. 오히려 군대보다 더하면 더한 곳이었다. 출항전의 정돈되고 부드러웠던 분위기는 먼 나라의 이야기였다. 승선원 간의 폭력은 일상사였다.

실제로 원양어선에서 조선족 선원들이 하극상으로 국내 선장 및 선원들을 살해하고 사체를 유기한 사례도 있었다. 그래도 나는 나이가 있고 나름대로의 처신이 있어 그런 막다른 상황은 피할 수 있었지만 처음에는 적응하기가 어려웠다.

그곳에서 잡는 고기는 오징어였다. 원양어선하면 대부분 참치 잡이를 떠올리는데 내가 탄 배는 오징어를 잡으러 가는 배였다. 오징어야 동해에서도 많이 잡히는 어종이라고 생각하지만 화장품이나 사료 등으로 용도가 다양하고 그만큼의 수요도 많았다. 그런데 그쪽 사람들은 오징어를 식용으로 하지 않았다. 우리의 배가 먼 거리를 항해해온 이유다.

 많은 사람들이 평생에 한번쯤은 크루즈 여행을 동경한다. 그 크루즈 선의 낭만을 호텔에 비한다면 원양어선은 고시원이나 달동네의 쪽방 이었다. 방위병 훈련소의 내무반에서처럼 칼잠을 자야 했다. 몸을 뒤척일 공간도 없었다. 항해 중에 배안에서 치러야 하는 폭염은 상상을 초월한다. 누구나 곁에 다가오는 것이 지옥 불처럼 무섭다. 먹는 것도 마찬가지였다. 주식인 쌀과 현지에서 잡는 물고기를 제외하고는 전부 냉동식품이다. 싱싱한 야채는커녕 파도, 양파도 모든 부식 류가 꽁꽁 얼려진 상태였다. 내 몸도 역시 뻣뻣하게 얼어가는 기분이었다.

 물은 말할 것도 없었다. 생명수라는 말은 거기에서 비롯된 것이라는 생각이 들 정도다. 먹는 식수는 해수를 정화하여 사용하는 것이었지만 당시 어선에 설치된 바닷물 정수기는 참 시원찮았다. 맘대로 써댈 수가 없었다. 고향의 우물물이 사무치게 그리웠다. 아득했다. 서글펐다. 서러웠다.

 식수를 제외하고는 빨래도 목욕도 바닷물로 해야 했다. 비누는 바닷물에 풀어지지 않았고 샴푸를 이용했지만 씻고 나도 미끈거렸으니 그 찝찝함은 말할 것도 없었다. 그러니 사온 비누도 아무 필요 없었다.

 그곳에 도착하니 2월이었다. 조업과정이야 어업훈련소에서 훈련도 하고 경험 있는 승선원들에게 전해 듣기도 했지만 실전은 달랐다. 오징어잡이는 흔히 알고 있듯이 아주 밝은 집어등으로 오징어를 배 주위로 유인하여 조상기라는 기계를 이용하여 낚아 올리는 조업방식이다. 낚시 줄에 야광찌를 묶어서 수심 100에서 200m까지 내려 오징어를 낚아 올렸다. 올라오는 낚시 줄이 엉키고 오징어는 마지막 발악으로 먹물을 쏘아대고 우린 서로 뒤엉켜 오징어와 사투를 벌였다. 그러나 오징어와 엉킨 낚시줄과의 사투는 집어등의 열기에 비하면 아무것도 아니었다. 오징어를 유인하려고 켜는 집어등은 강한 열과 자외선을 뿜어대 얼굴이 녹아내릴 정도였다. 3개월간의 조업기간 동안 세 번이나 뱀처럼 얼굴의 허물을 벗어야 했다.

우리나라 동해에서 주로 여름이 오징어 철이듯이 그곳에서도 4월에서 7월까지였다. 겨우 석 달 정도 고기를 잡으려고 두 달 가까이 그 먼 길을 달려왔다. 그래도 그곳은 그만한 가치가 있었다. 물 반 오징어 반이었다. 많게는 하루에 100톤의 오징어를 잡았다. 오징어는 가지런하게 정리하여 쇠로 만든 용기에 넣어 급속냉동을 시킨다. 그리고 다시 다섯 시간 정도 지나 냉동된 것을 꺼내 어창에 넣었고 어창이 꽉 차면 운반선이 와 이를 옮겨갔다. 이를 전제라고 한다.

그렇게 일련의 작업이 한 번 끝나면 전제비라는 명목으로 얼마간의 돈이 지급됐다. 전제비가 지급되면 잠시 휴식과 함께 술도 마실 수 있었다. 이렇게 반복되는 나날이 세달 동안 이어졌다.

잠시 짬이 날 때면 중학생 때 도서실에서 빌려 읽었던 노인과 바다의 스토리가 생각났다. 노인은 왜 끝까지 포기하지 않았던 것일까? 나는 스스로 열패감에 젖어 젊음을 보냈고 지금도 마찬가지다. 산티아고 노인이 끝까지 포기하지 않았던 것은 자존감이이 아니었을까? 나는 죽음과도 같은 이 고통스런 생활 속에서 내가 도달하고자 하는 특별한 목적지도 없이 하루하루를 보내고 있다. 자존감이 없다. 그러나 산티아고 영감은 나와 같은 처지이면서도 끝까지 도전하고 목적지에 이른다. 자존감이다. 희망이다. 자신에 대한 믿음이다.

내게 뭍은 감옥과도 같은 것이었다. 나는 그곳을 탈출하듯 원양어선을 탔다. 어린 시절 돈에 집착하여 자식 교육을 '나 몰라라'하는 아버지를 원망했다. 내겐 왜 그 흔한 사랑의 추억이 없을까? 사랑이 없는 인생은 단절이었다. 타인과의 단절. 고립. 내가 원양어선을 탄 것은 세상천지에 나 혼자뿐이라는 것을 스스로 확인하는 자학과도 같은 것이었다.

원양어선을 타는 사람들 대부분은 돈이 절박한 사람들이다. 그것 말고는 생지옥 같은 생활을 견딜 이유가 없었다. 나 역시 돈이 절박한 이유였지만 나는 그들과 또 다른 이유가 있다고 생각했다. 그것은 결핍이었다. 뭍, 땅 어디에서도 나의 존재를 나의 의미를 찾을 수 없었다. 그렇다고 바다에서 내 존재의 의미를 찾겠다는 생각은 아니었다. 그냥 자학이었다. 세상을 향한 욕이었다. 그리고 사실 그 모든 것은 명확하지 않았다. 어떤 이유였던 간에 그토록 떠나고 싶던 곳이었지만 시간이 지나면서 그 뭍의 일상들이 그리워졌다. 늘 똑 같은 사람, 똑 같은 풍경 속에서 외로움과 그리움의 싹은 피어났다. 내가 아는 사람들이야 손에 꼽을 정도였지만 미친놈처럼 그 사람들의 허상을 불러다 놓고 이야기를 나누기도 했다.

더위와 고된 노동, 외로움으로 지쳐갈 무렵 뜻하지 않은 사건이 생겼다. 그 사건은 나에게 더 할 수 없이 치욕적이었다. 내 가슴에 주홍글씨를 새긴 일이다.

뭍에서 공장생활할 때 업소에 종사하는 여자들과 가끔 관계를 가졌다. 내가 승선한 어선은 일본에서 노후된 어선을 구입한 것이었고 30년 가까이 바다에 떠다녔으니 수명이 다 된 상태였다. 기계적인 노후에다 무리한 조업의 영향이었던지 엔진이 고장 나는 사건이 발생했다. 자체 수리를 시도했지만 결론은 뭍에서 정비를 해야 했다. 원양어선이 뭍에 닿는 경우는 거의 없었다. 어장으로 이동하는 것과 바다에서 고기를 잡는 것이 전부인 일이었다. 그런데 어쩔 수 없는 정비로 인해 뭍에 닿아야 했다.

배를 도크에 정박시키고 밀린 빨래와 청소를 했다. 예부터 바닷가에는 특히 배를 타는 일에는 가려야 하는 금기가 많았다. 배를 탄다는 것은 생명을 담보로 한다는 것이었고 그만큼 자연을 경외했다는 의미다. 그 금기 중의 하나가 여자를 태우지 않는 일이다. 그렇게 청소를 하고 빨래도 하는데 야한 화장을 한 여자들이 배로 올라오더니 브리지에 가서 항해사와 웃으며 자연스럽게 농담을 주고받았다. 항해사는 알아듣지도 못할 말로 대화를 나누다가 나를 가리켰다. 배로 올라 온 일행 중한 여자가 나에게 다가오더니 덥석 팔짱을 끼었다. 상황판단이 쉽지 않은 일이었다. 그렇게 머뭇거리고 있을 때 항해사가 나를 불렀다. 달러로 얼마간의 돈을 쥐어주더니 그 여자를 따라가라고 했다.

선장을 포함하여 사관이라는 신분의 사람들과 좁은 배안에서 접촉할 기회는 거의 없었다. 업무구역이 그들의 영역과 확연히 구분되었고 그들은 배안에서도 선원들과는 다른 세계의 사람들이었다. 영문을 모르는 상황이었지만 난 시키는 대로 옷을 갈아입고 그녀를 따라나섰다. 오랜만에 내딛는 뭍이었다. 거리의 풍경이 이채로웠다. 그곳은 당연히 외국이었지만 바다에 불과했다. 태어나서 처음 외국 땅에 발을 딛는다는 설레임이 일었다. 우르과이의 수도 몬테비데오였다. 남아메리카의 작은 '파리'라는 유럽풍의 오랜 항구도시였다. 웅장한 석조건물들, 아름다운 해수욕장, 도시를 벗어나면 나의 고향과도 같은 시골마을이 이어졌다. 초원을 이룬 목장과 포도농장, 군데군데 잔디구장이 이색적이었다. 축구는 그네들 삶의 일부인 듯했다. 동네축구라도 주심과 부심이 있었고 유니폼도 프로선수 못지않았다. 인근 주민 응원의 열기도 마찬가지였다.

　말이 통하지 않으니 뭘 묻지도 못했고 그 여자를 따라 걸었다. 얼마쯤을 걸었을 때 그녀는 서울의 연립주택과도 같은 낡고 허름한 작은 건물 안으로 들어갔다. 낯선 곳이었고 낯선 여자였다. 항해사의 지시라며 얼떨결에 그녀를 따라나서기는 했지만 그녀를 따라 집안에 들어선다는 것이 쉽지 않았다. 그녀는 해맑게 웃으며 '컴인'을 반복해서 말했다. 그녀도 그 정도 영어는 알아들을 수 있다고 생각했을 것이다. 거기까지 따라 갔으니 이제 어쩔 도리가 없었다. 집안으로 들어섰다. 가정집처럼 꾸며진 작은 공간에 거실이 있고 방도 있었다. 방안에 들어선 나는 어찌할 바를 모르고 어정쩡하게 서 있었다. 그녀는 다시 뭐라고 말을 하면서 욕실을 가리켰다. 아마 씻으라고 하는 듯했다. 욕실로 들어갔다. 옷을 벗고 샤워를 시작했다. 네 달 만에 그야말로 진짜 물로 하는 샤워였다. 바닷물이 아니었다. 이런 호사가 없었다. 마치 짐승우리에서 빠져 나와 이제야 사람 사는 집에 온 느낌이었다. 그 느낌이 너무 황홀해서였을까? 나는 여자와 단 둘이 집에 있다는 것을 잊을 뻔했다. 그 사실을 상기해냈어도 나의 남성은 일어설 줄 몰랐다. 금욕 아닌 금욕생활을 해야 했기 때문이었을까? 오랜만에 여자의 향긋한 체취도 맡고 기분 좋게 샤워도 했지만 나의 욕정을 일어설 줄 몰랐다. 게다가 지금 상황이 어떤 상황인지 쉽게 이해도 되지 않았다. 나는 어색하게 머리를 숙이며 밖으로 나왔다. 그리고 조금은 편한 마음으로 그녀의 눈을 쳐다보았다. 내가 알고 있는 몇 안 되는 영어로 그녀의 이름을 물었다. 그녀는 웃으면서 '엘리자베스'라고 말했다.

그녀가 나를 이곳에 데려온 이유가 무엇일까? 그녀는 매춘부일 거라고 생각했지만 단정할 수는 없었다. 그녀와 거리 구경을 다녔고 오랜만에 싱싱한 과일을 맘껏 먹을 수 있었다. 같이 요리를 하고 밥도 만들어 먹었다. 그동안 굳었던 근육이 풀리듯 죽어있듯 나의 남성도 살아났고 드디어 사랑을 나누었다. 시간은 너무 빨리 지나갔다. 그녀와 이야기를 나누고 싶은 심정이 절박했다. 가슴이 답답했다.

배의 수리가 끝나고 출항할 시간이 다가왔다. 그녀에게 주고 싶은 게 너무 많았지만 내가 줄 수 있는 것은 별로 없었다. 가불하듯 돈을 구해 그녀에게 주었고 목에 걸었던 목걸이도 건네주었다. 배가 출항하던 날 그녀는 항구다방의 미스 오처럼 항구에 나와 손을 흔들어 주었다.

그 후로 몇 번 더 이국의 항구에 닿았었고 여자를 안았다. 그리고 나는 병에 걸렸다.

후천성 면역결핍증, 치욕적이고도 주홍글씨와도 같은 병이었다. 나는 내가 병에 걸린 것을 비난하지 않는다. 다만 나의 병이 엘리자베스에게서 옮겨진 병이 아니길 바랄 뿐이다. 그녀는 나에게 사랑하는 연인을 대하듯 정성을 다했고 세상에 태어나 사랑이란 단어는 결코 나의 단어가 되지 않을 것이라 믿었던 젊은이에게 짧은 행복을 안겨주었다. 사랑이었다. 흔한 사창가의 일회성 정분이 아니었다.

다시 배는 이장으로 돌아왔지만 나는 선상생활에 쉽게 적응이 되지 않았다. 한동안 나는 꿈속을 헤매듯 뭍을 두리번거렸다. 시시때때로

엘리자베스에게 달려가고 싶은 충동을 억눌러야 했다.

유월 중순, 오징어 철이 끝나가고 있었다. 원양어선의 창고, 즉 어창은 3구역으로 나누어져 있는데 마지막 1번 어창까지 꽉 채워졌고 급냉실과 심지어 부식창고까지 모두 오징어로 채워졌다. 이제 오징어는 진절머리가 났다. 다시는 오징어를 쳐다보지도 않으리라 생각했다. 그 무게로 갑판까지 바닷물이 차오르고 다시 흘러내리고는 했다. 회항하는 동안 배가 기울 것 같아 밤에 잠도 제대로 이루지 못하는데 선장을 포함한 사관들은 대수롭지 않은 듯 했다. 오징어를 많이 실은 만큼 연료도 꽉 채우지 못했으니 돌아오는 동안 모두 세 군데를 거쳐야했다.

첫 번째 기항지였던 남아프리카 포트엘리자베스. 한나절을 머물렀고 연료를 채우고 야채며 과일을 구입했다. 기항시간이 적어 쇼핑할 시간도 얻지 못했지만 항구에 정박한 많은 요트들의 모습에 눈길이 갔다.

두 번째 기항지는 인도양 한가운데 있는 모리셔스였다. 모리셔스는 세이셸, 몰디브와 함께 인도양의 3대 휴양지로 꼽히는 곳이다. 최근에는 몰디브와 이어 새로운 허니문장소로 부각되고 있는 곳이다.

작가 마크 트웨인이『적도를 따라서』에서 "신은 모리셔스를 창조했고, 이후에 천국을 만들었다."고 적을 만큼 아름다운 섬이었다. 제주도의 1/4 크기인 그곳에 기항했을 때 항구를 벗어나 섬을 둘러볼 기회가 있었는데 야생 사슴이며 자연 속에서 뛰노는 동물들이 정말 천국처럼 평화로웠고 야자며 파인애플 등 열대과일이 이국적 풍경을 선물했다. 물론 그 열대과일들은 맘껏 먹을 수 있는 것이었다.

마지막 기항지는 싱가포르였다. 그곳에서는 이틀 밤을 잤는데, 한국인이 운영하는 쇼핑 센터에서 쇼핑도 할 수 있었다. 이곳에 유학 온 학생들이 가까운 여행지를 승합차로 태워주는 알바를 하고 있었고 덕분에 유명한 주롱 새공원이며 식물원도 둘러볼 수 있었다. 저녁에는 마리나 하우스 야외식당에서 그립던 흙내음과 함께 술도 마셨다. 항구마다 나름의 밤 문화가 있듯이 이곳은 겔랑이라는 곳은 공창지대가 있었다. 한 때 이곳의 정치는 법으로 금욕을 강조하기도 했지만 일자리를 찾아 들어 온 이주노동자들의 수가 급증하자 그들의 성욕을 해소해주자는 방편으로 겔랑에만 공창을 허용했다고 했다.

이제 싱가포르를 떠나 부산으로 향했다. 이제 뱃사람으로 거듭나고 있는 느낌이었다.

부산에 입항해 열흘정도 교체수리를 했고 8월 초순 북태평양으로 출항을 했다. 쿠릴열도 부근이었다. 이번엔 꽁치를 잡기 위해서였고 꽁치의 성어기는 9월 초에서 10월 말이었다.

꽁치도 오징어처럼 어둠 속에서 빛을 좇는 어종이지만 꽁치의 조업방식은 전혀 달랐다. 오징어와는 달리 '소나'라는 어군탐지기가 이용되고 그 '소나'가 어획량에 결정적인 역할을 한다. 배의 하단부에 설치되어 있는 소나돔을 바다에 내려 5km까지 어군을 탐지했다. 해가 지고 칠흑같이 어둠이 바다에 흐르면 천천히 배를 이동시키면서 표층어군이 탐지되면 붉은색으로 표시되었고 선수와 톱브릿지에서 탐지어군 쪽으로 서치라이트로 바다를 비췄다. 빛을 보고 꽁치들은 날치 떼처럼 뛰어올랐다. 가히 장관이었다. 일단 꽁치들이 불빛을 보고 반응했다면 배를 멈추고 천천히 서치라이트를 배 근처로 이동시키면서 꽁치들을 유인했다. 불빛을 보고 꽁치들이 몰려들면 대형 그물을 내려 꽁치들을 가뒀다. 꽁치 떼를 그물에 가두고 그물을 조인상태에서 펌프로

꽁치 떼를 갑판으로 빨아올렸다. 그렇게 한 번에 잡아 올리는 양이 어마어마했다. 그렇게 잡힌 꽁치는 오징어와 같이 가지런히 정리해서 급랭하여 어창으로 옮겼다. 이제는 오징어 잡을 때가 천국의 시절처럼 느껴졌다. 오징어를 잡는 것도 주로 밤에 이뤄지고 폭염이었다. 그러나 그때는 쪽잠이나마 잠을 잘 수도 있었다. 그러나 꽁치를 잡을 때는 그럴 수가 없다. 한 번에 50톤을 잡았다면 10kg을 담을 수 있는 박스로 5000개였다. 밤을 새워 꽁치를 잡고 낮에도 쉴 새도 없이 잡은 꽁치를 박스에 가지런히 담는 작업을 해야 했다. 그러고 나서 밥을 먹고 나면 꽁치를 잡아 올려야 했고 다시 낮에는 박스에 담는 작업, 단 10분간 눈 붙일 새도 없이 3일간 연속으로 이어질 때도 있었다. 극한의 상황이 아닐 수 없었다. 인간의 능력이 어디까지인지 시험해보는 듯했다. 줄담배를 물고 커피를 페트병으로 들이켜도 쏟아지는 잠은 어쩔 수가 없었다. 그러니 선원들은 사소한 시비에도 폭력을 쓰고 거칠대로 거칠어졌다. 인간이 서로를 보듬고 신뢰한다는 것은 정상적인 환경에서나 가능한 것이었다. 평화로운 환경에서나 가능한 것이었다. 그 치열한 삶의 현장에서 내 몸이 조금이라도 편하기 위하여 거짓말을 하고 동료를 모함하고 다툼을 만들고 폭력이 난무했다.

나는 그렇게 거친 작업환경 속에서 인간의 본성에 관하여 생각했다. 성선설이니 성악설을 이야기한 오래전의 중국 사람도 있었지만 극한의 상황에서 발현되는 것이 인간이 본성이라면 인간은 결국 악한 존재일 수밖에 없다. 그것은 강한 자에게는 비굴하고 약한 자에게는 군림하는 권력을 갖는다는 것과도 상통하는 것이다. 남의 일에는 철저하게 방관자의 자세를 갖게 되는 것도 마찬가지다. 나는 승선원들의 평균 나이보다 많았고 오랜 공장생활에 익숙해 있었기 때문에 내 몫의 일은 해낼 수 있는 여력은 있었고 크게 시비에 휘말리는 일은 없었다. 그러나 바로 옆의 동료가 억울하게 시비에 얽매여 고통을 당하는데도 그 누구 한 명도 나서는 자가 없었다.

북태평양에서의 꽁치잡이는 9월에서 10월까지가 성어기였고 이 시기에 최대한 많은 양을 잡아야 했기에 어장을 이동하면서 잠깐씩 눈을 붙였다. 그러니까 잠자는 시간은 잡은 고기를 얼마나 빨리 처리하느냐에 따라 달려있는 것이었다. 작업이 끝나고 잠자는 시간이 주어지면 그 자리에서 쓰러져 잤다. 씻고 옷을 갈아입고 잠자리를 구별할 여유도 없었고 필요도 느끼지 못했다. 꽁치비늘과 지독한 비린내가 진동했지만 잠깐이라도 잠자는 것이 더 중요하고 더 절실했다.

북태평양의 기후는 종잡을 수 없는 잦은 변화와 거센 파도였다. 여름까지는 우리나라 쪽으로 태풍이 잦지만 8월부터는 대부분 일본 동쪽을 통과 쿠릴열도를 따라 베링 해로 빠져나가는 이유였다. 높은 파도와 추위로 항상 기상에 촉각을 곤두세워야 했고 폭풍우가 거세지면 일본열도 가까운 곳으로 피항을 하기도 했는데 뭍이 보이면 그곳에 가고 싶어 몸살이 났다. 이제 바다생활에 지긋지긋했다. 찬바람이 불고 10월이 지나자 꽁치 떼는 흔적도 없이 사라졌다.

바다에서의 시간이 지나고 돌아갈 시간이었다. 항구 다방의 미스오가 손을 흔들어줄 때 파월장병처럼 "이기고 돌아오겠다."고 했는데 그저 살아서 돌아가는 것이 다행이라는 생각이 들었다.

돌아와서 나는 몇 번 더 출항했다. 선장 등 사관의 범주에 드는 사람들을 제외하면 그런 경우는 흔치 않았다. 열악하고 고단한 생활은 둘째고 사람이 그립고 산과 들이 미치도록 그리운 것을 견딘다는 것이 그만큼 고통스러운 일이었다. 물론 배에서는 돈을 쓸 일이 거의 없기 때문에 한 번 다녀오면 목돈을 만질 수도 있었지만 그리 큰돈이라고도 할 수 없었다. 백만 원도 안 되는 기본급에다 돌아와서 어획량의 실적에 따라 그리고 직급에 따라 주는 인센티브, 즉 보합이라는 것이 주어졌다. 한 번 원양어선에 승선하는 것을 1년 단위로 하고 이를 1항차라고 하는데, 돌아와서 다시 배를 타는 사람은 별로 없었다. 나는 딱히 돌아 갈 곳이 없었다. 고향도 낯선 곳이었고 내가 보듬고 안식을 누릴 가정도 꾸리지 못했으니 말이다.

선원생활에 대한 이야기는 만나는 이들이 궁금해 했다. 그러나 나는 그 이야기들은 피했다. 그곳에서 같이 생활했던 사람들도 만나면 배 안에서의 일을 입에 올리는 사람은 없었다. 부산은 이제 친근한 도시가 되었다.

배에서 내리면 고향에 다녀오기도 했지만 고향에는 여전히 안락함이 없었다. 동네 사람들과 마주치는 것도 불편했다. 항구 다방이 나의 고향이었을까? 그곳에 미스 오는 떠났지만 새로 온 미스 리가 있었다.

고향이 없는 자, 가정이 없는 자는 늘 막연한 두려움을 가지며 산다. 고향이 있지만 고향에서 따뜻함을 느끼지 못하고 부모형제가 있지만 그들에게서 응원의 말 한마디 듣지 못한 사람은 그 두려움에 서러움이 더해진다. 나는 두려움과 서러움으로 나의 젊음을 도배질했다. 그러던 어느 순간, 막연한 두려움이 현실로 다가왔다. 다시 배를 탈 수가 없었다. 신체검사를 통과하지 못했다. 병 때문이었다. 날마다 술을 마셨다. 술을 마시지 않고는 숨조차 쉴 수가 없었다. 면역력을 상실해가는 내 몸은 마른 물기가 빠지며 마른 나뭇가지처럼 말라갔다. 항구다방의 미스 리는 친구라면 친구였고 연인이라면 연인이었다. 미스 리는 내가 고향에 돌아가기를 권유하고 때로는 협박처럼 강권하기도 했다. 몸에 물기가 말라간다는 것은 삶에 대한 집착이 사라진다는 것과 같다. 눈앞에 죽음이 보였다. 그러자 고향이 다가왔다. 수구초심이라 했던가? 고향이 생각난다는 것이 화가 났다. 도대체 고향이 내게 해 준 것이 무엇이고 내가 언제 고향을 바라기라도 했단 말인가? 그러나 현실은 달랐다. 몸에 물기가 빠지고 죽음이 보이는 듯하니 고향이 보였다. 어느새 나는 미스 리의 권유가 절대적인 내 삶의 명령이기를 바랐다.

중학교를 졸업하고 집을 나와 방위병 생활을 위해 고향으로 한 번 돌아왔고 이제 두 번째 귀향이었다. 이런 몸으로 돌아가면 안 되는 곳이었지만 돌아갈 수밖에 없었다. 나의 자존심은 고결하지도 않았고 고집스럽지도 않았다. 비루할 뿐이었다.

날이 저물어 있었다. 아버지는 병원에 입원해 계셨다. 아버지는 나의 상황을 알고 계신 듯했다. 못난 아들이었지만 아버지의 임종을 지켰다. 그제서야 나는 천륜, 인륜이라는 단어가 떠올랐다. 나는 아버지를 미워했다. 그러나 그 임종 앞에서는 미워할 수가 없었다. 다만 회한이었다. 아무 것도 해드린 것이 없다. 당신이 나에게 아무 것도 해준 것이 없듯이 나 또한 당신에게 아무것도 해준 게 없다. 그렇다면 그건 공정한 게임이잖은가? 아니었다. 임종을 앞둔 아버지 앞에서 그것은 공정한 게임이 아니라는 것이 드러났다. 나는 울었다. 소리 없는 눈물이 한없이 흘러내렸다. 그것은 증오이기도 했다. 나에 대한 증오였다.

모든 삶은 허무하고 모든 죽음의 길은 혼자다. 아버지는 혼자서 허무하게 가셨다. 그리고 아버지가 느낀 허무함보다 더 짙은 허무함이 내게 남았다.

삭정이처럼 부서질 것 같은 몸으로 아버지의 장례를 치렀다.

장례를 치르고 나자 동생들과 돈 문제가 불거졌다. 아버지가 남긴 유산 때문이었다. 많지 않은 돈이었지만 동네 사람들에게 꽁생원이라는 손가락질을 받으며, 하나 밖에 없는 아들을 재건중학교에 입학시키며 아버지가 모아 두었던 돈이다. 여동생은 어머니를 모시겠다며 조건을 제시했다. 동생들에게 면목이 없었지만 나는 반대했다. 결국 동생들과도 등을 돌리게 되고 말았다.

낡은 집을 헐고 새로 집을 지었다. 어머니는 얼마 후에 동생네로 떠나셨다. 아들이 그런 몹쓸 병에 걸렸다는 것도 영향을 미쳤을 것이다. 결국 고향에 돌아왔지만 타향에서도 그랬듯이 나 혼자가 되었다. 명절이 되어도 누구 하나 찾아주는 사람도 없었고 찾아 갈 곳도 없었다. 아버지를 모신 납골당밖에 없었다. 나는 여전히 내 마음의 감옥 속에 갇혀 있었다. 아버지가 돌아가시고 감옥은 더 견고해졌다. 누구 하나 감옥의 문을 두드리지도 않았고 나 역시 감옥 안에서 그 어떤 소리도 지르지 않았다. 그저 견고한 감옥이 더욱 견고해지기를 기다릴 뿐이었다.

아버지가 돌아가시고 나의 육신이 늙어가면서 절실하게 다가오는 것은 내가 아버지가 되지 못했다는 것이었다. 그것은 형벌이었을까?

살아있는 것들의 존재 의미는 무엇일 것인가? "왜 사냐?"고 묻는다는 것과 같은 의미라면 어리석거나 참 미련한 질문인 것 같다. 존재의 원인과 시작은 자신의 의지와는 무관한 것이었다. 그렇다면 종족보존 역시 자신의 의지와 무관하게 진행되어야 하는 것이 아닐까? 아니다. 인간은 인간의지의 힘으로 종족보존의 본능을 무시할 수 있다. 오직 쾌락의 도구로서만 성을 사용할 수 있다. 이는 세대의 영속성을 스스로 끊을 수 있다는 것을 의미한다. 인간만이 자살을 할 수 있다는 것과 같은 맥락이 아닐까? 그렇다면 나는 내 의지로서 아버지가 되지 않은 것일까? 사실 내겐 아버지가 되고픈 큰 욕심이 없었다. 그것은 큰 욕심이어야 했다. 가족의 의미, 부모의 사랑이 한창 필요한 시기에 둥지를 떠난 보잘 것 없는 들짐승에게 가족과 사랑의 의미는 정상적으로 전달되지 않았다.

그래서 어떤 이들은 종족보존, 가족 만들기를 외면하고 참 존재의 의미에 천착한다. 때로는 깊은 산중에서, 때로는 광야에서 절대자와의 연결고리를 찾아내겠다며 자신의 욕구와 본능을 억제하고 인내하며 그 의미를 찾아내려 한다. 그래서 존재의 의미를 찾아냈다고 큰 소리로 외치기도 했지만 대개 개인의 실존만이 위협받고 시기당하고 만다.

그래서 가족 만들기에 실패한 사람들은 비루하고 위축된다. 나는 한없이 쪼그라든 나를 거울에 비추면서 존재의 의미를 상실한다. 세대를 이어가지 못한 존재의 상실. 나는 구도자의 길을 간 것도 아니었다. 그리하여 나의 가족과 나의 환경을 핑계 삼는다 하더라도 내가 다음 세대를 잇지 못한다는 것은 분명 존재의 이유에 반하는 것이라는 결론을 얻었다. 인간이 영생을 염원하지만 영생은 다음 세대로 나의 유전자가 이어지는 것이다.

나는 아버지가 되지 못했고 나와 가장 비슷한 유전자들을 가진 형제들과도 소원해졌다. 나는 존재의 의미를 잃은 이미 해질녘의 하루살이다.

얼마 전에 직업소개소에서 알선해준 일터가 있다. 읍내에 있는 모 종교단체에서 운영하는 보육원이다. 내가 중학교를 다닐 때는 꽤 큰 시설이었는데 이제는 원생수가 이십 명 내외였다. 일주일쯤 일을 다녔다. 아이들이 귀엽고 예뻤다. 다섯 살짜리의 아이가 있었다. 이름이 성현이다. 점심시간 때 과자도 사주며 그 아이와 친하게 지냈다. 그 아이도 나를 잘 따랐다. 그곳의 일도 끝나가고 있었을 때, 잠시 원장님을 만났다. 누군가를 후원하고 싶은데 가능하면 성현이를 후원하고 싶다고 말씀드렸다. 가끔씩 와서 만나보고도 싶었다.

가정을 만들겠다는 꿈은 내게 간절했었던가? 나도 모르게 내 안의 어떤 심성이 그것을 간절히 원했는지 모른다. 아버지가 되고 싶은 마음도 마찬가지다.

나는 부모가 없는 성현이의 빈터에 나무 한그루처럼 서 있고 싶었다. 마음이야 늘 변하는 것이니 조심스럽기도 했지만 성현이가 자라는 동안 그의 그늘이 되고 싶다.

과거 유교적인 관습 속에서 자란 사내아이들에게 아버지는 대개 억압의 상징이었다. 자식들은 순응하는 것을 당연시 여겼다. 다만 몇몇 용감한 아들만이 아버지의 억압에 맞섰다. 사실 맞섰다는 것은 물리적인 저항보다는 회피했다거나 외면했다는 것이 더 적절하다. 우리 세대에게 아버지는 결코 친구처럼 편한 존재가 아니었다.

프로이트는 아버지에 맞서는 것은 아들의 근원적인 욕망이고 원초적인 권력욕구의 부딪침이라고 말했지만 우리 세대에서 아버지의 권위를 넘보거나 쓰러뜨릴 수는 없었다. 그것은 서양과 다르기도 한 점이다. 우리의 아버지는 유교의 질서가 철저히 방어막 역할을 해주었다. 그래서 요즘의 아버지 역할은 남극의 빙하가 녹아내리듯 추락의 수준이라고 말한다. 그런데 과연 그것은 옳은 일일까? 우리나라 아니 인류공영에 이비지할 (나는 국민교육헌장에 나오는 이 말을 좋아한다.) 일일까?

유교의 윤리개념은 근세 이후 개인과 공동체 규범의 근간이었다. 유교의 근본은 오륜(五倫)이고 정치적 장치로서 삼강(三綱)이다. 오륜은 다섯 가지 이상적인 관계를 형상화한 것이지만 삼강은 권위적이고 가부장적인 권력을 부여하는 장치다. 사람 사는 이곳저곳의 화두는 소통이기도 한데, 왕조시대, 신하로서 군주와 소통한다는 것은 때로는 목숨을 담보로 해야 할 만큼 무거운 것이었고 자식으로서 아비와 소통한다는 것은 일견 불효의 명찰을 달아야 할 만큼의 두려운 일이 아닐 수 없다.

유교의 기본덕목으로 오륜(五倫)의 첫 번째가 부자유친(父子有親)이라는 것은 역설(逆說)적이다. 삼강에서는 부위자강(父爲子綱)을 이야기하고 다시 부자유친(父子有親)을 이야기한 것을 말하는 것이다. 섬겨야 한다는 것은 절대적인 권위나 권력의 대상을 말하는 것인데 다시 절대적인 권력과 친하게 지내라 했다. 섬겨야 할 대상과 친함의 관계가 있어야 한다는 것은 동일선상에 있는 것이 아니고 상충될 수밖에 없는 비극이 내재되어 있다.

"내 나이 여덟 살에 헤어진 아버지를 지금에 와서야 되돌아보며 당

192

신이 남긴 이력을 장님이 코끼리 만지듯 회상하게 되었으니, 이 이율배반적인 내 마음을 한동안 이해할 수 없었다. 어린 아이가 자라 성년이 되고 다시 노년에 들어서야 어린아이로 돌아가려는 나 자신을 지켜보며 여기에 한 마디를 보탠다면, 당신은 누구도 그 자리를 대신 앉을 수 없는 내게는 유일무이한 '아버지'이기 때문이리라."

소설가 김원일이 『아들의 아버지』라는 작품을 발표하고 한 말이다. 한국전쟁 중에 월북했으니 작가에게 아버지의 모습은 어린 소년시절의 기억으로만 남아있을 것이었다. 아버지의 자유분망한 기질과 치명적으로 일제강점기의 암울한 시대를 헤쳐 나오며 체득된 좌익사상으로 월북했으나 그의 어머니와 자식들은 극심한 고통의 세월을 감내하고 견뎌야 했을 것이다. 후에 5 · 16을 주도한 군사혁명위원회는 반공을 혁명공약 1호로 내걸었으니 아버지가 추구했던 사상은 자식의 모든 자유를 제한한 올가미였다.

"장남인 너는 사상에 미친 네 아비 길은 쳐다보지도 말고 처자식 잘 건사하는 착실하고 정직한 인간이 되어야 한다."

김원일 씨는 어머니로부터 이 말을 귀 따갑게 듣고 자랐다고 한다. 그리고 "이념 문제는 가히 공포로 내 의식을 지배했다."고 했다.

직접적으로 어머니에게 가장 많은 고통을 주었으며 자신의 성장에 억압이 되었던 아버지. 다행히 그는 아버지가 되었다. 나는 그와 나를 견주어 보려는 의도에서 김원일 씨의 이야기를 꺼낸 것은 아니다. 다만 아버지와 자식은 반은 공동운명이 아닐까 하는 생각이 들었기에 그리고 아버지가 떠난 모든 자식의 마음에는 속 깊은 회한이 자리 잡는다는 것을 말하고 싶을 뿐이다.

part 5

나는
왕따였다

사바나 초원, 무리에서 벗어난 사자가 있다. 늙거나 상처를 입어 스스로 이탈하기도 지만 따돌림으로 무리에서 내처지기도 한다. 백수(百獸)의 왕이라는 사자도 무리를 벗어났다는 것은 죽음을 의미한다. 꿈도 많은 청소년들이 따돌림으로 무리에서 내쳐졌다며 생을 포기하는 일들이 이어진다.

따돌림의 역사는 인류의 시원(始原)처럼 오래되었다. 그렇다고 자연의 이치라고 할 수 있을까? 인간은 그 자연의 이치를 맹목적으로 따르는 동물일 뿐인가?

왕따라는 말은 근래에 생겨난 말이다.

"네 아우 아벨은 어디 있느냐?"

모릅니다. 제가 아우를 지키는 사람입니까?"

"네가 무슨 짓을 저질렀느냐?"

자신이 바친 제물을 야훼가 굽어보지 않는 이유가 모두 아우 때문이라며 아벨을 들로 불러내어 죽이고 난 후였다.

"너는 이 땅 위에서 쉬지도 못하고 떠돌아다니게 될 것이다."

카인은 아우의 피를 받아낸 땅에서 쫓겨나 동쪽으로 갔다. 구약성경 창세기에 그려진 인류 최초의 살인이다. 죤 스타인백의 『에덴의 동쪽』이란 소설은 에덴에서 내쳐진 카인과 그에게 살인 당한 동생 아벨을 모티브로 하여 형상화한 작품이다. 『소나기』의 작가 황순원은 『카인의 후예』라는 제목으로 해방직후 이념과 급격한 시대의 변화 속에서 카인의 피를 내려 받은 인간의 모습이 어떻게 변질돼 가는지를 그려내기도 했다.

카인과 아벨은 인간의 숨겨진 악의 본성을 형상화하는데 그 단초 역할을 톡톡히 해냈다.

자원하는 젊은이나 예비역까지 자부심이 대단한 부대에서 말 그대로 한솥밥을 먹는 동료전우를 해(害)하는 끔찍한 일이 생긴다. 군대 내에 소위 '짬밥'이 있다. 그것은 입대 순서로 병 상호 간의 군기를 유지하는 것을 묵시적으로 용인되거나 조장하는 일이다. 그 연장선상에서 '기수열외'라는 생소한 단어가 회자되기도 했는데, 조직 내에서 임무수행에 모자라거나 처지는 자는 입대순서와 상관없이 따돌림을 받는 것이다. 그 엄격하게 존중되어야 '짬밥'의 체계에서 제외된다는 의미다. 우리나라와 같은 징병제군대에서 '짬밥'의 엄격함은 그 조직이 가지는 현란한 자긍심의 근본이거나 바탕 같은 것이다. 역설적으로 그 조직에서 제외되는 자가 있다는 사실은 사람을 아연하게 하고 제외된 자의 상실감을 상상하는 일은 사람을 괴롭게 한다.

훈련을 마치고 자대에 배치되면 간단한 의식과 함께 살상무기인 개인화기가 지급된다. 전장에서 적을 제압해야 한다는, 전장에서의 승리는 다음 문제이고 적을 제압하지 못하면 내가 죽는다는 엄중한 의미가 있다. 오로지 적을 제압하기 위한 도구가 동료를 조준했다는 것은 결코 정당성을 확보할 수는 없다. 그러나 그 병사는 카인처럼 그 따돌림을 견디지 못했다.

많은 사람들이 오프라 윈프리나 오토다케 히로타를 존경한다. 오프라 윈프리는 불행한 가정환경과 학대를 이겨내고 성공한 커리어 우먼이고 오토다케 히로타틀 팔다리가 없지만 행복하게 삶을 꾸려나가는

『오체불만족』의 작가이다.

인간은 각기 다른 성정(性情)을 가지고 있다. 그래서 어떤 절대적인 기준으로 누구의 잘잘못을 따지고 심판하는 것은 참 어려운 일이다. 그것은 타인에게 받는 모멸감을 어떻게 받아들이는가도 궤를 같이 한다. 비슷하거나 같은 상황에서도 대처하는 방식이 제각기 다르다. '심리적 회복 탄력성'이 다르다. 심리적 회복탄력성은 극심한 불안과 갈등으로 절망의 나락에 떨어져도 꿋꿋하게 다시 튀어 오르는 능력을 말한다. 회복탄력성이 강한 사람은 갖가지 역경을 이겨내며 다시 일어나며, 대개 원래 자신이 있었던 위치보다 더 높은 자리까지 올라가는 특성을 보인다. 반면 회복탄력성이 약한 사람은 역경을 만나면 이를 넘지 못하고 설사 넘는다 해도 부정적인 심리기저를 보인다. 이는 자살로 이어지기까지 한다.

동서고금과 조직의 대소를 막론하고 따돌림은 존재했고 여전히 존재하기도 하고 앞으로도 존재할 것이다.

따돌림은 그토록 오랜 세월 동안 이어져온 것이기도 하지만 언어로 표현된 것은 근래에 들어서이다. 특히 청소년들 사이에서 개인과 개인 간의 따돌림이 아닌 집단 따돌림이 근래에 큰 사회문제로 부각되었다. 이른바 '왕따'다. 일본에서 '이지메'란 말이 흘러들어와 그렇게 바뀌었다.

일본은 메이지유신 이후 근대국가의 형태를 갖췄다. 오랜 시간 사무라이와 영주들이 각축했던 전국시대를 지나면서 집단 문화에 익숙해져 살아왔다. 무리에서 집단의 의사에 반하는 것은 무리에서 내쳐진 사자처럼 죽음을 의미했다. 사람들은 다른 사람들과 격리되고 소외되는 것을 두려워했다. 그렇다고 '왕따'가 일본에서 들어온 나쁜 문화일 뿐이라고 이야기 하려는 것이 아니다. 우리나라에도 이지메가, 왕따가 생겨날 개연성을 충분히 가지고 있었다. 문명의 이기(利己)가 가져오는 필연적인 폐해라고 한다면 과장된 말일까? 사람들이 혼자서 생존하고 생활하는 것이 가능해졌기 때문에 '왕따'가 생겼다고 한다면 과장된 억측일까?

최근 우리 대학가에서 '변소 밥'이라는 것이, 김밥 한 줄과 음료수가 함께 변기 뚜껑위에 올려져 있는 사진과 함께 화제가 된 적이 있었다. 일본사회에서는 이전부터 혼자 밥 먹는 모습이 문제가 됐고 일부 고등학교와 대학에서 '화장실 식사 금지' 경고문을 붙였다고 한다. 문제는 이러한 개인주의가 개인주의에서 멈추지 않고 타인의 사생활을 침해하는 극도의 이기주의로 변하는 데 있다. 그것은 개인들이 집단을 만들어 자신들의 이익을 최우선시하는 사회조직의 형태를 갖춘다.

굳이 일본의 예를 들지 않더라도 우리에게 편 가르기는 익숙한 삶의 행태였다. 반상의 구별이 법도로 정해졌던 왕조시대에도 지역과 문중을 가려 파벌이 존재했고 공동체의 보편타당한 정서보다는 철저하게 파벌의 이익에 우선했다. 왕조가 무너지고 일제강점기에는 좌우이념이 사람을 갈라놓았다. 이데올로기는 가족 간에도 편을 가르는 잔인하고 처절한 것이었다. 종교도 마찬가지였다.

현대에 들어서 정치꾼들은 공간적인 지역의 편을 가르기 시작했다. 검증되지 않은 역사를 끌어들이기도 했다. 표를 한 곳으로 집중시키기 위한 수단이었다.

나도 초등학교 시절 같은 마을에 살던 한 친구를 따돌림 한 적이 있었다. 축구공이 귀하던 시절이었다. 마을에 돼지를 잡는 날이면 어른들이 던져준 돼지오줌보에 밀짚대로 바람을 넣어 축구를 했고 겨울이면 플라타너스 열매를 따 축구를 했다.

그 친구는 서울에 사는 삼촌댁에 갔다가 축구공을 하나 얻어가지고 왔다. 귀한 축구공을 가졌다는 것으로 그 친구는 한동안 기세가 등등했다. 친하지 않은 친구는 축구공을 만지지도 못하게 했고 시합에 끼워주지도 않았다. 그리고 매번 내기를 걸었다. 그 친구가 얄미웠고 마을 친구들과 함께 그를 따돌리기 시작했다. 그는 점점 외톨이가 되어갔다. 다른 마을 아이들이 같이 놀아주기는 했지만 서낭당고개를 넘어야 했던 등하굣길을 한동안 혼자 넘어 다녀야 했다.

당시, 그 친구에 대한 죄책감은 없었다. 외톨이로 고립되어 가는 것이 고소했다.

세월이 한참이나 흘러 그가 군에 입대한다고 송별회가 있던 날 그의 손을 잡고 어색하게 사과했던 기억이 있다.

나 역시 그 친구가 당했던 것처럼 어른이 되어 따돌림의 대상이 된 적이 있었다. 윗사람의 따돌림이었으니 결국 같은 공간 안의 구성원들에게 집단 따돌림의 대상이 될 수밖에 없었다. 처음에는 자신에 대한 모멸감과 자괴감으로 괴로워하다가 점차 따돌린 자에 대한 원망과 증오가 커져갔다. 마음에 독이 쌓이고 분노가 일었다.

이 또한
지나가리라

이스라엘 땅에 '다윗'이라는 왕이 있었다. 그는 전쟁에서 큰 승리를 거두고 개선하여 궁궐의 세공장이를 불렀고 다음과 같은 주문이 아닌 명을 내렸다.

"오늘의 승리를 기념하기 위하여 너는 반지를 하나 만들라. 반지에는 내가 승리의 기쁨에 도취되어 교만에 빠지거나, 패배의 슬픔에 젖어서 절망과 좌절에 빠지는 것을 경계할 수 있는 문구를 하나 써 넣어라."

반지를 만드는 것은 어렵지 않았으나 왕이 주문한 그런 문구를 만들기는 쉽지 않았던 세공장이는 고민 끝에 다윗왕의 아들 '솔로몬' 왕자를 찾아가서 지혜를 구했다. 한참의 숙고 끝에 솔로몬이 세공장이에게 말하였다.

"이 또한 지나가리라."

그러나 내가 고통을 받을 당시에 나는 그 말을 알지 못했고 알았다 하더라도 크게 위안이 되지는 못했을 것이다. 나의 분노는 잉걸불이었으므로.

"넌 저주를 받을 것이다. 네가 저주를 받지 않는다면 너의 자식들이……."

5년간의 불편한 동거가 종말을 고하고 있었다. 문자로 표시하는 것이 다행이다 싶은 그의 무시무시한 독설은 불편했던 5년간의 결코 짧지 않은 동거에 대한 그 나름의 결산과도 같은 것이었다. 어쩌면 처연한 절망의 나락에 떨어지기라도 한 듯 내뱉은 독백이었는지도 모를 일이다.

그를 처음 만난 것은 오년 전 봄이었다. 두 개의 회사가 하나로 통합되면서 사무실을 옮겨야 했고 그렇게 만난 그는 나의 직속상관이었다.

첫 만남, 사람과 사람과의 관계는 처음 만남에서 대부분 관계의 내용과 질이 설정된다. '첫눈에 반한다.'라는 것은 실제로 가능하단 말이다. 물론 이는 개인적인 경험에 근거한 것이다. 그러나 일반적으로 이 말에 동의하는 사람은 꽤 많다. 처음 만남이 좋았다면 후에도 좋은 관계를 만들어 갈 수 있는 확률이 그만큼 높고 처음 만남이 좋지 않다면 후에도 계속 그럴 가능성이 높다.

우연히 마주치는 사람을 제외하고는 첫 만남이 있기 전에 상대방에 대한 개략적인 정보를 확인하거나 자연스럽게 노출된 정보를 받아들인다. 나이나 직업 등 개인의 신상관련된 것들이다. 이를 바탕으로 선입견과 편견을 가지기도 한다. 그러나 정말 중요한 것은 처음 대면했을 때 상대방이 드러내는 몸짓과 표정이다. 그것은 일방적이지 않고 상대성을 가진다.

모든 인간관계에서 간과하기 쉬운 것이면서 절대적인 것은 상대성을 가진다는 것이다. 그것은 상대방이 드러내는 몸짓과 표정이 바로 자신의 내면과 상통한다는 말과도 같다. 개인의 학습과 경험으로 또는 이해관계에 따라 내면을 숨기고 가리며 포장하거나 치장한다고 해도 그것은 분명한 한계가 있다. 그것은 의사를 교환하거나 전달하는데 있어 언어가 차지하는 한계처럼, 몸짓과 표정, 억양이 진정성의 기준이 된다는 말과도 같다. 말은 결코 중요하지 않다. 몸짓과 표정 속에 숨겨진 의미를 읽어내야 한다. 첫 만남에서 상대방이 드러내는 몸짓과 표정은 미래에 펼쳐질 관계의 내용과 질을 설정한다. 그리고 대부분의 사람들은 첫 만남에서 자신의 이기심을 바탕으로 깔고 상대방을 재단한다.

　크게는 두 개의 회사가 하나로 통합되었지만 팀 단위로 치면 팀장급의 한 명은 자리를 비워야 했다. 부서가 하나로 통합되면서 사무실을 옮겨야했고 그렇게 우린 처음 만났다. 처음 만났을 때 왠지 그의 표정이 불편해보였다. 불편해보였다는 것은 순전히 나의 생각이었다. '너에 대해서 잘 알고 있다.'는 것을 표정으로 드러내는 사람의 마음을 짐작하는 것은 쉬운 일이다. 상대의 마음을 읽은 나의 마음이 좋을 리 없었다. 좁디 좁은 인간의 상대적인 마음의 교감 아니던가?
　고등학교 시절이었다. 3월초 새 학년 새 학기가 시작되면 담임선생님으로 어느 선생님이 오실 것인지가 관심사였다. 그것은 사전에 공개되지 않았고 첫 시간에 들어오시는 선생님이 한 학년 동안 담임선생님으로 정해졌다. 드디어 교실 문이 열리고 들어오시던 선생님, 아! 절망이었다. 절망감을 숨기지는 못하고 그 절망의 암울한 웃음을 흘렸을 것이다. 교탁에 서기도 전에 선생님은 나를 불러내셨다. 뺨을 거세게 후려쳤다. 두 번, 세 번, 연거푸 맞고 교실바닥에 나뒹굴었다. 1학년을 마치면서 새로운 담임선생님에 대한 부정적인 정보가 사단을 만들었다.
　당시는 체벌이 크게 금기사항이 아니었던 시절이다. '사랑의 매'라는, 일견 사치스러운 수식어가 엄연히 존재하던 시절이었다. 정규 과목으로 교련시간이 있던 시절, 얼룩무늬 교련복을 입고 각반을 찼다. 교련선생님은 장교출신도 있었고 부사관 출신도 있었다. 그렇게 교정에는 학구열과 함께 군기가 넘치던 시절이었다. 아침 등굣길에도 교문에서도 규율부원은 복장상태를 확인하고 체벌이 일상이던 시절이었다.

　서울의 외곽지역에서 근무하다가 수도 서울의 중심부인 세종로로 근무지를 옮겼을 때. 광장을 만든다면서 오랜 세월 현대사와 함께 했던 은행나무들을 옮겼다.

　광장의 의미는 무엇일까? 최인훈의 소설『광장』에서 주인공은 남과 북 어느 곳에서도 소통하거나 큰 소리를 지를 수 있는 광장을 찾아내지 못한다. 그리고 제 3국으로 떠나는 배 위에서 투신자살로 생을 마무리한다.

　서울의 중심 세종로. 서울에 사는 사람이든 서울을 다녀간 사람이든 서울의 중심으로 떠올리는 거리다. 장군의 동상과 중앙분리대처럼 서 있던 은행나무, 세종로라는 이름의 길에 왜 세종이 아닌 장군의 동상이 서 있게 된 것인지 그 배경을 나는 잘 모른다. 많은 사람들은 풍경처럼 그 은행나무들을 기억한다. 그 은행나무들은 그 거리에서 있었던 영욕과 질곡의 역사를 기억하고 있었다. 그 은행나무들은 질곡의 부끄러운 거리의 모습을 가리기도 했고 삭막한 대로의 중심에서 봄이면 푸른 싹을 피우며 희망도 던져주던 상징이었다. 그런 은행나무가 사라지고 광장이 들어섰다.

　광장은 무엇을 의미할까? 광장은 객체로 존재하면서 모두가 될 수도 그리고 될 수 있어야 하는 공간이다. 그래서 광장은 가슴이 열릴 수 있도록 넓은 공간을 전제로 한다. 소통하기 위하여 비우는 것이다. 결코 수다스럽거나 화려하지 않아야 한다. 은행나무를 뽑아 올리고 거리를 파헤치는 공사가 시작되었고 결코 광장이 아닌 광장이 만들어졌다.

여의도 광장을 갈아엎어 공원을 만든 우리의 자화상이 또 한 번 그려졌다. 광장이 만들어지고 어느 날부터 갓도 쓴 풍채 좋은 노인 한분이 아침마다 나와 훌라후프를 돌렸다. 천종산삼이라도 잡수셨는지 목에다 둘, 허리에다 셋, 돌아가는 방향도 다 달랐다. 일간지에 그 모습이 대문짝만하게 보도되었다. 그 노인은 연륜처럼 그곳은 결코 대한민국 중심의 광장이 아닌 한갓 놀이터라는 것을 상징적으로 표현한 것인지 모른다. 다시 얼마 후에는 금물을 두른 세종대왕을 지극한 성군의 모습으로 모셨지만 광장의 의미를 새기는 사람에겐 전체적으로 안정감이 없어보였다. 한갓 조형물로 성군의 빛을 가린다는 자괴감도 들었다.

우리는 우리의 자존일지도 모를 그 은행나무 뽑아내고 어색한 광장, 어색한 성군을 만들어 놓았다. 그래서 나는 부끄럽게 아침저녁으로 그 거리를 지났다. 나의 출근 복장은 변하지 않았다. 간편복에 배낭을 멘 차림 그대로였다. 이른 새벽 우면산을 넘어 과천으로 가 통근버스를 탔다. 관악산을 뒤로 두르고 한갓진 공간에서 근무하다가 서울 한복판에서 근무하는 것이 쉬운 적응은 아니었다.

어린 시절 닭을 키웠던 적이 있었다. 수탉 한 마리를 포함 다섯 마리 정도였다. 가을 추수가 끝나고 김장 채소 등을 거둬들이면 닭장에 가둬두었던 닭을 풀어놓았다. 닭들은 물려 다니며 모이를 찾았고 자유를 만끽했다. 그러나 봄이 오면 닭들은 다시 닭장 속에 가둬졌다. 당시 근무지를 옮기고 생활하던 내 모습이 겨울동안 자유롭게 지내다가 봄이 오면 다시 닭장에 갇히던 닭의 가련한 모습이었다. 그러나 그것은 아무것도 아니었다.

모든 동물세계에는 소위 텃새라는 것이 존재한다. 모든 것들의 생존에 어느 정도의 경쟁이 필요악이듯이 경쟁의 또 다른 모습으로 텃새는 존재한다. 특히 일부다처로 군집생활을 하는 동물 세계에서 수컷들의 텃새는 죽음을 불사할 정도로 치열하다. 오래전에 이 땅에 들어 온 화교들이 우리사회에서 뿌리를 내리지 못한 것은 정치적인 이유도 있었지만 우리민족의 유별난 텃새의식도 한몫했을 터이다. 최근 농촌을 중심으로 이른바 '다문화가정'이 증가하고 있지만 편견이 여전한 것도 마찬가지다. 여타 동물들보다는 덜 하겠지만 인간사회에도 텃새라는 비지성적 행태는 분명이 존재한다. 답답한 주변 환경에다 사무실의 분위기도 마찬가지였다.

3월이 지나면서 전국적으로 실시하는 행사준비로 바쁜 시간이 지나고 있었다. 날마다 큰소리가 사무실을 울렸다. 팀장은 그와 비슷한 동년배의 부하직원, T를 닦달하곤 했다. 옆에 있는 것이 민망할 정도였다. 한 번은 나를 부르더니 업무 분담을 이야기했다. T의 업무를 조정해야겠다는 의사였다. 나는 조심스럽게 반대의사를 피력했다. 강제로 업무를 조정한다면 당사자는 심한 자괴감과 모멸감을 가질 것이다. 팀장의 지배 욕구를 노골적으로 내비치기 시작했다. 점심식사시간이면 늘 추가적인 구조조정을 이야기했고 언젠가는 군 생활 중의 일화를 자랑처럼 늘어놓기도 했는데, 결국 그것도 겁박의 한 행태였다.

그는 나의 군 시절 동기생 이름을 아느냐고 물었다. 이어 "그 친구, 근무를 똑바로 못해 내가 짤랐어."라고 말했다. 결코 자랑할 만한 일은 아니라고 생각했다. 다만 그의 의중을 알아챘다.

'너도 똑 바로 근무하지 않으면 내가 그렇게 할 수 있어.'라는 말을 하고 싶었을 것이다.

사무실에서 행하는 업무의 대부분은 문서를 작성하는 것이다. 『대통령 보고서』라는 책이 한 때 공무원 사회에서 회자된 적이 있다. 지난 참여정부시절 청와대에서 보고서를 중심으로 표준화하였던 과정을 바탕으로 만들어진 책이다. 관공서뿐만 아니라 일반회사 등의 기관에서도 보고서 작성시에 참고하거나 활용할 수 있도록 권장하겠다는 나름의 취지로 발간되었고 대통령이 직접 관여한 사항이었다고 한다. 먼저 공감하는 직원들을 중심으로 '보고서 품질향상 연구팀'이라는 혁신동아리가 발족하였다. 이어서 매뉴얼이 만들어지면서 전파된 내용을 중심으로 작성된 것이었다.

당시는 '혁신'이 정책의 화두였던 시대였다. 대통령이 직간접으로 관여하였다는, 보고서에도 혁신의 무늬를 채색하고 싶었던 그 시절 집착의 일단을 엿볼 수 있다.

문서로 작성되는 보고서는 어떤 의미와 기능을 갖게 되는가? 보고서는 효율적인 의사소통과 궁극적인 업무생산성을 지향하는 시작이라고 볼 수 있다. 정책의 입안과 수립, 추진 시에는 일반적으로 보고서에 의해 결정되고 추진된다. 언어를 통해서도 의사소통과 결정이 가능하지만 사회가 조직화되면서 문서의 형태로 정형화하여 의사를 결정하는 방식을 채택하고 있다. 결정하는 것으로 종결된다면 언어를 통해서도 가능하겠지만 계획을 전파하고 성과와 책임소재를 구분하기 위해서는 문서의 형태가 효율적이기 때문이다.

개인과 조직을 막론하고 '일'의 의미는 계획된 일을 추진해나가는 과정을 말한다. 그리고 새로운 분야에서 발생하거나 예상되는 문제를 해결한다는 것도 포함된다. 그러한 과정은 보고서에 의해 시작되고 보고서로 종결된다. 이에 보고서 작성능력은 업무능력과 궤를 같이하는 핵심적인 요소이다. 공적인 조직이나 일반회사의 조직이나 모든 업무의 질량은 1차적으로 보고서로 귀결된다. 그러므로 보고서로 인한 직장인들이 받는 업무 부담과 스트레스는 무겁고 크다.

우리나라의 경우 행정체계는 군에서 선도하기 시작했다는 것이 일반적인 시각이다. 가장 먼저 체계화된 조직이었고 군사정부를 거치면서 많은 직업군인 출신들이 각료를 포함한 행정부서에 근무했기 때문이었다.

군 조직은 상명하복체계가 명확한 조직이고 시대에 따라서 관점을 달리하겠지만 사고 또한 경직된 분위기라고 할 수 있다. 늘 '틀'이 필요했고 요구됐다. 논리가 필요했고 개념이 필요했다. 현장의 상황은 큰 고려 요소가 아니었다. 소위 '까라면 까!'라는 권위주의가 지배하던 시절이었으니 충분한 공감이 갈 것이다. 틀에 맞아야 했고 상급자가 가진 다분히 정치적이랄 수도 있는 특정한 논리에 부합되어야 했다.

상급자가 가진 논리의 틀이나 규격, 그것은 그리스 신화에 나오는 아테네에 살던 악랄한 도둑이 가졌다는 침대와 같은 것인지도 모른다. 프로크루스테스라는 도둑은 지나가는 사람을 붙잡아 자신의 침대에 눕히고는 침대보다 키가 큰 사람은 잘라서 죽이고 침대보다 작은 사람은 늘려서 죽였다는 악마이다. 지금이야 그런 상급자가 없겠지만 재떨이가 날고 원색의 폭력적인 언어는 물론 실제로 물리적인 폭력도 일부 횡행하던 시설이었다. 나와 다르단 것은 틀렸다는 것이다. 대화를 통해 문제에 대한 해결방안을 공유하려는 차원이 아니었다. 상급자는 자신의 권위주의적 발상의 틀에 하급자의 사유와 행동을 꿰어 맞추었다. 문제는 하급자가 받는 업무적인 스트레스보다 내부적으로도 문제 해결의 공감을 얻을 수 없다는 것이다. 상하급자간의 공감, 즉 내부적인 공감이 이루어지지 않는다면 실제 외부로 확산시키는 동력을 얻을 수 없다.

효율성이 우선시되는 개발지상주의를 내세운 권위주의 정부시절, 상급자가 가지고 있는 의중, 개념을 읽어내는 것이 무엇보다 중요한 것이었다. 보고서 자체의 시각적인 면, 예를 들면 글자체와 배열 등 시각적인 요소도 무시할 수 없는 요소였다. 그것도 상급자의 의중에 맞아야 했다. 추진과정에서 예상되는 문제와 난관은 중요한 것이 아니었다. 그래서 등장한 것이 '전시행정', '탁상행정'이라는 말이다. 문제의 현장을 확인하지 않고 사무실의 탁자에서 개념적인 것으로 적당히 의논하고 해결책을 제시하는 일이 허다했다. 장님이 코끼리다리를 만지면서 국민들을 이끄는 형국이다.

결국 업무분담 문제는 없던 일로 넘어갔다. 사무실의 살벌한 분위기는 한 달 가까이 계속됐다. 그것은 T에게만 해당되는 것이었지만 머지 않아 나에게도 닥칠 어두운 그림자였다. 나는 나름 기회 있을 때마다 T를 옹호해주는 편이었다.

어찌되었던 계획되었던 행사가 끝났다. 행사가 끝났을 때 팀장은 T를 불렀다. 어렵게 행사를 마친 대한 노고의 치하가 아니라 처연한 매질과도 같은 말을 내뱉었다.

"당신 위에 보고해서 잘라버릴 거야." 엄포라 하더라도 잔인하고 무서운 말이었다. 그렇게 시간이 지나고 어두운 먹구름은 나에게로 서서히 다가오고 있었다.

치밀하거나 꼼꼼한 성격이 못되었다. 그것은 상급자가 요구하는 수준에 맞는 일처리나 보고서를 만들지 못한다는 의미와도 같다. 그렇다고 마음에 내키지 않은 일, 상급자의 비위를 맞추는 일도 잘하지 못했다. 나도 T와 같은 상황이 연속되고 있었다. 사무실에서 폭언은 일상사였다. 직원들이 있든 없든 전혀 개의치 않았다. 어느 날인가는 출근하자마자 팀장이 나를 불렀다.

"당신 대학 때 전공이 뭐야?"

그는 당연히 나의 전공은 알고 있었다. 퇴근길이나 출근길에 고민한 흔적이라고 생각했다. 그런 질문이 나의 기를 죽이거나 나를 공격하기 위한, 모멸감을 줄 수 있는 약점이라고 생각했을 터이다.

당시 아내는 2년여 투병 중이었다. 병원에서 치료를 포기한 상태였다. 출근하면서부터 머리가 지끈지끈 아팠고 업무의 진척도 제대로 되지 않았다. 밤늦게 집에 돌아오면 아내는 아내대로 고통을 호소했다. 한번은 엉엉 소리 내어 운적도 있었다. 내가 서 있을 곳이 없었다. 그나마 나를 위로하는 방편으로 나는 주말에 잠시 짬을 내어 산을 오르곤 했다.

팔월까지 장맛비가 이어지며 후덥지근한 여름이 지나고 있었고 팀장과의 갈등과 대립은 최악의 상황을 향해 치닫고 있었다. 행사 중에 팀장은 다른 직원들이 보는 앞에서 엉덩이에 발을 올리기도 했다. 나에게 부여된, 연중 가장 중요한 과업인 행사가 끝나가고 있었다. 그 과정 중에 상황은 더욱 악화되었다. 행사가 끝났을 때 팀장이 나를 불렀고 나의 핵심적인 업무는 다른 직원에게 옮겨갔다. 자리배치도 바뀌었다. 직급이 낮은 직원의 자리로 옮겨야 했다. 강제적인 업무의 조정과 자리배치의 파괴는, 효율적인 업무를 추진해나가기 위한 것이 아닌 모멸감을 주고 역시 공공의 적으로 치부되도록 하는 수단으로도 작용했다. 나의 업무는 다시 동료들에게 던져졌다. 그것은 내가 먹던 밥그릇을 빼앗아 남에게 주는 행위였다. 당사자에게는 치욕과 모멸감을 주고, 업무를 받는 사람은 당사자에게 원망과 미움을 가져다준다.

'너 때문에 내가 이 고생을 하는구나.' 따돌림의 전조였다. 극단의 꼼수를 부리는 그의 행위가 저급해서 무서웠다. 흔히 이야기하듯 "책상을 빼라."는 말과 같았다. 모멸감과 수치심이 일었다. 그런데 그것으로 문제가 끝이 아니었다. 나의 업무가 팀의 다른 직원에게 전가됨으로 나는 '공공의 적'이 될 수밖에 없었다. 하루하루 출근길이 한심스럽고 자괴감을 곱씹어야 했다. 전부는 아니었지만 동료직원들은 나를 따돌리기 시작했다.

한 번은 여행을 갔다가 가벼운 선물을 직원들에게 돌렸다. 한 직원은 그 선물을 곧바로 쓰레기통으로 집어던지는 소리를 들려주었다. 점심도 혼자 먹어야 했고 팀의 회식이 있어도 나는 제외되었다. 언젠가는 관련 기관의 담당자와 식사하는 자리가 있었다. 개인적으로 알고 있는 사람이었다. 팀장의 고향 선배인 그가 팀장에게 편하게 한마디 했을 것이다.

"팀장님, 요즘 힘들어하는 직원이 있는 것 같은데 잘 좀 해주시지요." 힘들어 한다는 직원은 나를 지칭했다. 팀장의 고향선배라 하더라도 공적인 자리라고 생각했던지 그에게 정중하게 말했을 것이다. 팀장은 그 말이 끝나기가 무섭게 되받아쳤다.

"형편없는 인간을 감싸려 드시는 겁니까?"

화가 뻗치는 기운이었다. 이어 나에 대한 험담이 이어졌다. 나야 견딜 수 있는 것이었지만 나를 옹호해주려고 말했던 분에게 죄송한 마음으로 내가 되레 좌불안석이 되었고 후에 사과 전화까지 해야 했다.

타인에 대해 관대하지 못한 사람들이 있다. 개인적인 성향이라고 치부할 수도 있다. 그러나 그런 사람들을 심리 기저를 살펴보면 어린 시절 부모나 주변사람들로부터 인정을 받지 못했다는 상실감이 그런 인격을 만드는 경우가 많다. 특히 부모의 편애로 형제들 중 부모의 인정이나 사랑을 상대적으로 받지 못한 경우에 많다. 외부의 영향에 급격한 부침(浮沈)이 있는 경우도 마찬가지다. 물론 모두가 그렇다고 할 수는 없다. 그런 사람은 자신보다 약자라거나 동료 또는 부류를 가리지 않고 사람들에게서 과잉으로 존재감을 과시해야 자신의 정체성을 찾는다.

"나는 이렇게 할 수 있는데 너는 왜 못하느냐"

상대에게 모욕감을 주고 압박감을 준다. 자존감의 결핍이다. 자신을 기준으로 놓고 타인을 재단하는데 그의 기준이 틀린 경우가 많다. 그런 함정에 빠진 사람들은 또 대의의 명분을 앞세운다. 자신이 정의를 구현하는 슈퍼맨 같은 존재로 착각한다.

고립과 소외는 더 단단해져갔다. 공공의 적으로 동료 직원들의 적대감도 커져갔다. 상급자의 평가를 받는 자로서 관계의 유연성을 갖는 것은 쉽지 않다. 힘 있는 자의 편에 서야 일상생활이며 진급 등이 순조

롭다. 자신에게 득이 되는 쪽을 선택하는 것은 조직생활을 통해 자연스럽게 체득된다.

내가 아무런 영향력을 갖지 못한 약자가 되었을 때 그들은 기본적인 도리도 갖지 않았다.

팀의 주무를 맡은 직원이 업무와 관련하여 나에게 잘못된 것을 지적했다. 시간이 많이 지난 일이었다.

"그 일에 대해 잘 모른다, 나는 그렇게 하지 않았다."

나는 답했다. 불명확했지만 그랬던 기억으로 그렇게 답할 수밖에 없었다. 주변에는 직원들이 자기 업무에 열중하고 있었다.

"야 쓰레기 같은 놈아"

그가 소리쳤다. 그의 막말은 계속 이어졌다. 주위에 있는 다른 직원들은 제재할 생각을 하지 않았다. 참담한 상황이었다. 가슴이 터져버릴 것 같았다. 그 직원은 나보다 나이도 한참 어렸고 직급도 낮았다. 무서운 생각이 온몸을 훑고 지나갔다. 옥상에 올라갔다. 20층이 넘는 아래를 내려다보았다. 숨을 크게 내쉬고 옥상을 한 바퀴 천천히 돌았다. 사무실로 돌아와 책상을 정리하고 반일 연가를 냈다. 팀장에게도 보고했다. 몸이 좋지 않아서 병원에 다녀오겠다고.

온몸에 핏기가 사라져 몸은 죽어가는 것 같았다. 내가 가야 할 곳은 산이었다. 누구에게 그 이야기를 옮길 사람도 없었다. 비애를 삼키며 눈 덮인 산을 올랐다. 거칠게 산을 올랐다. 시린 바람이 눈을 날리며 지나갔지만 몸과 마음이 너무나 아파서 핏기가 사그라지던 몸이 더워지며 땀이 번져났다. 온몸으로 피가 돌고 몸이 다시 살아나는 것 같았다. 상처받은 가엾은 영혼을 치유해줄 수 있는 곳은 사람도 세상의 병원도 아니었다. 나는 병원대신 숲으로 갔고 거기서 치료를 받았다.

다음날 다시 출근했다. 나에게 모욕을 주었던 직원은 빈말이라도 사과를 하지 않았다. 그가 그런 극단의 표현을 내뱉었던 이유를 생각했다.

얼마 전에 팀장과 그 직원은 함께 지방 출장을 다녀왔다. 그리고 그 직원과 문제가 생길 때마다 특별한 이유도 없이 팀장은 자리를 비웠다. 나는 팀장이 그에게 사주를 내렸을 것이라고 생각했다. 그런 극단적인 말을 내뱉으면 당연히 폭력이 생겨날 것이라고 나름의 치밀한 계산을 했을 것이다.

내가 폭력을 행사했을 때의 대차대조표를 만들어 보았을 것이다. 나의 폭력은 내가 공공의 적이라는 치부를 스스로 까발리게 만드는 수단이 될 것이고 그 다음의 수순은 나의 자리가 사라지는 일일 터였다.

군 생활 중의 일이었다. 나와 같은 부대에서 근무하던 이의 아내가 읍내에서 부업으로 주점을 운영했다. 당연히 같은 부대에서 근무하던 간부들도 그 술집에 드나들게 되었다. 어느 날 새벽, 주점에서 일하는 아내와 부대의 동료인 다른 간부가 여관에 들어가는 것을 남편이 목격하게 되는 참담한 상황이 발생했다. 남편은 극심한 자괴감과 함께 그 상황을 어떻게 처리할 것인가로 고민했을 것이다. 그런데 그 남편은 부대의 지휘관에게 그 사실을 보고했다. 부대는 발칵 뒤집어졌다. 그의 그런 판단과 결정은 누워서 침을 뱉는 정도가 아니라 누워있던 방안에서 일부러 선반을 흔들어 치명적인 상처를 만들기도 할 극단적인 행위였다. 왜 그 친구는 그런 극단의 상황으로 암담한 현실을 스스로 굴려갔을까? 아내와 동료의 배신에 대한 응징은 두 번째 문제이고 그런 그의 행위는 치명적인 자해에 해당됐다.

나의 추측이지만 그것은 그가 부대생활 중에 가졌던, 상급자가 그에게 주었던 모멸감 때문이었을 것이다. 모멸감은 이처럼 타인은 물론 자기 자신까지 벼랑 끝으로 밀어 내리는 결과를 초래한다.

어느 조직에서나 상급자의 관점에서 쓸모없는 직원으로 분류되는 자는 당연히 존재한다. 상급자가 가지는 나름의 정보로 얻어진 선입견과 몇 번의 실수로 그렇게 분류되는 것이 그 출발이다. 그렇게 분류된 직원은 자신감과 자율성을 상실하고 대부분 그에 걸맞는 퇴행의 덫에 빠져든다. 업무능력이 처진다는, 상급자가 주는 모멸의 눈길을 체감하는 순간 실제로 하급자는 무능의 덫에 빠지게 될 확률이 높아진다.

부하직원이 한번 실패를 하거나 낮은 성과를 내면, 상사는 직원이 잘하려는 의지가 없다거나 업무의 우선순위를 정하지 않았다는 등 어떤 이유에서든 그에게 문제가 있다고 생각한다. 이렇게 업무능력이 떨어진다고 판정받은 직원 때문에 혹은 그를 그렇게 규정지은 상관으로 인하여 전체 조직은 조직원들 사이에 편을 가른다. 그러면 개인도 전체 조직도 업무효율성이나 추진력이 저하될 수밖에 없게 된다. 그는 평소 부대의 지휘관에게 업무적으로 인정을 받지 못했다. 물론 곁에서 지켜본 나의 견해이니 오해일 수도 있다. 당시 그는 참담한 상황에서 지혜로운 판단보다는 자신이 인정받지 못했다는 앙갚음으로 지휘관에게 보고했을 것이다. 지휘관에게 문제를 떠넘기는 것이 자신이 무시당한 것에 대한 나름의 보상심리였을 것이다. 그것이 그의 복수였다. 물론 경황 중에 그러한 자신의 선택의 결과는 깊이 생각하지 못했을 것이다.

결과는 참담했다. 쉽게 내치지도 못할 아내의 치부는 세상에 까발려지고 그도 다른 부대로 전출을 가야 했다. 군 생활을 계속 할 수 없는 것은 물론 평탄한 가정도 이어가지 못했을 것이다. 모든 이유와 원인은 아내에게서 비롯된 것이지만 그도 아내도 평생을 자신들이 만든 늪 속에서 벗어나기는 어려운 일이리라. 그가 가해자라고 생각한 아내와 동료는 물론 자신까지도 공멸의 선택을 한 이면에는 모멸감이 중요한 요소가 되었을 것이다. 모멸감은 이처럼 타인은 물론 자기 자신까지 벼랑 끝으로 밀어 내린다. 모멸감은 '인간의 존엄성'을 파괴하는 가장 치명적인 독소가 될 수도 있다. 그가 가지고 있던 희박한 자존감이 그의 자해를 부추기는 요인으로 작용했을 것이다. 낮은 자존감을 가진 사람들은 타인의 시선으로 자신의 존재 가치를 인정받고 싶어 한다. 결국 타인에게서 비롯되는 모욕과 경멸을 통해 존재감을 확인하는 역설(逆說)이 만들어진다.

최근 증가하고 있는 자살의 요인은 우리 사회가 모멸감에 견디는 감정이 취약하다는 것을 방증한다. 반상이 구분되었던 신분사회가 와해되면서 자본이 지배하는 또 다른 신분사회로의 변이과정 중에 모멸감에 취약한 사회기류를 형성했다고 볼 수 있을 것이다.

어김없이 밤이 지나면 아침이 오고 시간은 지났다. 한번은 퇴근 후 팀장에게서 전화가 왔다. 주말에 한번 밖에서 만나자는 전화였다. 다음날은 일요일이었다. 다시 문자메시지가 왔다. '약속을 취소한다.'는 내용이었다. 팀장도 답답한 상황이었을 것이다. 나의 입장에서 그가 한번쯤 손을 내미는 의미라고 생각했다. 팀장의 집으로 찾아가야겠다.

빈손으로 갈 수는 없으니 과일가게에 들렀다. 괜찮아 보이는 곳감을 한 박스 샀다. 그런데 그게 또 다른 나의 치명적인 실수였다.

재건축이 계획된 연립주택 지역이라 팀장의 집을 찾기가 쉽지 않았다. 내키지 않는 발걸음이었으니 더 그랬을 것이다. 한 시간 넘게 헤매고 다닌 끝에 겨우 그의 집을 찾았고 초보 동냥아치처럼 어색하게 문을 두드렸다. 가족들도 있었는데 그리 표정이 밝아 보이지 않았다. 팀장은 밖으로 나가자고 했고 근처 식당으로 갔다. 식탁에 마주하고 앉았을 때 대뜸 험한 말로 나를 공격부터 했다. 입사하는 과정에서 무슨 문제가 있었다는 것처럼 나를 몰아가고 있었다. 기가 막힌 상황이었다. 한참을 그렇게 몰아대더니 취기가 오르면서 '잘 해보자'는 이야기가 나왔다. 술을 많이 마셨다. 다시 팀장 집으로 가서 차를 한 잔 마시고 헤어졌다. 가져갔던 곳감박스를 건넸다.

다음날 점심시간은 직원들과 같이 먹었다. "앞으로 잘할 것이라며 잘 화합하자."고 팀장이 말했다. 그러나 그러한 훈풍은 하루를 가지 못했다. 다음날 아침 출근했을 때 팀장은 쇼핑백 하나를 건네주면서 힐난조로 내뱉었다.

"선물을 하려면 똑바로 해, 허접한 중국산으로 하지 말고, 아이들이나 갖다 주라고." 기가 막히는 일이었다. 절대 그렇게 할 수는 없는 일이었다. 백화점 같은 곳에서 좋은 것을 선물로 구입하지 못한 것은 나의 불찰이라고 한다고 해도 말이다. 일부러 중국산을 구입한 것도 아닌데, 선물로 가져간 것을 다시 가져오다니. 그것은 팀장의 또 다른 압박이었다. 모멸감으로 나를 끝까지 벼랑으로 몰겠다는. 그래도 나는 다시 산지에 택배로 곳감을 주문했다. 그리고 메일에 '지난번에 죄송

했다.'고 적어 보냈다. 그렇게 배달된 것은 다시 사무실로는 들고 오지 않았다.

다시 잠잠한 일상이 돌아왔다. 나는 여전히 혼자 밥을 먹었고 혼자 산책했다. 많은 직원들이 나를 보고 수군거리는 것 같아 눈도 제대로 마주치지 못했다.

한번은 회사에서 부서별 족구시합이 있었다. 우리 팀은 준결승까지 진출했다. 일과시간이 끝난 후에 야간에 경기가 이어졌다. 많은 직원들이 응원에 참가했다. 부서장도 왔으니 팀장도 응원에 참가했을 것이다. 어렵게 결승전에 진출했고 다음날 결승전이 예정되어 있었다. 준결승전이 끝나고 팀장은 직원들과 "소주나 한잔 하자."고 했다. 결승전이 내일이니 한두 잔만 먹겠다고 했으나 자꾸만 술을 권했다. 우리 팀의 주전인 나를 왜 술을 먹이려 하는지 이해할 수 없었다. 다음날 결승전에서 우리는 졌다. 아쉽게 졌다. 경기가 잘 풀리지 않으면서 같은 편의 누군가가 실수를 했을 때 자꾸만 지적을 했고 핀잔을 주고받았다. 살아온 날에도 부딪쳤고 살아갈 날에도 일상처럼 늘 부딪칠 "너 때문이야!"라는 손가락질은 그 손가락을 거두는 순간 자신에게 독이 되어 몸 안으로 흘러들어간다. 독은 피에 섞여 온 몸을 흐른다. 결국 손가락질을 한 자신이 쓰러지고 만다.

나는 우리 팀의 주전으로 참가하면서 너무나 미약해진 존재감을 다소나마 회복하고 싶었다. 그래서 더욱 아쉬웠다.

『기막힌 존재감』이라는 책이 있다. 저자인 앤드류 리는 잠재력 개발

및 컨설턴트 기업 메이너드 리 어소시에이츠(Maynard Leigh Associates)의 설립자로 유명한 영국인이다. 그는 존재감을 키우는 행동과 표정, 대화법과 스타일 등 다양한 방법을 구체적으로 이야기한다. 무엇을 하든, 어디에 있든 무조건 존재감을 드러내야 한다고 강조한다. 존재감을 높이면 리더십은 물론 카리스마와 영향력이 발휘된다는 것. 이 책은 이러한 존재감을 키우기 위해 자신을 훈련하는 방법과 현재 상태를 점검해야 하는 필수 지침들을 이야기한다.

그는 인적 네트워크 및 커뮤니케이션 강화 비결을 '존재감 높이기'에서 찾는다. 이 책이 말하는 존재감을 키워야 하는 최종 목적지는 바로 '공감대'에 바탕한 영향력이다. 즉, 상대방의 행동과 마음을 내 맘대로 조절할 수 있는 능력이다. 이 책은 눈에는 분명하게 드러나지 않지만 평범한 사람도 첫눈에 특별하게 기억되는 작은 차이 즉, 존재감을 드러내는 세 가지 단계 과정을 가르쳐준다. 첫 번째는 '목적을 정의'해야 한다는 것이다. 예를 들면 사람을 만나는 데는 분명 이유가 있다는 것은 누구나 공감하는 것이다. 그러나 자신이 목적을 객관화하여 정의하는 것은 결코 쉽지 않다. 두 번째는 '자기인식의 강화'이다. 목적을 정의했다면 목적에 맞는 행동이 존재감을 높이는 것이다. 쉽게 말하면 가장 '나다운 나'가 될 수 있을 때 상대방에게 강하게 어필할 수 있다는 것이다. 마지막으로 세 번째는 '공감대 발산'이다. 상대방의 마음을 얻는 것은 공감을 주는 것 밖에 없다는 것이다. 내가 공감을 주었을 때 상대방은 관심, 상호의존성, 친근감을 돌려준다는 것이다. 그러한 일련의 과정을 통하여 공감대가 형성되었다면 비로소 '기막힌 존재감'에 도달할 수도 있다는 것을 이야기한다.

결국 존재감은 선천적인 것이 아닌 후천적 자기계발이라는 점을 강조한다. 그는 세 단계 시스템을 통해 평범한 누구라도 어디서나 '기막힌 존재감'으로 거듭날 수 있다고 강조한다. 지도자로 특별한 존재감을 가졌었거나 가진 윈스턴 처칠, 푸틴, 넬슨 만델라, 마돈나, 오프라 윈프리, 모하메드 알리, 마더 테레사, 데스몬드 투투 대주교 등의 유명인들의 이야기를 통해 이들이 자신의 개인 관계망을 넘어 사회적으로 국가적으로 범지구적으로 수많은 사람들에게 막대한 영향력을 발휘했다는 공통점을 도출한다. 그러나 그들이 처음부터 '천재적 카리스마'로서 모두에게 영향력을 행사하는 '기막힌 존재감'의 소유자는 아니었다는 점을, '지속적인 후천적 노력과 치열한 과정의 연습으로 만들어진 결과'라는 것을 강조한다.

나는 가장 기본적인 업무적인 면에서 존재감을 가지지 못했다. 그것은 어떤 상황과 이유로도 변명할 수 없는 것이리라. 우연치 않게 결승까지 진출하게 되면서 업무 외적인 운동경기에서라도 존재감을 절실하게 생각했는지도 모른다.

가정을 포함해서 어디에서건 존재감을 갖지 못한다면 주어진 과업이나 추구하는 바를 행동화할 수 있는 동력을 만들어내지 못한다. 나도 마찬가지였다. 나에게서 문제점을 찾아내고 개선하려는 노력보다는 누구를 탓하고 비난하는 것에 더 마음을 두었다. 결국 '내게 존재감을 좀 주라!'고 허공에 외치는 형국이었다.

상황은 더 나빠지고 있었다. 직원 개인평가를 바탕으로 상호평가를 했다. '역량강화 프로그램'이라고 했지만 재교육 대상자를 뽑아내기 위한 일이었다. 그것은 마치 나를 끼워 넣기 위해 만들어진 프로그램 같았다. 산하기관을 포함해 많은 인원들이 선발이 아닌 지명되어 소집됐다. 그 이전에도 인원감축을 홍보하며 모 기관에서 대상자를 선발하여 '한강둔치의 쓰레기 줍기', '풀 뽑기' 등의 모멸감을 가지게 하는 재교육 과정이 있었고, 실제로 그런 과정을 거쳐 퇴출된 사람도 있었다.

별도의 교육장소로 집결했다. 배려 차원이었는지 산 밑에 있는 외진 공간이었다. 입교식도 있었다. 입교식이 시작되면서 지방에서 올라온 나이든 여성은 내내 서럽게 눈물을 찍어내고 있었다. 대부분 50대를 지나는 분들이 구성원들 중에서 문제 직원처럼 낙인 찍혔으니 원망과 서러움을 가슴 깊게 품었을 것이다. 대부분이 지방에서 올라왔으니 주말에나 집에 갈 수 있었다.

교육과정은 자기인식, 리더십 배양, 팀과 성과인식, 표현력 강화 등의 프로그램으로 정년이 가까운 이들에게는 다소 억지스러웠다. 주제 넘게 비용이 아깝다는 생뚱맞은 생각까지 들 정도였다. 모든 과정은 평가점수를 매겼다. 상호 평가 결과로 개인별 상담 과정도 있었다. 나는 누구보다 적극적으로 즐겁게 교육과정에 임했다. 모든 과정에서 두각을 나타냈다. 그렇게 3개월 과정이 끝나갔다. 팀별로 과제를 작성하고 발표했다. 최종 필기평가도 있었다. 그 결과는 소속기관으로 통보되었다. 다시 사무실로 돌아가는 것이 싫었다. 하지만 어쩔 수 없었다. 사무실로 복귀했지만 다시 팀장의 관찰대상 목록에 올라 있었다.

3개월간 근무내용을 기록하고 평가를 받아야 했다. 내가 작성한 보고서는 팀장의 마음에 들 수 없었다. 문제가 생길 때마다 시말서를 쓰라고 했다. 그 시말서는 단순히 경고차원의 것이 아니었다. 그것들을 모아두었다가 나의 허물을 입증하는 증거물로 쓰일 것이다. 나는 보고서에 최선을 다했다.

보고서는 이제 과거의 관점에서 벗어나야 한다. 물론 많은 부분 개선되고 있다. 그러나 보고서가 일정한 틀을 유지해야 한다는 당위성을 버리기는 어려운 문제다. 다만 현장에 잠재되어 있거나 발현하리라고 예상되는 모습을 착안하고 보고서를 작성해야 한다. 개념이나 논리가 아닌 현장의 모습을 접목하여 공감할 수 있는 내용과 틀을 유지하는 유연한 틀의 보고서를 만들어야 한다.

학교폭력이 관련기관의 문제만이 아닌 국가적인 관심의 초점이 되고 있다. 학교폭력은 어느 시대를 막론하고 언제나 있어 왔다. 과거에는 학생들 상호 간의 폭력 문제만이 아닌 교사나 선도부의 의한 관제폭력문제도 심각했다.

학생 상호 간의 폭력으로 극단적으로 생을 포기하는 상황에서 문제의 심각성을 인식하게 되었고 많은 대책들이 쏟아져 나오고 있다. 그러나 근본적인 해결책은 매우 어렵고 복잡한 관계망을 살펴봐야 한다. 학교폭력 등을 포함한 모든 폭력의 야만은 가정에서부터 시작된다. 극악한 범죄의 피의자들은 대부분 성장과정에서 정서적, 신체적 학대를 받았거나 경험한 것으로 나타나고 있다. 이와 같이 가정폭력을 경험하고 부모로부터 유대감을 갖고 자라지 못한 경우 정신적 상처를 극복하지 못하고 원만한 대인관계를 유지하는 데도 서툴 수밖에 없다. 그동안 가정폭력은 개인의 사생활 영역으로 치부하여 방치되어 왔으며 국가에서도 적극적인 개입을 하지 않았다.

경제적, 사회적 요인으로 많은 가정이 해체되고 전통적인 가족 체계가 붕괴되고 있는 실정에서 어린이나 청소년들의 인성이 올바르게 성숙하기 어려운 실정이다. 그리고 과거와 달리 선생님의 권위는 북극의 빙하처럼 녹아내리기 시작해서 학생들을 훈육하는데 그 힘을 발휘할 수 없다.

이에 제시되는 대책은 논리적일 수는 있어도 대부분 개념적인 한계를 가질 수밖에 없다. 졸속이거나 탁상논의이기 때문이다. 그런 식으로 현장에서 있었거나 있을 수 있는 사실을 확인한 대책이나 적확한 대안을 제시하기는 어렵다. 성급하게 만들어진 많은 계획들은 사실을 간과하고 지나간다. 정책부서에서 해야 할 일은 관련 기관과의 협조나 현장에서의 공감을 공유하는 것이다. 그 공감의 공유를 바탕으로 방향만 제시하고 현장에서 교사들이 자체적으로 수립한 방침이나 기준에 의하여 처리될 수 있도록 해야 할 것이다. 물론 이는 개인적인 소견일 뿐이다.

보고서는 단지 개념이나 논리만 들어있는 문자의 배열로 치장되는 것이 아니어야 한다. 현장의 현실을 인식하고 공감을 공유하는 내용을 담아낼 수 있는 틀이거나 그릇이 될 수 있어야 한다. 그러면 정책의 기초를 입안하는 실무자들의 일은 한결 쉬워지고 효율성은 저절로 높아질 것이다.

평가과정이 끝나고 다시 관찰대상이 되었다. 그전에 팀장이 나를 불렀다. 지방에 자리가 비었으니 그곳으로 가라고 했다. 권유도 아닌 협박이고 강권이었다. 장시간 세워놓고 자신의 뜻을 관철시키겠다며 큰 소리를 냈다. 엄마도 없는 작은 아이는 고3이다. 그 이유뿐만이, 설령 내가 그런 하잘것없는 대상이라고 하더라도, 그렇게 떠나는 것은 아니라고 나를 설득했다. 비참한 모양새다. 설령 내가 간다고 했더라도 갈 수 없는 곳이었다. 나는 그렇게 알고 있었지만 팀장은 그렇게 강요했다. 만약 그 때 그 불편하고 비참한 상황을 견디지 못하고 "가겠다."라고 했더라면 결국 나는 더 비참한 나락으로 떨어졌을 것이다.

회사에서는 결국 스스로 퇴사할 것을 권고했다. 담당직원은 곤혹스러움을 가지고 나에게 강요했다. 나는 "그럴 수 없다."고 했다. "나를 내쳐라."고 했다. 처음에는 나 자신에 대한 모멸감과 자괴감을 참을 수 없었다. 그러나 시간이 지날수록 점차 따돌린 자에 대한 원망과 증오가 커져가며 마음에 독이 쌓이고 분노가 일었다.

늦은 퇴근길에 택시를 타면 택시기사에게 이것저것을 묻기도 했다. 3D업종이라는 말도 있지만 택시기사는 현대판 막장의 직업군으로 비하하기도 한다. 쉽게 직업으로 선택할 수 있는 수요가 있기 때문이라는 이유에다 척박한 노동환경이지만 박봉이라는 이유가 있을 것이다. 본디 막장이라는 말은 "갈 데까지 갔다." 또는 "이젠 꿈이고 희망이고 뭐고 없다." 등의 극단적인 부정의 상황에서 주로 표현하는 말이다. 그 이전 60년대와 70년대 석탄 산업이 전성기를 구가하던 시절에 광부들이 땅을 파다가 "더 이상 무연탄이 안 나온다"는 절박한 상황에서 "막장이다."라는 말을 사용했다.

내가 택시기사에게 한 달 기준으로 보수 등을 자세히 묻기도 했다는 것은 회사를 나오면 선택할 수 있는 직업으로 택시기사를 생각한다는,

처절한 절박함이었다. 가끔은 길거리에 포장을 두르고 '사주팔자'를 읽어준다는 곳을 기웃거리기도 했다.

주말이면 잠시 그 잔인한 절박함을 벗어나는 시간이다. 산에 오르고 마라톤을 달리고 문우들을 만나고 그렇게 많은 사람들 사이에서 존재감을 가질 수 있었다. 그러나 혹시 숨겨진 나의 치부를 들여다볼까 스스로 절어들기도 했지만 그 존재감은 내 기울어진 삶의 불균형을 가까스로 맞춰주었다. 하지만 차츰차츰 내 몸은 균열이 생기고 삶의 균형은 무너져간다. 나는 그 허물어짐을 견디려 악을 쓴다. 바둥거린다. 그리고 나는 숲을 찾는다. 어김없이. 숲에서 나는 다시 태어나야 한다. 다시 태어나야 했다.

언제부턴가 숲을 좋아했다. 아니 숲길을 좋아한다. 처음에는 단순히 산을 좋아했을 것이다. 산과 숲은 같은 의미이거나 개념일 수도 있지만 분명 다르다. 산에는 오르고 내리는 고도의 공간적인 의미가 더 크다. 그러나 숲은 정서다. 철학적인 사유의 향기가 풍긴다. 김훈 작가는 『자전거여행』에서 숲을 이렇게 표현했다.

'숲'이라고 모국어로 발음하면 입 안에서 맑고 서늘한 바람이 인다. 그래서 '숲'은 늘 맑고 깊다. 숲 속에 이는 바람은 사람 몸과 마음의 깊은 안쪽을 깨우고 또 재운다. '숲'은 글자 모양도 숲처럼 생겨서, 글자만 들여다보아도 숲속에 온 것 같다. 숲은 산이나 강이나 바다보다도 훨씬 더 사람 쪽으로 가깝다. 이 세상의 어떠한 숲도 초라하지 않다. 숲은 그 나무 사이사이에서 새롭게 태어나므로 낯선 시간들의 순결로

신성하고, 현실을 부술 수 있는 새로운 삶의 가능성으로 불온하다. 숲의 힘은 오래된 것들을 새롭게 살려내는 것이어서, 숲 속에서 시간은 낡지 않고 시간은 병들지 않는다. 이 새로움이 숲의 평화일 터인데, 숲은 안식과 혁명을 모두 끌어안는 그 고요함으로서 신성하다.

나에게 숲은 신앙의 대상이었다. 숲은 그 무엇을 내밀지 않아도 되는 그저 내가 받기만 하는 특별한 신앙의 대상이다. 그래서 하루라도 숲길을 지나지 못한 날은 못내 서운하다. 숲은 나의 영혼에 안식과 빵을 준다. 하루 중에도 이른 아침에 지나는 숲길을 좋아한다. 붕어의 비늘 같은 산 벚꽃이 지는 날에도, 안개가 숲을 휘감은 날에도, 사락사락 낙엽위에 소리를 내며 눈이 오는 날에도.

인자요산(仁者樂山)이라고 했지만 결코 나는 어진 성품을 가지지는 못했다. 어진 사람이 숲을 좋아한다는 것은 잘못된 말이 아닐 것이다. 하지만 나를 기준으로 한다면 어진 성품을 지녀 숲을 좋아 한다기보다 당연히 숲이 나를 어질게 만들어주기에 생겨난 말이라고 생각한다.

숲의 아침은 투명하고 엄숙하며 경건하다. 비록 누추하게 살아가더라도 내 살아있음을 찬양하게 하고 절대자처럼 삶의 의미를 부여하기도 한다. 숲의 아침은 기도하게 한다. 달디 단 마음의 양식을 내려준다. 지난날들을 돌아보고 참회하게 한다. 숲은 늘 그 자리에 있고 넉넉하게 받아주기만 한다. 단단히 움켜진 것들을 내려놓게 한다. 쉽게 풀어낼 수 없을 마음의 갈등도 풀어진다. 숲의 신비다. 아무 말 없이 이 모든 것을 해내는 숲의 신비다.

오래전 내가 살던 고향마을 한 가운데 두레박으로 물을 길어 올리던 우물이 하나 있었다. 스무 번 쯤은 팔을 바꿔가며 두레박줄을 들어 올려야 할 만큼 깊은 우물이었다. 우물의 수호신이라도 되는 듯 우물가에는 나이가 백 살이 넘어 뵈는 나이 든 버드나무도 한그루 서 있었다.

학교에서 돌아와 저녁나절이면 우물로 물을 길러 가기도 했는데 갈 때마다 그 우물 속을 들여다보곤 했다. 그 우물 속으로 파란하늘에 뭉게구름이 흘러가기도 하였고 깊은 고요 속에서 내 까만 얼굴만 보일 때도 있었다.

언제부터인가 아침저녁으로 새마을노래가 큰 소리로 마을을 울렸다. 그 새마을 노래는 크고 힘이 넘쳐서 돌담을 허물었고 초가지붕도 쓸어내리고 우물이 메워지고 펌프라는 것이 들어서게도 했다. 그래서 한동안은 우물속의 파란하늘도 같이 메워진 것 같아 서운하고 안타까웠다.

힘들게 끌어올려야 했던 두레박 대신 두 팔로 펌프의 손잡이를 내리누를 때마다 낭창하니 무게가 느껴지면서 물이 올라왔다. 그런데 그 펌프라는 것이 처음 시작할 때 꼭 필요한 것이 있었으니 그게 바로 한 바가지가량의 물이이었다. 때에 따라서는 그 이상의 물이 필요할 때도 있었지만 반드시 있어야 하는 것이었다.

그 한 바가지만큼의 물, 그 물은 마중물이라고 했다. 내가 늘 내려다보았던, 파란하늘이 묻힌 한 깊은 곳에서 물을 모셔오기 위해, 뜨거운 여름에는 얼음물처럼 시원하고 추운 겨울날에는 엷게 김이 피어오르며 온기를 가졌던 물을 모셔오기 위해 마중을 나가는 물이라는 의미였다.

지금까지 살아온 모습들은 누추하고 초라해서 다 치우고 버려야한다며 초가지붕은 함석이나 슬레이트로 바뀌었고 구불구불 돌아가기도 하던 정감어린 돌담도 허물어냈다. 그리고 그 펌프마저 뽑혀져버리고 간이 상수도의 수도꼭지가 세워졌다. 이제 마중물을 구하려 뛰어다닐 필요도 없이 수도꼭지만 돌리면 물이 쏟아지는 편한 세상이 되어갔지만 그나마 내 마음 한편에 남아 있던 그 우물속의 파란하늘은 지워져 가고 자꾸만 어두워져 간다.

고대 그리스의 철학자 디오게네스는 한낮에도 등불을 들고 진실한 이를 찾아다녔다는데 나는 너무도 오랫동안 내 안의 나도 찾아내지 못하고 어둠속에서 방황했다. 내 안에 야만처럼 깃든 절망과 어두움이 아침 햇살에 스러지는 이슬처럼 스러져가기를 바랐다. 그러나 스스로 내 안의 등불을 켜 야만처럼 깃든 어둠을 몰아내는 것은 참으로 어려운 일이다.

시간이 지나면서 오래 전 파란하늘이 묻힌 그 깊은 우물 속의 물을 끌어올리던 펌프의 마중물처럼 내 안의 등불을 켜려면 뭔가 마중물이 필요하다는 것을 알게 됐다.

그래서 가끔은 방황일지도 모를 여행을 한다. 그리고 지나간 시간들을 반추하면서 그 어둠처럼 깃든 야만의 똬리를 풀어낼 수 있었던 것은 말보다는 문자였다. 문자가 내 생의 마중물이 되었다. 말은 허공으로 사라지고 상대에게 후유증을 만들기도 한다. 그러나 이제 말의 야만과 내 어두운 방황에서 벗어나려고 한다.

글 쓰는 법이나 요령을 따로 공부한 내공도 없어 설익은 개복숭아를 따먹을 때처럼 시고 떫기만 하다. 그래서 남들에게 읽혀지고 보여 진다는 것이 부끄럽기 그지없지만 나는 글을 쓴다. 미려한 문장을 이어

갈 자신은 없지만, 내 모습을 보이는 그대로 거울에 비춰보려고 애써 보기나 한다. 내가 쓴 글이어서 나만의 냄새를 피우거나 모습을 보일 수 있는 글을 쓰고 싶다.

"남의 병으로 돈을 버는 의사가 되기 싫고 남의 싸움으로 이득을 취하는 변호사 또한 원치 않으며, 남의 죄로 밥을 먹고 사는 목사가 되기도 싫으므로 저는 작가가 될 수밖에 없습니다."

『큰 바위 얼굴』을 쓴 나다니엘 호손이 그이 어머니께 보냈다는 글이다.

내 글을 읽는 이들이 거울에 비춰진 내 모습에 흉을 봐도 좋다. 어쩌다 한구석이라도 자신과 같은 생각이거나 닮은 점에 위안을 가진다면 더욱 좋다. 내가 풀어낸 그리움에서 자신의 그리움을 건져 올린다면 춤을 추겠다.

헤르만헤세는 이렇게 말했다.

"시인의 임무는 길을 가르쳐 주는 것이 아니라 그리움을 일깨우는 것이다."

나는 그렇게 자신을 찾아가는 코드로 숲이 나에게 준 문자를 새겨나갔다. 숲이 없었다면 나는 온전히 존재할 수 없었을 것이다. 아니 절대 불가능한 일이었다.

암울한 시간은 다행처럼 흘러갔고 다시 회사는 조직개편을 앞두고 있었다. 그 상황에서 팀장은 처절한 악담을 그렇게 내뱉었다. 나의 허물도 생각했다. 그 와중에서 책을 만들고 발표회를 하기도 했었으니 그것은 갈등을 증폭시키는, 용인할 수 없는 요소로 작용했을 터이다. 문제를 개선하거나 극복하려는 적극적인 노력도 부족했지만 나의 허물이 크다고 생각했기에 비인격적인 처사에도 견디어야 한다고 생각했다. 당시 나의 인사 문제로 곤란을 겪었던 담당자가 있었다. 그는 내 친숙한 고향 후배였다. 많은 시간이 흘러 대다수의 직원들에게 시를 포함한 산문을 하나하나 메일로 보냈을 때 그는 답장을 보내왔다.

"믿지 못하는 사람에게 시가 무슨 소용이 있는 것인가요? 시는 마음이 믿는 대로 쓰는 것이라고 알고 있습니다. 말의 기교가 아니라……."

나를 힐난하는 글이었다. 그러나 고민한 흔적이 묻어나온다. 간접적인 표현으로 에둘러 말하는 투에 그래도 정을 느낄 수 있었다.

사무실 안에서 해결할 수 있는, 해결될 수 있는 일이었다. 팀장은 사무실 안에서의 따돌림만으로도 만족해야 했다. 그러나 그러한 문제를 사무실 밖으로 확산시킨 결과는 자멸이었다. 팀장은 자신의 존재감을 대내외적으로 드러내고 싶었던 모양이다. 그리고 짧은 시간 그 가치 없는 유희를 즐겼을 것이다.

팀장은 다른 곳으로 자리를 옮기며 저주를 퍼부었다. 그런데 그 저주가 참기 힘들었다. "너는 저주를 받을 것이다."라고 끝냈으면 그래도 괜찮았을 것이다. 그러나 그는 그것도 억울하고 분하다고 생각했던지 자식들까지 그 범주에 포함시켰다.

"너는 저주를 받을 것이다. 네가 저주를 받지 않는다면 너의 자식들이……."

나의 분노가 폭발하기 전 나는 되레 그가 한심하다고 생각했다. 숲의 바람을 생각했다. 그도 숲을 다니며 숲의 바람, 숲의 속삭임, 숲의 노래를 들을 수 있을까?

인간성에도 고약한 냄새가 난다. 숲의 바람이라야 그 고약한 냄새를 지울 수 있을 듯하다.

미아리 눈물고개로 시작하는 〈단장의 미아리고개〉는 오래된 유행가
이다. 한국전쟁당시 피눈물나는 이별의 아픔을 노래한 가사이다. 단장
(斷腸), 직역하면 "장이 끊어졌다"는 뜻이다.

중국 진나라 때 정승인 환온이 촉(蜀) 땅을 정벌하기 위해 길을 나섰
다. 배에 군사를 나누어 싣고 양자강 중류의 협곡인 삼협(三峽)을 통과
할 때, 환온의 부하 하나가 원숭이 새끼 한 마리를 붙잡아서 배에 실었
다. 어미 원숭이가 뒤따라왔으나 물 때문에 배에 오르지 못하고 강가
에서 슬피 울부짖었다. 이윽고 배가 출발하자 어미 원숭이는 강가에
병풍처럼 펼쳐진 벼랑도 아랑곳하지 않고 필사적으로 배를 쫓아왔다.
배가 100여 리쯤 가서 강기슭에 대자 어미 원숭이는 바로 배에 뛰어올
랐고 그대로 죽고 말았다. 그 어미 원숭이의 배를 갈라 보니 너무나 애
통한 나머지 창자가 토막토막 끊어져 있었다. 이 사실을 전해들은 환
온은 크게 노하여 원숭이 새끼를 붙잡아 배에 실었던 그 부하를 매질
한 뒤 쫓아 버렸다고 한다.

처음 말을 만든 이는 아내를 잃은 남편은 '홀아비'라 정했고, 남편을
잃은 아내는 '과부'라 정했으며, 부모를 잃은 자식은 '고아'라고 정했다
고 했다. 그러나 자식을 잃은 부모는 그 아픔이 너무 커서 부를 마땅
한 호칭이 없었다고 한다. 그도 자식을 가진 아버지였다. 불의의 사고
로 자식을 가슴에 묻어야했던 이의 이야기를 들어본 적이 없는 걸까?
자식은 가슴에 묻는다고 한다. 그래 내 모두를 주어도 가슴시리기만한

아이를 이 세상 어디에 묻을 수 있단 말인가? 시간이 지나면 고통의 무게가 조금 가벼워질 수 있을지 모르지만 그 상실감이 절대로 사라지거나 마음의 감옥을 벗어날 수 없다. 자식을 잃은 어버이는 무기력하게 어서 북망산의 손짓을 기다리며 시간을 스쳐 내는 삶을 살 수 밖에 없다.

　그 말을 듣고 나는 그에게 말했다.
　'이제 혼인을 앞 둔 여식을 가진, 기대보다는 걱정과 고민이 더 많은 아버지가 어찌 그런 극악한 말을 할 수 있답니까?'
　뻗어나가는 주먹을 간신히 달래면서 나를 진성시킨 속말이었다.

part 6

내 꿈은
물꼬를 트는
일이었다

밤하늘의 별을 볼 때마다 참 신비하고 예쁘다는 생각을 한다. 별이라는 이름도 마찬가지다.

목포에서 뱃길로 네 시간, 밤하늘의 별처럼 떠 있는 작은 섬 우이도. 자정이 지난 시간 그곳의 밤 풍경은 밤하늘의 별만으로도 신선하고 신비로웠다. 말 그대로 적막강산이었고 도시에서 볼 수 없는 별들이 이곳 섬으로 죄다 몰려온 듯 밤하늘에서 총총했고 반짝거리며 시냇물처럼 흘렀다. 은하수라고 이름 지은 사람의 감성이 부럽다. 처음에 별이라는 이름을 지은 이는 '셀 수 없을 만큼 많은 것'이라는 의미도 담아두었을 것이다.

검은 백사장은 텅 비어 있다. 영락없이 하루에 두 번씩이나 여행을 떠나는 바다는 어디쯤까지 갔다가 다시 제자리로 돌아오곤 하는 것인지. 어둠속에서 더 가까이로 다가서듯 산등성이들은 털 검은 짐승의 무리들이 어깨를 두르고 촘촘히 선 것처럼 검고 길게 서 있었다. 스무하루 하현달은 어제보다 게으름을 피우며 산을 느릿느릿 넘어온다. 달빛은 백사장을 가로질러 건너편 모래언덕을 미끄러지며 내려오고 있었다.

밤으로 섬은 태초의 천지처럼 창조가 영속되고 있는 곳 같았다. 처음으로 이 섬에 깃들었다는 이유도 있겠지만 밤마다 새로운 별이 생겨나고 산도 생겨나 능선으로 이어지는 듯 했다. 바닷물도 짜게 새로 만들어져 오고 너른 백사장도 마찬가지 인 듯했다.

물새들은 모두 어두운 숲으로 돌아갔을 것이다. 여행을 마치고 바다가 돌아오는 새벽녘에나 새들은 다시 깨어나 날개를 펼 것이다. 풀벌레들은 뭍의 것들과 다르게 금속성에 가깝도록 서늘한 밤의 노래를 단조롭게 이어갔다. 게들은 뻘로 밥을 해먹고 그 흔적처럼 작은 알갱이들을 둥글게 뭉쳐 밖으로 굴려냈다. 게들은 바다가 돌아오면 수영을 하며 동무들과 놀다가 바다가 떠나고 배가 고파지면 그렇게 뻘로 밥을 지어먹는다.

무인지경이었다. 철부선이 섬의 선착장에 닿았을 때 사람도 집도 보이지 않았다. 매표소를 겸하는 작은 건물이 하나였고 일행의 마중을 나온 듯 몇 사람이 방파제에서 낚시를 하고 있었으니 무인도는 아니었다.

목포에서 뱃길로 4시간. 그러나 목포에서 섬까지의 거리는 마라톤으로 치면 풀코스만큼의 거리다. 먼 거리일까? 가까운 거리일까? 내가 마라톤으로 달리는 시간보다 더 오랜 시간인 4시간이나 걸린다는 것은 쉽게 수긍이 되지 않았다. 매표소에서 두 번인가 더 물었다.

"더 빨리 가는 배는 없어요?"

나는 무얼 조급해한 것일까? 단지 나의 뜀박질보다 느리다는 이유로 시간을 재단했다.

시간은 언제부터 생겨난 것이지? 시간은 누가 처음 누가 만들어 정한 것이지? 누군가 불순한 의도를 가지고 시간을 만들지 않았을까? 지배하고 억압하고 간섭하기 위한 수단으로 말이다. 배가 고프면 먹고 졸리면 잠자리에 들면 되는 게 아니겠는가? 해가 뜨면 일어나서 사냥을 나가고 해가 지면 집에 들어가면 되는 것이 아니겠는가?

나의 삶은, 일상은 왜 그런 단순한 자유를 누리지 못하는가? 눈을 뜨는 순간부터 잠자리에 누울 때까지 시간의 통제를 받고 간섭을 받는다. 알람기능까지 갖춘 똑똑한 전화기는 지배자의 대리자처럼 잠자는 시간까지 곁에서 나를 간섭한다. 그래서 나는 차에서 가급적이면 내비

게이션을 쓰지 않는다. 불편함은 감수한다. 차를 타면서도 잔소리 같은 기계음의 간섭이 싫기 때문이다.

어쨌든 시간은 누구에게나 똑같이 주어지는 아주 특별한 것이다. 그러나 똑같이 주어진 시간은 그것을 감각하는 사람의 주관에 따라 느림과 빠름의 속도가 결정된다. 인식의 차이다. 삶의 질이 다양한 것처럼 그 인식은 철저히 다르다. 즐거운 시간은 빠르게 지나가고 괴로운 시간은 더디게 지나간다. 즐거움과 괴로움은 주관적이다. 그래서 시간은 절대적 권위를 유지하지 못한다. 심지어 '이렇게 살다가 부르면 가는 거지. 인생 뭐 있어?'라는 말 앞에 꼬리를 내리는 게 시간이다.

마라톤으로 달리는 것보다 느리게 철부선을 타고 네 시간을 가야 한다는 것은 지루했다. 바다 위를 마라톤으로 뛸 수 있다면 좋겠다. 도착할 때까지 그런 마음이었지만 배는 10분의 단축도 없이 지루하게 도착했다.

마라톤으로 4시간의 고통을 안고 달리는 시간과, 선상에서 시원한 바람을 함께 바다풍경을 보며 지나는 시간을 비교할 수는 없다. 그런데 오히려 후자가 불편하고 고통스럽게까지 생각하다니…. 나의 머리는 철없는 아이처럼 어리둥절했다.

이른 봄에 책을 출간하면서 알게 된 출판사 대표와 오랜만에 통화를 했다. 책을 발표하고 난 후 한 번 만나기로 했던 약속을 지키지 못했던 터다. 그렇게 미안한 마음을 가지고 있었는데 연락이 왔다.

"섬 이야기로 시를 쓰는 시인의 출판기념회가 우이도라는 섬에서 있는데 같이 갈 수 있어요?"

처음 듣는 섬이었다. 일면식이 없었던 분이어서 약간은 당황스러웠지만 정해지면 연락을 드리겠다고 말하고 전화를 끊었다.

완도에서 3년간 중대장으로 군 생활을 했다. 순찰과 정찰을 목적으로 섬을 드나드는 것이 주된 일과였다. 섬 생활은 단조로웠다. 면 단위의 섬에 초소가 하나씩 있었고 방위병들과 함께 총과 실탄을 가지고 경계근무를 하다 보니 늘 악성사고의 부담을 가져야 했던 시간들이었다. 외롭고 고독했다. 외로움은 나르시시즘의 결핍일 거라고 누군가 말하기도 했지만 섬은 마치 떠나기 위해 잠시 머무는 곳 같았다. 누군가를 막연히 기다리기도 했다. 물리적인 감옥에 갇혀 있지 않으면서 갇혀있다는 느낌. 한시적으로 머물러 있는 나는 그렇더라도 섬에 사는 주민들 삶 또한 척박했고 무료했다. 제주의 여인네들이 그랬다는 것처럼 섬 아낙들의 생활력은 남자들에 비해서 훨씬 강하고 투박했다. 그래도 비릿한 해풍은 외로움과 그리움을 일깨우기도, 잠재우기도 하며 그네들의 삶을 지탱해주는 산소 아닌 산소였다.

눈으로 보이는 섬은 고독과 단절로 떠있고 마음으로 보이는 섬은 소통과 도피처처럼 안락했다. 이런 저런 일상의 틀을 빠져나와 우이도를 다녀오는 일은 무리였다. 그런데 섬이라는 이름이 유혹으로 다가왔다. 그리고 내 젊은 날의 한 페이지가 섬에서 쓰였다는 것이 그 유혹을 뿌리치지 못하게 하고 그만 나는 새벽녘에 용산역에 서 있었다.

배에서 내린 사람은 출판사 대표와 나 두 사람이었다. 배는 우리만 달랑 내려놓고 제 볼일은 다 보았다는 듯 이내 다시 떠나고 있었다. 선착장을 걸어 나왔을 때 가게는 물론 민가조차도 보이지 않았다. 경작지도 보이지 않았으니 무인도인가 싶기도 했다. 버려진 묵정밭 잡초더미 속에 염소 세 마리가 풀을 뜯고 있었다.

선착장을 벗어나 언덕을 넘어서자 민가들이 보이기 시작했다. 열두 가구 정도, 작은 교회도 하나 있었다. 돌담길을 돌아 일행들이 머문 민박집에 도착했다. 민박집의 앞마당엔 철 지난 채송화와 봉숭아가 붉게 피어나며 곰솔 분재들이 갈 볕을 넉넉하게 즐기고 있었다. 어제 도착했다는 일행들은 산에 가고 바닷가에도 나갔는지 보이지 않았다.

섬에는 모래언덕이 있다고 했다. 민박집을 나왔다. 철 지난 백사장은 한적했다. 갯벌에는 게들이 모여 있다가 다가가면 작은 구멍으로 숨어들었다. 안전한 자기들의 집으로.

모래언덕은 백사장이 끝나는 곳에 있었고 훼손을 막기 위하여 출입을 금지한다고 되어 있었다. 사막의 모습을 한 사구(砂丘)였다. 바다는 제 흔적을 모래 위에 남겨놓으며 떠나고 돌아오고를 반복했다. 언덕너머에도 바다였다. 언덕너머의 바다는 낯설었다. 섬이라는 것을 잠시 잊기에 충분했다. 드넓은 백사장. 육지에서 바라보는 백사장의 모양을 하고 있었다. 그곳을 벗어나 산길로 들어섰고 가시덤불의 숲을 지나 산을 내려왔다.

태양이 지고 있었다. 붉은 해는 바다에 금빛물결을 드리우며 그 뜨거움을 식히려 바다로 빠져간다. 차갑게 식어져야 다시 뜨거워져 아침을 밝게 비추고 모든 만물을 존재하게 하는 것이리라. 태양은 바다에 빠져서도 달에게 빛을 건넨다. 달은 태양의 빛을 받아 태양이 없는 밤으로 대지에 빛을 주는 것이다.

태양을 감춘 바다도 검은 빛으로 물들어가고 대지에 어둠이 깃들기 시작했을 때 숙소로 돌아왔다. 일행들과 인사를 나누고 저녁밥상을 받았다. 척박한 섬이라고 생각했는데 근래에 접하지 못한 성찬이었다. 강원도에 산다는 민박집 주인의 동생이 보내주었다는 곰취 무침은 신선한 미각의 자극이었다.

시집을 새로 출간한 시인과 출간을 축하해주기 위하여 모인 사람들은 열세 명이었다. 저녁식사 후에 조촐했지만 『골뱅이 이야기』라는 제목의 시집의 출간을 기념하고 축하하는 식을 이어갔다. 각자 80편이 넘는 시중에서 하나씩을 골라 잠시이지만 시인의 마음을 읽으며 낭송을 했다. 그리고 특별한 축하연처럼 노래와 연주도 우아했다.

우이도라는 섬은 60대를 넘어서면서 찾기 시작했다니 20년도 더 지났고 시인에겐 특별하다고 했다. 그렇게 긴 시간동안 들고 난 섬이지만 아는 벗이라고는 민박집 주인 내외뿐이라는, 그것으로 족하다는 표현으로 나에게도 특별하게 다가왔다.

목포에서 세 시간 반

우이도 돈목

갔다 오면 다시 가고 싶은 곳

다시 가도 외로움은 여전히 남아 있고

발자국은 이미 지워지고 없는 데

그 사람이 그리운 거 있잖아요

다시 가서 발자국을 찾아보세요

그리움은 땅속에 묻혀도 보인다구요

대나무로 보이고

메꽃으로 보이고

순비기나무로 보이고

통보리사초로 보이다가

금방 모래밭에 파묻힌 다구요

　이생진, 시집 〈우이도로 가야지〉에 실린 시중 〈다시 가보세요〉라는
제목의 시 전문.

　모인 일행들 또한 특별한 이들 같았다. 이야기를 제대로 나눠보지
못한 두 사람을 제외하고는 모두 예사롭지 않은 사람들처럼 보였다.
영동의 산골에서 왔다는 소년은 학교를 다니지 않았고 현재도 다니지
않는다고 했다. 제도권의 교육을 회피할 수 있다는 것은 주변의 눈길
을 뿌리칠 수 있는 대단한 용기와 출중한 부모의 능력이 있을 때 가능
할 수 있는, 넘보기 힘든 특별한 영역과 여유를 가진 이들의 특별한 몫
일 것이라고 생각했다. 본성이기도 하겠지만 소년은 요즘 또래의 아이
들이 갖지 못한 많은 것을 가진 듯했다. 초면에 가을볕의 달콤함처럼
산에서 따온 으름을 건네주기도 했던 40대 초반의 사내, 그 역시 제도
권 삶의 틀을 버리고 지리산에서 혼자 흙집을 짓고 살고 있다고 했다.
자신의 별호를 소요유라고 소개하면서 돈이 많이 소용치 않는 생활이
니 나름 여유로운 생활을 즐긴다고 했다. 거제도에서 올라왔다는, 치
렁치렁한 머리를 대단한 자랑처럼 허리까지 흘려 내린, 그가 건네준
명함의 한쪽 면에는 '미친 꽃이 피었습니다.'라고 역시 여유(?)처럼 나

름의 자유로움을 구가하는 모습을 힐끔거리며 볼 수 있었다. 앉은 자
세로 통기타 음악을 들려주었던 분도 있었다. '노래하는 나그네'라는
별호처럼 감미로웠다. 그리고 그 자리에서 그 감미로운 음악의 특별함
처럼 나의 개인적인 행사에도 초대하고 싶다는 의사를 전달했을 때 흔
쾌히 접수해주기도 했다. 그리고 제주에서 '아일랜드 조르바'라는 카페
를 운영하고 있다는 처자 둘은 섬을 나오는 배에서 잠시 이야기를 나
누었다. 젊은 시절, 북한산 아래 절집에서 우연히 만나 물설고 말도 설
은 섬에서 그렇게 찻집을 같이 꾸려가고 있다고 했다.

　사람들의 살아가는 모습은 제 각각일 거라고 단정하듯 생각을 하기도
했지만 하룻밤 낮으로 낯선 사람들과의 대면은 신선한 충격처럼 다가왔
다. 시간의 틀에 매인 사고와 관념의 습성에 길들여진 내 탓일 게다.

　섬으로만 이루어진 신안군의 행정구역 안에는 천개도 넘는 섬이 있
다고 했다. 물론 무인도도 포함한 섬의 수이겠지만 그래서 상징적으로
'천사의 섬'이라고 부르기도 한단다. 그 많은 섬 중에서 내가 다녀온 곳
은 두 곳 인가, 세 곳이었던가? 그렇다. 우물 안의 개구리는 신안 앞바
다의 나였다.

　밤하늘의 무수히 많은 별들과 역시 바다에도 별처럼 무수히 많은 섬
들이라도 하나도 같은 모습과 빛깔이 없다는 것을 깨치고 그 별과 바
다와 섬을 가슴에 품었다.

　그 섬에 다녀와서 옮긴 글이었다. 그 글을 아끼듯 묻어두었을 것이
다. 지난여름 그 글을 꺼내 읽으면서 그렇게 만났던 사람들, 모두 다시
만나고 싶은 사람들이었지만 소년과 그 어머니는 찾아가서 다시 만나

고 싶었다.

추석(秋夕), 가을저녁이다. 그 의미와 유래가 어떠하든 처음 그 이름을 붙인 이는 아마 시인이었을 것이다. 가을이 가지는 계절의 의미를 함축하여 그렇게 표현했을 것이고 저녁을 이은 의미는 아마 밤에 뜨는 달과 상관이 있을 것이다. 추석으로 연휴가 이어졌다.

긴 연휴는 설렘처럼 미뤄두었던 것을 치르게도 해준다. 차례를 지내고 성묘를 다녀오는 일은 당연한 것이었고 가족들과 떨어져 고향마을에도 다녀왔다. 피붙이 하나 없는 고향마을이라도 가끔 들르기는 했다. 피붙이가 없다고 아쉬울 게 없는 고향마을이다. 나를 키워낸 햇살과 바람도 있고 흑백사진처럼 흐려진 풍경들이 있다. 물론 그 중심에는 사람들이 있었다. 이제 이 세상을 떠난 분들도 있고 집을 비워두고 마을을 떠난 사람도 있다. 고샅길을 걸으며 이제 그곳에 없는 사람들을 만나고 대문을 밀치고 남아있는 사람들을 만난다. 대처를 떠돌다가 몹쓸 병을 걸려 섬처럼 외롭게 사는 어릴 적 친구도 만나 손을 잡아주었고 초파일이면 밥을 얻어먹으러 갔던 암자에도 다녀왔다.

'늦둥이네.'는 두 여인이 산다. 아이를 갖지 못해 말을 하지 못하는 젊은 처자를 후처로 맞아야했던 여인. 도시에서 살다와 거친 농사일과 시집살이를 했고 구박을 받으면서도 말 한마디 할 수 없었다. 이제 남편은 세상을 떠나고 전처와 후처는 서로를 의지하며 산다. 그분들이 따라주시는 막걸리는 언젠가 이 분들의 굴곡진 삶을 들어보아야겠다는 작심을 하게 했다. 그리고 '이젠 예전처럼 많이 다투지 말고 잘 지내시라'며 시건방을 떨어보았다.

이제 비어져 허물어져가는 태만 남은 옛집에는 마지막으로 들렀다.

반들반들 윤이 나도록 닦여져 있던 마루는 퇴색되어 드문드문 판자가
비어지고 어머니와 많은 시간을 함께 보낸 부엌의 부뚜막은 반쯤 허물
어져 있었다. 아쉬움처럼 뒤를 돌아보며 고향마을을 나와서는 지난봄
에 심었던 고구마 밭에 들렀다. 한 번인가 김매기를 해주었으니 잡초
가 무성했지만 고구마줄기가 가득 밭을 메우고 있었다. 예전 고구마서
리 할 때처럼 땅을 헤쳤을 때 자주 빛의 고구마가 모습을 드러냈다. 고
구마 잎에 쓱쓱 흙을 닦아내고 한 잎 베어 물었을 때 투실한 가을향기
가 묻어났다.

다시 부모님이 계시는 집으로 돌아와 부모님께 외식을 청했다. 어머
니께 외식을 말씀드리면 "밖에서 사먹는 음식 비싸기만 하고 맛도 그렇
더라." 하시며 늘 당신의 수고를 피하지 않으셨기 때문에 엄숙하게 청
을 해야 했다. 저무는 부둣가의 식당에서 두 분께 술도 한 잔 따라드리
고 추석의 해가 지는 바닷가 방파제 길도 걸었다. 바쁘다는 핑계로 어
머니와 함께 밤을 보낸 기억도 드문데 오랜만에 어머니 곁에서 잠이 들
었다. 고단하게 주무시는 어머니의 숨소리는 나의 잠을 달게 했다. 어
릴 적의 평화였고 어릴 적의 일상이고 이제는 꿈에나 그릴 잠자리였다.

새벽에는 어머니의 놀이터인 텃밭에도 다녀왔다. 가난한 집안에 들
어오셔 종종거리며 텃밭에서 먹을거리를 키워내신 어머니. 이제는 그
텃밭을 어머니의 놀이터라 부른다. "와! 들깨가 이렇게 컸어요. 돈부가
이렇게 많이 달렸어요." 아들의 찬사에 어머니의 주름진 얼굴은 잠시
새색시처럼 곱게 펴지기도 했다. 호박순이며 고구마줄기 등 좋아하는
먹을거리를 챙기고 돌아와 아침을 먹고 일 년 전쯤에 만난 소년을 만
나러 다시 먼 길을 나섰다.

밤하늘의 별처럼 떠 있던 섬, 우의도에서 처음 만났던 열 둘의 사람들, 그중에 그 소년이 있었다. 그리고 그 소년의 엄마가 있었다. 처음 보았을 때 성의 분간이 어려울 정도로 긴 머리가 치렁했던 소년, 중학교에 다닐 나이였지만 학교에 다닌 적이 없었다고 했다. 짧은 시간 학교에 다닌 적이 있었지만 이내 교문을 나와야 했다고 했다. 그 엄마는 대안학교의 모습이면서 또 그렇지도 않은 자유학교 '물꼬'의 설립자였고 선생님이었다. 짧은 시간이었지만 자연에서 자라는 풀과 나무들의 모습을 그 소년에게서 보았고 나는 그 풍경을 찾으러 나섰다.

소년이 사는 곳은 충북 영동의 산촌이었다. 고속도로를 나왔을 때 '노근리 사건안내'라는 입간판을 보았고 잠시 들러 쌍 굴다리 교각에 박힌 역사의 참상을 둘러보고 나왔다. 이 고장 특산품인 감나무 가로수가 이어져 있는 한적한 시골길을 달려 영동군 상촌면 대해리라는 마을에 도착했다. 한국전쟁 중이던 51년 교문을 열고 여느 산촌학교처럼 99년에 교문을 닫아야 했다는. 6백여 명이 이 학교를 졸업했다는 대해분교 자리에 '자유학교 물꼬'가 있었다. 운동장에는 제법 무성한 풀이 자랐고 운동장가로 은행나무가 노란 은행을 여물리고 있었다.

오랜만에 소년과 가족들을 만났다. 늦은 나이에 미국에서 공부하고 돌아와 서울의 국책연구원에 근무한다는 소년의 아빠도 처음 만났다. 점심을 먹기 전에 소년은 학교를 안내해주었다. 학교 곳곳의 문구가 눈길을 끌었다.

"스스로 살려 섬기고 나누는 소박한 삶, 그리고 저 광활한 우주로 솟구쳐 오르는 나"

주방과 식탁이 모여 있는 가마솥 방이라는 곳에는 밥 노래가 적혀 있었다.

"밥은 하늘입니다. 하늘을 혼자 못 가지듯이 밥은 서로서로 나누어 먹는 것! 잘 먹겠습니다"

자연 속에서 공부할 수 있는 필요한 시설들이 다양하게 배치되어 있었다. 학교를 돌아보고 가마솥 방에서 소박한 점심을 달게 먹었고 이야기를 나누었다. 산에 가고 싶다고 했더니 삼도봉과 민주지산이 근처에 있다고 했다.

'민주지산', 오랫동안 기억에서 지워지지 않던 산이었다. 계룡대 육군본부에서 근무하던 시절, 당시 사고가 발생했고 상황을 접수했다.

지난 98년 4월, 천리행군으로 칠갑산을 출발해 영동의 민주지산을 통과하던 특전사 대원들이 갑자기 몰아친 혹한에 대원 6명이 숨지고 1명이 실종되는 충격적인 사고였다. 출발 때부터 빗속의 강행군으로 체력이 소모된 데다 갑작스런 폭설과 강추위, 헬리콥터조차 뜰 수 없는 악천후로 구조작업이 늦어지면서 발생한 사고였다. 강인한 체력과 정신력으로 무장되었을 그야말로 생떼 같은 젊은이들이 저체온증으로 꽃잎처럼 스러져간 안타까운 사고였다. 민주지산이 가까이 있다니…. 그곳에 다녀와야 했다. 그 젊은이들이 안타까운 흔적에 잠시라도 목을 숙여야겠다는 마음이었다. 세 개 고을의 경계를 이룬다는 삼도봉에도 다녀오고 싶었지만 오후에 나섰으니 민주지산에나 오르는 것으로 만족해야 했다. 등산로 초입으로 오솔길이 아닌 넓혀진 길이 불편했고 계곡수 보호라며 울타리가 이어져 있어 역시 불편했다. 오르는 길은 십리쯤이었다. 오르는 내내 뜨거운 땀을 흘리며 이곳에 있는 대안학교의 이름 '물꼬'를 생각했다.

'아전인수'(我田引水), 다툼의 판세에서 이기적인 치부를 드러낼 때 가져다 붙이는 말로 흔히 쓰지만 원래는 가뭄철에 생겨난 말이었다. '제 논에 물대기'라는 단순한 직역에서 벗어난 말이다. 그러나 오래지 않은 과거 무시무시한 생존의 처연한 자국이 박혀있는 말이 아닐 수 없다. 오죽했으면 "자식들 목구멍에 밥 넘어 가는 소리와 자기 논에 물 들어 가는 소리를 들으면 기쁘다."라는 말도 생겨났을까?

아전인수라는 사자성어 속에는 물꼬라는 말이 옹이처럼 박혀져 있다. 물꼬는 열고 닫음, 그 개폐가 참으로 간소한 장치다. 고무신을 신고도 작은 막대기로도 물길을 열고 닫기도 하는 것이다. 그러나 욕심은 물꼬를 열지 않는다. 아래논의 벼가 타들어가도 자기 논에 물이 넘칠 때까지 물꼬를 트지 않는다. 물꼬라는 의미는 물처럼 무색무취의 태도를 견지하라는 교훈일 수도 있다. 그것은 노자(老子)의 도덕경(道德經)에 나오는 상선약수(上善若水-최고의 선은 물과 같다.)라는 말에 다름 아니다. 인간에게 너무나 소중한 덕목인 소통과 겸허의 철학이 주문처럼 내재되어 있는 것이다.

물꼬라는 말을 간판으로 정한 이의 치열함을 좇느라 산을 올려다보지도 못하고 너덜 길을 이어갔다. 빠른 걸음으로 한 시간쯤 거친 숨을 토하며 뜨거운 땀을 흘리며 정상에 올랐다. 엷은 운무가 끼여 있었지만 대간의 능선들이 이어지고 있었다. 산정으로 쑥부쟁이 감국 등 가을꽃이 벙글어졌다. 나뭇잎들은 엷게 갈물이 배들고 있었다.

산을 내려왔을 때 계곡의 물은 오를 때보다 차가워져 있었다. 내려오면서 비닐봉지를 부풀려 내려오는 이를 하나 만나기도 했다. 제철이 지나기도 했지만 야생버섯 중에서 최고로 치기도 한다는 능이버섯이었다. 처음 산에서 얻었다는 그에게 부러움과 찬사를 주고 치사하지만 모양이 온전치 못한 버섯 하나를 얻기도 했다. 학교로 다시 돌아와 땀을 씻어내고 저녁을 먹었다. 고향의 어머니 놀이터에서 가져온 고구마 줄기며 호박순을 보냈더니 성찬이었다. 그곳에서 일하는 동갑내기도 친구처럼 만났다. 말씨는 어눌했지만 그 산골학교의 학생처럼 순박하고 천진한 모습이어서 세상 때가 덕지덕지 붙은 내 모습과 비교되기도 했다. 그의 손끝은 호두 껍데기를 벗겨내며 까만 물이 짙게 배여 있었다. 그 저녁에 반주로 먹은 상촌 막걸리도 그랬다. 투박한 막걸리의 맛, 사카린을 풀지 않았거나 덜 풀었을 것이다. 가져간 책도 나누고 이야기도 나누었다. 가을밤에도 소쩍새가 울었다. 그 옛날 허기진 배를 움켜지고 죽었다는 며느리가 이제 풍년이 들었다고 가을밤에도 우는 것이라 생각했다.

소년의 엄마는 "아이가 원하는 것을 그대로 해주고 싶었다."고 너무나 쉽고 단순하게 이야기했다. 짓궂은 마음은 그녀가 얄미웠고 부러운 마음은 그녀를 존경했다. 가을밤이 깊어지고 감기 기운으로 불편한 소년의 플루트연주도 청해 들었다. 열엿새 하현달이 창문을 기웃댔다. 학교에 마련된 숙소에서 자고 싶다고 했는데 '바람과 별과 시'라는 문패가 걸려있는 숙소로 안내했고 그곳에서 난다는 포도주도 한 병 꺼내주었다. 멧새처럼 깃든 무심한 자에게 과분한 시간과 마음을 베풀었다. 달빛은 이슬에 젖어들며 산을 넘고 있었다. 과음처럼 이었는데 산촌의 맑은 공기로 이르게 잠자리에서 일어나 밖으로 나왔다. 달빛이 배든 이슬로 산에는 오를 수 없었고 마을길을 걸었다. 가다보니 대왕암이라는 암자까지 긴 거리를 걸었고 돌 고개로 이어지는 그 풍경들을 담아올 수 있었다. 간단한 아침요기를 하고 호두나무를 털었다. 동갑내기 아저씨는 바지랑대며 사다리며 긴 막대며 아침으로 종종거린 흔적이었는데 지난겨울 추위 때문인지 수확은 별로였다. 다시 학교로 돌아와 창고 정리를 잠시 도와주고 새참처럼 준비한 국수를 맛있게 먹었다. 이제 떠날 시간이었다. 한가위 그 푸지고 정겨움처럼 '더도 말고 덜도 말고.'인 풍경과 사람들을 만나고 돌아가는 길에 다시 물꼬를 생각했다.

"고향의 산천이 새삼스러이 아름다워 보여서 높은 멧부리에서 골짜기까지, 산허리를 한바탕 떼굴떼굴 굴러보고 싶었다. 앞으로 가지가지 새로이 활동한 생각을 하며 걷자니, 그는 제풀에 어깻바람이 났다. 회관 근처까지 다가온 동혁은 누가 등 뒤에서 엇 둘! 엇 둘! 하고 구령을 불러 주는 것처럼 다리를 쭉쭉 내뻗었다. 상록수 그늘을 향하여 뚜벅뚜벅 걸었다."-심 훈의『상록수』중에서-

중학 이학년 때 예산에서 있었던 백일장에 참가한 적이 있었다. 태어나서 처음으로 인솔 선생님이 사 주신 자장면을 먹어보기도 했다. 태어나 처음 혀에 감겨든 그 맛은 너무나 황홀하기만 했는데, 결국 처음 대면한 그 느끼함을 내 천진한 속은 받아들이지 못하고 돌아오는 버스 안에서 흉물스런 모습을 보여야했다.

그 날 백일장의 제목은 '이사 가던 날'이었다. 한 번도 이사를 해본 적이 없었으니 결과는 장려상이었다. 부상으로 고서와 같은 누런 지질의 책 한 권을 받았다. 이 책 한 권은 당시 내가 가야 할 진로를 이정표처럼 정해주기도 했다. 심훈의『상록수』였다. 돌아와서는 밤늦게까지

책을 읽었다. 그날 밤, 나도 책속의 남자 주인공 '박동혁'과 같은, 그래서 그 뒤를 따르는 사람이 되어야겠다며 마음을 묶었다. 새싹으로 피어나는 모양이 그려진 새마을운동의 녹색 깃발이 큰소리를 내며 펄럭이던 시절이었다. 아버지는 당시 마을의 새마을지도자이셨다. 중학교를 마치면서 당연처럼 농업학교를 선택했다. 학비 걱정이 없었고 상록수의 남자 주인공 박동혁의 뒤를 따르기 위해서는 농업학교를 가야 한다고 생각했다.

　내가 고등학교에 진학할 당시에는 서울에만 연합고사에 의한 학교 배정 추첨제도가 시행되었고 지방은 학교별 경쟁에 의한 선발제도가 시행되었다. 내 의사를 접수한 아버지는 처음에는 완강히 반대하였으나 곤궁한 가정형편에 끝까지 반대할 명분이 적었고 내 의사 또한 확고하였기에 돌이킬 수는 없었다. 그리고 로버트 프로스트의 『가지 않은 길』이 떠올랐다. "숲 속에 두 갈래 길이 있었다고, 나는 사람이 적게 간 길을 택하였다고, 그리고 그 것 때문에 모든 것이 달라졌다고" 처음으로 집을 떠나 생활하게 되었다. 혼자 이불 보따리를 메고 낯선 땅 공주. 처음엔 중학 선배와 같이 하숙을 하기로 하였다가 그 선배의 책꽂이에서 여체의 현란한 사진이 스크랩된 앨범을 보고 다음날 학교 기숙사로 짐을 옮겼다. 기숙사 생활은 군대 조직과 같이 선후배 관계가 확실했고 늘 허기와 추위에 노출되었다. 늘 고향 집이 그리워 괴로웠던 시절. 그렇게 일 년이 지났다. 확실하게 배워야 한다는 사명감으로 영농학생으로 활동하다 보니 교실에 앉아있는 시간은 거의 없었고 대부분 농장에서 실습으로 시간을 보냈다. 그렇게 한 학년이 지나고 2학년, 가끔 고향 집에 들를 때마다 중학친구들을 만났다. "너 지금 학교 어디

다니니?"

"응 공주에서 다녀."

나는 기어들어가는 말로 얼버무렸다.

그곳에 있는 여러 학교를 물어보면서 그 누구도 내가 다니던 농업학교를 물어보는 친구는 없었다. 내가 원해서 갔지만 왠지 친구들을 만나면 창피하고 부끄러웠다. 인문학교에 다니던 친구들보다 뒤떨어져 간다는 자괴감이 스멀스멀 나를 눌러댔다. 그리고 내가 잡았던 마음의 줄기가 갈라지면서 내 삶은 사막을 지나는 상인처럼 불확실한 장래와 갈증으로 괴로웠다. 다시 삶의 방향을 돌려 잡았다. 나도 대학엘 가야겠다고 부모님께 내 심정변화를 말씀드렸다. 아버지는 펄쩍 뛰셨다.

"졸업하고 면서기나 하면 되지 되지도 않을 일 벌리지 마라." 요즘에는 9급 공무원 시험에도 대부분 대졸자가 몰리고 엄청난 경쟁률을 기록하지만 당시에는 고등학교 졸업 후 웬만큼 공부하면 9급 공무원이 가능한 시절이었다. 그렇다고 포기할 수는 없었다. 기숙사에 있는 후배 중에 대학에 다니는 형이 있는 친구들을 꼬드겼다. 후배들은 형이 공부하던 참고서를 가져왔다. 참고서 한 권 살 용돈이 없었다. 그렇다고 눈에 불을 켜고 공부한 것도 아니었다. 중심을 잡지 못하고 방황하는 시간이 더욱 많았다.

드디어 예비고사일. 고향에 계신 부모님은 내가 시험 보러 가는 줄도 모르셨다. 기숙사 식당에서 일하는 아주머니가 점심 사 먹으라면서 천 원짜리 한 장을 주셨다. 그 천 원의 의미, 몇 해 전에 어렵게 수소문해 그 아주머니를 찾아뵙고 그 고마움을 잊지 못한다고 큰절을 드렸다. 대학에 들어가면서 내가 가졌던 상록수의 꿈은 바래졌다. 그날 밤

상록수를 읽고 단단히 묶었던 내 마음은 또 다른 욕심이 생기면서 다 풀어져 버렸다. 뚜렷한 목표가 없었던 대학생활 그리고 졸업과 동시 시작 된 군 생활, 단기 복무로 시작했다가 현실도피처럼 전역하기 몇 달 전 녹지 않은 언 땅에 말뚝을 박았었다. 그리고 스무 해가 지나는 동안 내 마음 한 켠에는 늘 그 '박동혁'이 서성거렸고 나는 그를 피해 다녀야 했다. 20년이 지나는 군 생활동안 나름대로 윗사람에게는 욕을 먹더라도 부하에게는 부끄럽지 않고 공평무사 할 수 있도록 해야겠다 고 마음은 먹었지만 늘 부끄러운 것이 많았다. 그리고 늘 내 한 몸 건 사하기에 급급했고 내 주변을 돌아보거나 관심을 두지 못했다. 늘 내 곁을 서성이며 나의 부끄러운 모습을 비추어 준 거울 같은 '박동혁'에 게도 늘 부끄러웠다. 자유학교 물꼬에서 만난 선생님은 내가 피해 다 녔던 박동혁과도 같은 존재였다.

전쟁의 폐허 속에서 흙벽돌을 찍어 집을 세우고 새로운 미래를 꿈꾸 기도 했지만 혼란은 이어졌다. 전후 '베이비 붐'세대라 일컬어지듯 출 산율이 급격히 증가했다. 정권의 몰락이 이어지고 군부가 내건 혁명공 약과 함께 변혁의 시대가 도래했다.

경제개발 5개년 계획이 추진되면서 농경사회에서 산업화시대로의 변혁이 시작되었다. 산업화 과정에서 결정적인 견인차로 작용한 것은 높은 교육열이다. 흔히 교육을 '백년지대계(百年之大計)'라 하는데 이 땅 의 교육정책은 정책 결정자의 정치적인 잣대로, 때로는 시대적인 상황 에 따라 시류에 야합하는 즉흥적이고 편의적인 면이 많았다.

병문 씨는 지리산 초입인 백무동 아랫마을에 사는 내 친구다. '씨'자를 뺄 만큼 아직 친하지는 않다.

몇 해 전, 화엄사를 출발하여 지리산을 종주하고 백무동으로 하산한 적이 있다. 긴 산행에 지친 나는 길가에 앉아 남원으로 가는 버스를 기다렸다. 기다리는 버스는 좀처럼 오지 않았고 멀리서 트럭 한 대가 다가오고 있었다. 벌떡 일어나 손을 흔들었을 때 지친 내 맘을 알기라도 하는 듯 차를 세워 준 사람. 병문 씨와의 인연은 그렇게 시작되었다.

그는 농자재를 사기 위하여 남원으로 가는 길이었고 초면인 그와 이런저런 이야기를 나누었다. 그는 고향에서 중학교를 마치고 부산에 있는 신발공장에서 첫 직장생활을 시작한 뒤 마흔쯤에 고향으로 돌아온 사내였다. 지리산을 다니면서 가끔 그의 집에 묵고 오기도 했다. 그 뒤 세월이 흘러 다시 만났을 때 그는 여전히 미혼이었고 노모를 모시고 산나물을 따고 양봉을 치며 농사일을 하고 있었다.

"못난 나무가 선산을 지킨다더니 병문 씨가 그런 것 같네."

언젠가 그에게 던진 말이었다. 나름 칭찬할 요량이었는데 그는 불편한 심기를 드러냈다. 자신을 비하하거나 빈정거리는 말이라고 생각한 모양이었다. 대처에서 성공하지 못하고 고향으로 돌아온 자신에게 스스로 비하하는 마음이 만들어졌는 지도 모른다. 그런 생각을 하며 보니 처음 그를 만났을 때보다 성격이 더 괴팍해진 듯했다.

"못난 나무가 선산을 지킨다."라는 속담의 의미는 아마 이런 이유가 있을 것이다. 나무가 일찌감치 미끈한 모습을 보이면 먼저 베어져 부지깽이로나 쓰이고 못난 나무가 세월이 지나서는 대들보로 쓰일 수도 있다는 말일 것이다. 또한 나무에 빗대어 세상에 자신을 드러내지 못하고 이름 없이 사는 사람을 위로하거나 훗날을 기약하며 어려운 현실을 이겨나가라는 격려의 뜻으로 만들어진 말일 테다. 가끔 고향에 가면 농사일을 하며 부모님을 모시고 사는 이들을 본다. 공부를 많이 하고 잘난 자식들은 명절 때나 손님처럼 다녀갈 뿐인데….

하루는 천천히 신문을 넘기다가 눈에 띄는 기사가 있었다. '소나무 역전극'이라는 한 편의 수필 같은 기사였다. 그 기사를 읽으면서 오랫동안 지녔던 의문이 풀리는 듯했다.

우리 국토의 4분의 3은 산지이다. 지난 시절, 호랑이며 반달곰이 살았다는 울창했던 숲은 일제 강점기와 한국전쟁을 겪으면서 황폐화되었다. 그리고 취사와 난방을 해결하는데 산에서 채취한 나무를 활용했으므로 대부분은 붉은 민둥산이 되고 말았다.

1960년대 초 서독을 방문했던 박대통령은 산림녹화의 필요성을 절실히 인식하여 1965년부터 대대적인 녹화사업을 추진하였고 이때 "청산 밑에 쌀이 나고 적산 밑에 홍수난다."라는 표어도 등장하였다. 지금은 공휴일에서 제외되었지만 나무를 심기에 적당한 때인 4월 5일을 식목일로 제정하여 모든 관공서와 학생들을 동원하여 대대적으로 나무를 심었다. 나무를 심는 것과 더불어 대부분이 민둥산이었기 때문에 사방공사를 병행해야 했다.

지역별로 다양한 나무들이 식재되었고 대표적으로 식재된 나무가 바로 리기다소나무였다. 리기다소나무는 '왜소나무'라고 부르기도 했는데, 일본이 원산지가 아니고 북아메리카였으며 우리 재래종 소나무와는 비교가 안 될 정도의 속성수로 각광받았다. 당시 리기다소나무가 숲을 가득 채워가는 모습은 대단했다. 우리 땅에서 오래전부터 자라던 소나무들은 곧게 자라지도 않았고 성장 속도도 느렸으니 말 그대로 못난 소나무였다.

이 땅에 뿌리를 내린 지 30년이 지나고 왕성한 성장으로 숲을 이루어가던 리기다소나무는 푸사리움병 등으로 그 청청함의 도도한 빛을 잃어가기 시작했다. 식재 후와는 다르게 성장 속도도 현저히 떨어지기 시작했다. 또한 목재 가치도 없다며 수종 갱신의 처량한 신세로 전락해버렸다. 왕성한 성장 속도를 자랑하다가 더 이상 성장세를 유지하지 못하는 이유를 깊이 생각해보지 못했고 가끔 리기다소나무 숲을 지날 때마다 도대체 그 모습을 이어가지 못하는 이유가 늘 궁금했었다. 그런데 그 날 읽은 신문기사에서 답을 찾을 수 있었던 것이다. 볼품없거나 더디게 자라는 우리 소나무가 리기다소나무를 앞지른 역전극의 이유를 관찰하고 연구한 글이었다.

까닭은 간단했다. 영양분을 흡수하는 생태가 다르다는 것이었다. 우리 재래종 소나무는 서로 비켜가면서 가지를 뻗고 땅속에서 영양분을 흡수할 때도 서로 공간을 나누어 공존하는 반면, 리기다소나무는 햇빛을 받기 위한 가지는 물론 뿌리 또한 공간을 나누지 않고 한쪽 방향으로만 뻗어나간다고 했다. 그래서 리기다소나무는 초기에는 맹렬한 속도로 성장하지만 일정 기간이 지나면 지속적인 성장세를 유지할 수 없다고 설명하고 있었다. 반면 숲에서 보듯이 우리 소나무는 더디게 자라지만 숲을 채워가며 지속적인 성장세를 유지할 수 있는 것이다.

우리가 살아가는 세상도 마찬가지라는 생각을 한다. 리기다소나무처럼 더불어 살아가는 삶의 지혜와 여유가 없이 살아가는 사람들은 쉽고 빠르게 정상에 다다를 수는 있겠지만, 언젠가는 그 위치를 잃거나 배척당할 수도 있다.

요즘 자녀를 키우는 부모들은 아이들 교육문제로 늘 고민이다. 우리 소나무를 생각하며 옛사람들의 혜안을 헤아려야 한다. 우연의 일치일 수도 있지만 "못난 나무가 선산을 지킨다."라는 말이, 세상에 자신을 드러내지 않고 살아가는 사람들을 위로하거나 격려하려는 의미로 쓰인 것과 더불어 오래전부터 이 땅에 뿌리내리고 사는 소나무에게도 적용되었다는 것 때문이다.

　같은 방향으로 가지며 뿌리를 뻗어 결국에는 오래도록 크게 자라지 못하는 리기다소나무를 생각하며, 마찬가지로 한 줄로 세웠을 때 내 아이를 앞에 세우려는 부모의 당연한 마음을 헤아려본다. 그래도 우리 소나무를 바라보며 여유를 가졌으면 좋겠다. 자라는 아이들이 각기 다른 방향을 볼 수 있게 하는 것으로 서로 어우러지며 자신의 모습을 만들며 살아갈 수 있도록 말이다. 아이들이 결코 자신을 비하하거나 비교당하지 않고 자신이 서 있는 곳을 탓하지 않고 꿋꿋하게 자라는 나무들처럼 자랄 수 있었으면 좋겠다. 각자 자신이 가진 재능과 소질을 바탕으로 자신의 모습을 존중하며 서로 아우르는 마음을 가졌으면 하는 것이 나의 바람이다.

　나는 중학생 시절 상록수를 읽고 꿈꾸었던 농촌운동가의 길을 가지 못했다. 상황이나 여건이 바뀌었다 하더라도 가끔 비겁한 자신을 돌아보기도 한다. 우연처럼 소년과 그 엄마를 만나고 그녀를 내 잃어버린 꿈의 대상으로 생각하기도 했다. 자유학교는 그렇다고 치고 물꼬를 간판으로 내건 의중이 궁금했다. 그녀가 터준 물꼬를 따라 흘러가보고 싶었으나 쉽지 않았다. 그녀는 자신을 이렇게 소개했다.

국문학과 신학, 교육학을 기웃거리다가 초등특수교육과 유아교육을 공부했다. 작고 여린 존재들을 위해 할 수 있는 일을 찾으며, 사람이 사는 데 그렇게 많은 게 필요치 않다는 생각으로 스스로 가난을 택해 산골에서 농사짓고 산에 들어 먹을 걸 얻으며 아이들을 섬겼다. 아이들과 함께 한 세월, 오히려 자신이 아이들에게 배웠으며, 날마다 감동하고 날마다 감사했다. 세 해 동안 아이와 함께 일곱 개 나라의 공동체와 자유학교를 돌아보기도 했다. 스물두 살에 시작한 '공동체 실험'과 '새로운 학교 운동'을 그 배의 나이에 이르도록 계속했고, 지금도 아주 천천히, 그러나 뚜벅뚜벅 간다.

도시에서 자신의 영역을 구축해가며 안정된 자리를 잡아갔다. 꿈과 야망을 부풀려갔다. 그러나 그즈음 그녀는 깊은 산골로 자신을 들여놓았다. 젊은 나이에 왜 그런 마음을 가졌을까? 타인의 마음을 읽는다는 것이 당연히 어려운 일이고 특히 남자가 여자의 마음을 읽는다는 것은 불가한 것임을 다시 한 번 깨우쳐야 했다. 나는 포기했다. 나는 그녀의 마음을 온전히 읽을 수 없었기에 나는 앞에 만난 사람들처럼 이야기를 이을 수 없었다. 단지 이 나라에서 대안학교라는 이름으로 아이들을 교육한다는 것이 얼마나 어려운 일인지 되짚어보는 걸로 나의 생각을 정리했다. 내가 쉽게 도달할 수 없는 나름의 내공으로 그녀의 길을 가고 있다는 생각이다.

뜻밖의 소식이 들렸다. 제도권의 학교를 회피하였던 아이가 고등학교에 입학했단다. 봄에 검정고시 준비해서 여름에 통과하고 다시 가을에는 고교 선발고사와 배치고사를 보았고 올 봄에 그곳의 고등학교에 입학했다는 것이다. 열한 살 즈음에 한 달 동안 초등학교에 잠시 다닌 이후로 정식 학교에 가 본 적이 없는 소년, 아이는 학교생활에 잘 적응하고 있다고 했다. 반가웠다. 그녀가 내건 '물꼬'의 심중한 의미를 생각했다. 엄마는 아이에게 도시의 인가된 학교가 아닌 척박한 자연환경이 어린 마음의 풍경이 되고 그 풍경이 물꼬가 되리라 생각했던 것일까?

자연 속에서 소년이 체감한 자유의 기운이 이제 비상을 한다. 산골에서 누린 자유의 기운이 오히려 아이를 탄력적으로 만들어주어 제도권의 학교에서 누구보다 두각을 나타내고 규칙이나 규율에 더 잘 견딘다는 것이다. 아이는 스스로 공부할 수 있는 자양분이 넉넉하다.

그 중의 하나가 독서다. '물꼬'에서는 심심해서도 하고 재밌어서도 했던 책읽기가 지금 학교 공부를 해내는데 큰 바탕이 되고 있다. 누가 처음부터 아이에게 책을 읽으라고 강요한 적이 없다. 자신이 필요성을 느껴 스스로 찾아 읽은 독서습관이다 그런 독서 습관은 같은 책을 읽는 다른 아이들과 생각의 폭과 깊이가 다르다.

어린나이부터 손으로, 온몸으로 가사일을 하고 농사일도 도왔다는 것이 공부를 쉽고 재밌게 생각할 수도 있으리라는 재밌는 추측도 해본다. "공부가 제일 쉬웠어요."라고 말한 누군가처럼 말이다. 물론 재능의 바탕이 있었으니 그랬을 수도 있을 것이다. 실제로 소년은 하루 중 한나절은 일하고 한나절은 공부했다고 한다. 일머리를 안다는 건 사물 혹은 현상을 통찰하는 힘이다. 그것이 공부하는 방법에 영향을 미쳤으리라는 생각도 해본다. 물론 아이 엄마는 그 분야를 공부했고 세계 여러 나라를 다니면서 보고 들은 견문도 한몫 했을 것이다.

하루 열 시간 씩 자던 소년은 지금 기숙사에서 5시간도 못 잔다고 한다.

"그러니까 왜 학교를 갔어? 인생의 큰 바탕이 되는 청소년기에 잠도 못자고… 학교에 전화해야겠다, 애들 좀 재우라고."

물꼬엄마가 말했다.

"참으셔요. 제가 한다니까요. 하겠다는데…"

아들이 말린다. 참 재밌는 모자가 아닐 수 없다.

운동만 빼고 모든 분야에서 선두를 달리고 있단다 . 물꼬엄마는 자신있게 말한다.

"그건 학교를 다니지 않았던 덕에 시간이 많았고 그런 만큼 다른 경험들을 할 시간이 충분했기 때문이지요. 풍성한 경험이 전인적 공부에 도움이 되는 것입니다."

이어 아들이 한 말을 전했다.

"사람의 마음이 어떻게 움직이는가? 그 마음을 관장하는 뇌 관련 공부를 하고 싶어요. 근데 어떤 때는 목수가 되고 싶기도 해요. 가지 않은 길은 아직 모르는 거 아닌가? 다만 열심히 지금 할 수 있는 걸 해볼 거예요. 중요한 건 대학을 가느냐 아니냐가 아니라 내가 무엇을 생각하고 무엇을 공부할 것인가 아니에요? 밥벌이도 역시 중요하죠. 그렇게 천천히 가 볼게요. 무엇이든 하고 싶을 때 할 수 있는 준비를 하고 있을 뿐이에요. 나는."

물꼬엄마. 세상에 없는 꼬마 철학자를 하나 만드는 데는 일단 성공했다. 그리고 자신의 꿈을 펼치지 못한 이 중늙은이의 존경을 얻는데도 일단 성공했다. 그녀의 성공이 계속 되기를 간절히 기원한다.

엄마가 휴가를 나온다면

정채봉

하늘나라에 가 계시는 엄마가
하루 휴가를 얻어 오신다면
아니 아니 아니 아니
반나절 반 시간도 안 된다면 단 5분
그래, 5분만 온대도 나는 원이 없겠다

얼른 엄마 품속에 들어가
엄마와 눈 맞춤을 하고
젖가슴을 만지고
그리고 한 번만이라도
엄마! 하고 소리 내어 불러보고
숨겨놓은 세상사 중
딱 한 가지 억울했던 그 일을 일러바치고
엉엉 울겠다.

우리들의 길 찾기를 위한 새로운 발상

金宇鍾(문학평론가)

낯설고 당혹스럽다. 이 책은 일반적인 에세이나 인문학의 저술 형태가 아니다. 이색적이다. 이 같은 이색성이 참신함과 독창성으로 인정받기 위해서는 많은 독자들이 감동을 하고 인정해주어야 한다. 한 가지 분명한 사실은 저자가 사물의 진실에 접근하기 위해 이 같은 방법을 사용했다는 것이다. 주어진 주제의 특성과 그의 치밀하고 적극적인 탐구정신 때문이다. 눈길을 끌고자 기교를 부린 것이 아니다.

저자는 해방이라는 찬란한 선물과 함께 안겨진 분단 시대에 태어나 오늘에 이르렀다. 흔히 이들을 베이비부머 세대라 부른다. 그들은 전쟁이 휩쓸고 이념이 휩쓸고 간 불모의 땅에서 때로는 인간다운 삶을 철저히 박탈당하고 살아왔다. 여기서 인간다운 삶, 인간적 권리의 회복이 선명하게 얼굴을 내민다. 그 얼굴이 저자가 우선적으로 설정한 주제다.(하이데거의 말에 의하면 이는 피투된 존재에서 기투된 존재로의 자각이다.)

저자는 이런 상황에 대한 답을 특수한 방법으로 찾고자 한다.

제1장 〈바람을 따라 흐른다〉와 〈강은 바다로 흐르고 나는 어머니에게로 흐르다〉에는 '동자출가(童子出家)'의 운명으로 살아 온 인물이 등장한다. 이 세상에 태어나자마자 부모님으로부터 버려진 인물이다. 가장 고독하고 절망적인 극한 상황에서 삶을 시작한 인물이기에 우리는 그에게 잔혹하게 물을 수 있다.

"당신에게 삶의 참된 의미는 무엇인가요?"

동자출가의 주인공은 저자가 지리산에 가서 만난 실제 인물이다. 그런데 저자는 그의 삶의 이력을 단순히 받아 적지 않았다. 저자가 직접 동자출가승이 되어, 일인칭 화자가 되어 그가 보고 듣고 느낀 것을 서술했다.

그 의도는 이 방법이야 말로 한 인물의 기구하고 처절한 삶을 보다 절실하고 감동적으로 전할 수 있기 때문이다.

셰익스피어가 위대한 이유는 그의 무대에 등장한 인물을 모두 자기 동일화시켰기 때문이다. 베니스의 상인에서 샤일록은 유대인이다. 셰익스피어는 샤일록을 위해 철저히 유대인의 입장에서 생각하며 그의 신분에 맞는 언어를 구사했다. 샤일록 속에 자신을 온전히 몰입했다. 저자는 이를 의식했을까? 역지사지(易地思之)의 필법이라 해도 좋다.

태어나면서부터 버림받은 주인공은 절밥으로 자라난다. 그러나 그 속에서 정의를 찾다가 처절하게 내쳐진다. 자신을 키워준 은혜를 배신한 행위다. 그것이 삶의 처연한 운명이다. 다시 그는 철저히 버려진 존재가 되어 자신만의 삶을 꾸려나간다. 이때 그는 한걸음 성숙의 도약을 시도한다. 버려진 것은 인생의 행幸도 불행不幸도 아니다. 그저 그렇게 강물처럼 흐른 것이다. 불교의 가르침에서 노자의 철학으로 외연을 확대한다. 저자는 이를 통해 인간구원의 긍정적인 가능성을 제시하고 삶의 참된 모럴을 제시하고자 했다. 〈강은 바다로 흐르고 나는 어머니에게로 흐른다〉는 그런 의미를 함축한 제호로서 매우 인상적이다.

때로 저자는 작품에서 극과 극을 동시에 등장시켜 쌍방 시각의 입체적 조명방법을 쓰고 있다. 한쪽에서만 바라보는 편향적 감각을 떨쳐버리기 위해서다. 우리는 편향성의 오류로 현실을 판단하는데 익숙해있고 또 이를 개선하는데 소홀했다. 편향성은 나에게 직접적인 삶의 편익을 가져다주었기 때문이다. 불행한 우리나라 역사의 기반 위에서.

우리는 이 세상을 둘 중 하나의 방법으로 살아간다. 물 위에 떨어진 낙엽처럼 둥실둥실 떠내려가는 대로 몸을 내 맡기고 흘러가거나, 자기 스스로 판단하고 결정하는 주체적 인간으로 살아가거나. 이성은 후자의 삶에 눈길을 주지만 현실은 전자의 삶에 안주하라고 속삭인다.

자신이 판단하고 결정하는 주체가 된다는 것은 물 위로 둥실 둥실 떠내려가면 그만인 인생보다 편하지 않다. 소수이기 때문이다. 남들이 보지 못하는 것들을 보기 때문이다. 남들이 보이기 싫어하는 허점을 보기 때문이다.

그렇지만 스스로 삶을 결정하는 주체가 되는 사람은 홍수로 떠내려가다가 널빤지나 물가로 기울어진 나무 가지를 붙들고 살아나와 새로운 기회를 찾을 수 있다. 이것은 험하고 고통스런 일이지만 가치 있는 삶을 위한 필연적 고통이다.

우리나라 사람은 누구나 특정 이데올로기와 체험의 울타리 속에 밀폐되어 사물을 보고 느끼고 판단해 왔다. 밀봉교육은 남파간첩만 받아

온 것이 아니다. 북의 인민이나 대한민국의 모든 백성들도 각각의 이데 올로기와 역사적 유산을 물려받으며 세뇌되어 살아오고 있다. 다행히 도 남한의 사상과 표현의 자유가 북한의 그것보다 우위에 있다 우쭐할 수 있다하더라도 진정한 사상과 표현의 자유는 아직 요원한 듯하다.

이런 현실에서 참된 진실 탐구를 위한 방법은 남북 양쪽이 동시에 만나 서로 살아 온 현실을 말해주는 것이다.

제2장의 〈형은 내 스타일이래요〉와 〈나 다시는 고향에 가지 못하리〉 가 이에 해당한다.

여기서 저자가 도입한 인물은 북한의 보위부 군관과 저자 자신이다. 양쪽 모두 그들이 살아 온 삶의 환경을 놓고 보면 극단적 대립관계가 된다. 탈북자인 보위부 군관은 북에서 이념적으로 가장 투철한 사상을 지닌 열성분자로 체제에 순응하며 살았다. 저자는 그를 통해서 북쪽을 말할 뿐만 아니라 그곳을 거부하고 이 땅을 찾아 온 사람으로서 그가 보는 남한 현실의 심각한 모순까지 지적하고 있다.

저자는 이와 함께 자신이 살아 온 대한민국을 말한다. 어린 시절의 반공교육은 누구나 마찬가지인 필수과목이었지만 저자는 직업군인으 로서도 참으로 긴 세월동안 오직 반공 이념 교육의 중심에서 대한민국 을 살아 온 사람이다.

남북의 첨예한 이념 논쟁의 선봉에 있던 두 사람이 한 자리에서 만 나 가슴을 열고 이야기 한다. 극과 극의 만남이다. 그러나 이들은 이념 의 울타리를 제거하고 인간 그 자체에 초점을 맞춘다. 이념은 인간을 위해 만들어졌지만 인간은 이념을 위해 만들어지지 않았기 때문이다.

제3장에서 저자는 이런 특수한 역사적 유산으로 만들어진 울타리 속에서 인간은 과연 어디까지 저항할 수 있으며 그 속에서 인간승리는 과연 가능한 것인가라는 질문을 던진다.

저자는 자신을 몽골의 사막에 던져 놓고 자신의 한계능력을 실험한다. 참가자들과 함께 끝까지 완주하고 살아남는 울트라 마라톤으로 자신을 실험하고 성공해낸다.

이런 실험, 이런 자학(?)이 왜 필요했을까?

이것은 마라톤을 재능과 취미의 영역으로 취급한 것이 아니다. 불의가 정의를 이기고 불합리가 합리를 이기고 한 번 패한 자는 다시 일어설 수 없는 역사적 사회적 조건을 운명으로 뒤집어쓰고 태어나는 한국인들에게 던지는 메시지다. 특히 저자 자신과 이야기속의 주인공처럼 남달리 가난했던 사람이 그 조건과 맞서며 자존감을 가진 인간으로 살아올 수 있었던 승리의 기록이다. 50대의 장년이 젊은이들도 해내기 어려운 장거리 악조건의 사막에 몸을 던지고 완주했다는 것은 참으로 감동적인 이야기다.

제4장의 〈그가 나에게 말을 주었다〉와 〈나는 왜 아버지가 되지 못했는가?〉도 전체적으로 같은 주제로 모아지는 주요한 작품이다. 남들과 다르다는 것이 남들보다 열등하다는 것으로만 인정되는 불편한 사회에서 지극히 참담한 원양어선 선원의 삶을 살아 온 한 사람의 인생은 충분한 공감대를 형성하고 가슴을 먹먹하게 한다.

제5장의 〈나는 왕따였다〉와 〈이 또한 지나가리라〉는 저자 자신의 고

백적 자서전이다. 남들의 인생을 그렇게 까발려 놓았으니 자신도 발가벗어야 했으리라.

제6장 〈내 꿈은 물꼬를 트는 것이었다〉에서 저자는 다른 사람의 입을 빌어 이렇게 말하고 있다.

"아이들이 결코 자신을 비하하거나 비교당하지 않고 자신이 서 있는 곳을 탓하지 않고 꿋꿋하게 자라는 나무들처럼 자랄 수 있었으면 좋겠다. 각자 자신이 가진 재능과 소질을 바탕으로 자신의 모습을 존중하며 서로 아우르는 마음을 가졌으면 좋겠다."

이 인용문의 앞자리에서 저자는 북미원산으로 1900년대 초 일본인 학자에 의해 도입된 리기다소나무와 우리의 소나무를 비교하고 있다. 리기다소나무는 사정없이 가지를 사방으로 뻗고 하늘로 뻗으며 왕성한 생명력으로 번성해 가는 나무다. 그래서 한국의 야산에서 환영받는 식종이 되었다. 그러나 머지않아서 그들의 위세는 꺾이기 시작했다. 이웃에서 뻗는 가지를 용납하지 않고 자기만의 가지를 사정없이 뻗는 나무는 상생이 어렵기 때문이다.

이와 달리 한국의 소나무는 다른 나무들이 가지를 뻗으면 피해 준다. 그리고 구부러지며 자기 영역을 확대해 나간다. 남의 영역을 지켜주며 자기 영역을 만들어 나가기 때문에 우리의 소나무는 상생의 지혜를 아는 것이다.

작자는 이 사례를 통해 한국사회의 심각한 모순을 읽고 있다. 우리

사회야 말로 상생의 지혜를 모르는 오만하고 미련한 자들이 설치고 약자들은 끝없이 소외되며 뒤처지고 설움받는 곳이기 때문이다.

일제의 유산을 물려받고 강대국들에 의해서 분단되어 비극을 연출하도록 강제되고 있는 땅. 인간적 자긍심을 포기하며 타락하고 남을 짓밟아야 내가 편하게 살 수 있는 나라.

우리가(적어도 남에게 폐를 끼치고 살고 싶지 않은 사람) 이를 거부하며 저항하며 사람답게 살 수 있는 길은 무엇인가? 이런 질문에 대한 답으로 제시한 것이 이 상생의 원리다.

누구도 비교논리에 의해서 상처받지 않고 상대를 존중하며 상생할 수 있는 성숙한 사회. 이런 세상을 향해서 우리는 어서 달라지고 진화해야 한다는 것이 김창환 작가가 이 장편 에세이들을 통해서 전해 주는 소중한 메시지다.

사연 없는 삶이 어디 있으랴?

"사연 없는 삶이 어디 있겠어?"

우리는 이 말을 자주 사용합니다. 삶의 여정에서 자신이 겪은 질곡을 때론 과장되게 때론 드라마틱하게 만들기 위해서이기도 하지만 자신의 삶을 가장 절절히 사랑하는 자기애의 표현이기도 합니다.

권선복
도서출판 행복에너지 대표
대통령직속 지역발전위원회
문화복지 전문위원

김창환 저자의 글은 일단 자신의 사연을 책 전반에 두루 깔아놓고 이야기를 시작합니다. 그는 서정적인 시골에서 자랐으며 성실한 성품을 기반으로 현재 우리 사회에서 주요 역할을 해내고 있습니다. 그런데 그에게는 고약한(?) 버릇이 있습니다. 방랑벽. 가방을 메고 훌러덩 떠나버립니다. 섬으로 강으로 지리산으로. 그리고 사람들을 만납니다.

저자는 자신이 만난 사람들을 자기화하여 범상치 않은 사람들의 사연을 풀어냈습니다. 그리고 그 각각의 사연들은 모두 기교를 부린 소설보다 더 감동적입니다.

269

저자의 글을 읽다보면 나도 모르게 지리산을 가고 싶고 동자출가승을 만나보고 싶고 물꼬 학교의 아이를 만나고 싶습니다. 사람은 감동을 찾아 나서는 본능을 가지고 있습니다.

책을 만드는 내내 낯선 곳에서 사람을 만나고 진솔한 이야기를 나누는 저자의 모습이 어른거렸습니다. 그의 머리 위에서 반짝이는 지리산의 북두칠성도 떠올랐습니다.

그가 길에서 만난 사람들의 사연은 결코 가볍지 않습니다. 어쩌면 인간의 삶이 가지고 있는 근원적인 부조리에 대한 깊은 성찰을 해야 할지도 모릅니다.

저자는 몽골의 고비사막 마라톤에 참여해 일등을 했답니다.(이를 믿을 수 없어 여러 차례 검증을 시도했고 끝내 그 말이 사실이라는 것을 알았습니다.)
정말 대단한 열정을 가지고 있는 저자에게 힘찬 응원을 보내며 저자가 만난 사람들에 대한 그리움과 함께 행복에너지를 팡팡팡 전파하여 드리며 독자님에게 기쁨충만한 감동을 전하겠습니다.

『긍정의 힘』2탄
공저자를 모집합니다!

개요

1. 공동 저자: 총 36명
2. 책 전체 분량: 380쪽 내외(1인당 10쪽 내외)
3. 원고 분량: A4용지 5장(글자크기 10포인트, 줄 간격 160%)
4. 경력(프로필): 10줄 이내
5. 사진: 자료사진 3매, 사진 설명 20자 미만
6. 신청 및 원고 접수: 수시 마감
7. 출간 예정일: 연 3회

긍정, 행복, 성공에 관한 이야기를 독자들에게 전하고 나눌 수 있는 내용의 원고를 자유로운 형식으로 작성하여 제출해 주시면 행복에너지 소속 전문 작가가 독자들이 읽기 편하도록 전반적인 윤문과 교정교열을 할 예정입니다.(원고는 ksbdata@daum.net 으로 송부해 주시기 바랍니다.)

책 발행비용은 100만 원이며 저자에게 발행 즉시 100부를 증정합니다. 발행비용은 신청 시 50만 원, 편집완료 시 50만원을 '국민은행 884-21-0024-204 도서출판 행복에너지 권선복'으로 입금해 주시면 되겠습니다.

자세한 문의는 언제든지 하단의 전화, 이메일을 통해 연락을 주시면 성실히 답변을 드리오며 원고 내용이나 책에 관해 궁금하신 분들은 도서 『긍정의 힘』을 직접 참조해 주시기 바랍니다.

도서출판 행복에너지: www.happybook.or.kr
대표이사 권선복
HP: 010-8287-6277   Tel: 0505-613-6133   E-mail: ksbdata@daum.net

소리(전 8권)

정상래 지음 | 각 권 13,500원

쏟아져 나오는 책은 많지만 읽을거리가 없다고 탄식하는 독자들이 많다. 그렇다면 근대 한국사에 담긴 우리 한(恨)의 정서에 관심이 있다면, 대하소설의 참맛에 대해 잘 알고 있다면, 정말 제대로 된 작품을 읽어볼 요량이라면 이 소설은 독자를 위한 더할 나위 없는 선물이자 생을 관통할 화두가 되어 줄 것이다.

조영탁의 행복한 경영이야기 세트(전 10권)

조영탁 지음 | 각 권 15,000원

행복한 성공을 위한 7가지 가치, 그 모든 이야기를 담은 『조영탁의 행복한 경영이야기』 전집은 자신은 물론 타인의 삶까지 행복으로 이끄는 '행복 CEO'가 되는 길을 제시한다. 다양한 분야에서 칭송을 받아온 인물들의 저서에서 핵심 구절만을 선별하여 담았다. 저자는 이를 '촌철활인寸鐵活人(한 치의 혀로 사람을 살린다)'으로 재해석하여 현대인이 지향해야 할 삶의 태도와 마음에 꼭 새겨야 할 가치를 제시한다.

열정 리더십의 스파크 경영

최유섭 지음 | 280쪽 | 15,000원

책 『열정 리더십의 스파크 경영』은 현재 20년 넘게 전문 전자부품 분야에서 정상의 자리를 지켜오고 있는 '텔콤'의 최유섭 대표이사의 경영론 모음집이다. 백전노장 CEO가 전하는 각종 경영 스킬은 임원이든 직원이든 회사 생활을 하는 사람이라면 그 누구라도 공감할 만한 현실 감각과 통찰력을 내비치며 신뢰감을 더해 준다.

하루 일자리 미학

김한성 지음 | 260쪽 | 15,000원

책 『하루 일자리 미학』은 현재 인력소개업을 하는 저자의 생생한 경험담을 바탕으로 인력소개업계가 앞으로 나아가야 할 올바른 방향은 무엇인지, 기업과 근로자 모두가 상생하는 방안은 무엇인지에 대해 제시한다. '건설인력업계 민간 부문 최초의 책'으로서 더욱 주목받고 있으며, 수많은 일용근로자들에게 삶을 알차게 가꿀 계기를 마련해주는 이정표가 되어 줄 것이다.